Ronso Kaigai
MYSTERY
235

世紀の犯罪

Anthony Abbot
The Crime of the Century

アンソニー・アボット
水野恵［訳］

論創社

The Crime of the Century
1931
by Anthony Abbot

目次

主要登場人物

サッチャー・コルト……………ニューヨーク市警察本部長
アンソニー（トニー）・アボット ……………コルトの秘書、本書の語り手
マール・ドアティ……………地区検事長、コルトの旧友
ティモシー・ビーズリー……………聖ミカエル及諸天使教会の牧師
エリザベス・カーテンウッド・ビーズリー……ビーズリー牧師の妻
ジェラルド・カーテンウッド……………エリザベスの弟、〈ゼネラル・アクセプタンス銀行〉副頭取
パディントン（パディ）・カーテンウッド ……エリザベスの弟
エヴリン（エヴィ）・ソーンダース ……………ビーズリー牧師の元秘書、聖歌隊隊員
ウィリアム・ソーンダース……………エヴリンの夫、警備員
イザベル・ソーンダース……………エヴリンの娘
アレクサンダー・パウエル大佐……………弁護士
エラリー・チャドウィック……………教区委員長
ホートン……………教会の雑役夫
ウォルター・ミーリング……………パウエル大佐の従者
ベッシー・ストルーバー……………ビーズリー牧師の元秘書
エマ・ヒックス……………ビーズリー牧師の秘書
ハーマン・クラウス……………サングスター・テラスの管理人
バジル・ウォートン……………サングスター・テラス一三番の家主
ブランチ・ラブル……………喫茶店主、占い師
ニール・マクマホン……………コルトの専属運転手
マルトゥーラー医師……………次席検死官

世紀の犯罪

サッチャー・コルトの傑出した後継者である、ニューヨーク市警察本部長エドワード・P・マルルーニー（一九三〇－一九三二年在任）に、著者より称賛の気持ちをこめて本書を捧ぐ。

序文　世紀の犯罪

ニューヨーク警察史に残る刑事事件と言えば、神学博士ティモシー・ビーズリー牧師と、美しき聖歌隊隊員エヴリン・ソーンダースの変死であることに議論の余地はない。

犯罪鑑定家の目から見て、このビーズリー／ソーンダース事件は、あらゆる点で過去の未解決事件――ドット・キングのクロロホルム中毒死、エルウェルの射殺死、ロススタインの暗殺死、あるいはクレーター判事の失踪――をしのぐ怪事件である。ニュージャージーのホール／ミルズ殺人事件とは関係者の家族構成が似ているし、ウエストニュートンの極悪非道なリチェソン事件とも細かな類似点が見られる一方で、謎の独自性においては、やはりビーズリー／ソーンダース事件が頭ひとつ抜けている。

技巧を凝らした犯行の手口は、他の事件とはひと味もふた味も違っていて、その道の達人でなければ成し遂げることも、適切に評価することもできない完成度の高さを実現している。さらに、歴史に名を刻む多くの凶悪犯罪とは異なり、技術的に優れているだけでなく、大衆の心をわしづかみにする魅力を持ち合せているのもこの事件の特徴のひとつだ。当時、これほど世間の興味や想像をかきたてる犯罪は他になかった。無残に殺害されたふたつの死体は、謎解きの醍醐味を味わわせてくれるが、その裏には狡猾で底の知れない頭脳や、反社会的知性、想像を絶する残忍性、邪悪さ、高度な遂行能力が潜んでいて、見たところ捜査当局の手は届きそうにない。

風俗、家族、高教会派、警察、政治といった要素が複雑にからみ合う事件にこそふさわしい名前がつけられ、いまもそう呼ばれている——それが『世紀の犯罪』である。

国じゅうの熱い視線が注がれるなか、捜査は行われた。若い素人探偵やレポーターや新聞記者の群れが警察に押し寄せ、法と秩序が侵害されたことに対する速やかかつ明確な報復を行うよう要求した。関係者全員が事件への関与を疑われ、そのなかにはティモシー・ビーズリー牧師の妻も含まれていた。白髪頭で、厳格で、感情を表に出さない彼女のことを〝冷淡で冷酷な未亡人〟と揶揄するタブロイド紙もあった。やがてしびれを切らした大衆は当局にさえ疑いの目を向けるようになる。憤慨した改革論者はまたしても正義が買収されたと抗議の声を上げ、犯行の動機を有する者たちが彼らに同情的な親族の莫大な富に守られているとの疑念が持ちあがり、容疑者に地元の名士が数多く含まれているため事件がもみ消されるのではないかという憶測が飛び交った。その一方でプロパガンダが流布しているとの声が上がり、牧師とその愛人が殺害されたのは自業自得であるとの意見が囁かれるようになる。一部の高潔で徳の高い市民（たぶん彼らは私生活に後ろ暗いところがひとつもないのだろう）が、この考えを支持し、誰も罰するべきでないと大胆にも主張する。しかし、こうして物議を醸した警察の捜査が終了したあとも、依然として事件の真相は明らかにされていない。

牧師とその愛人を殺害した罪で、まだ誰も電気椅子送りになっていないのは事実だし、明らかに捜査の幕は下ろされた。とはいえ、お偉方にもみ消されたわけでも、愚かな連中に台無しにされたわけでもないことは、事件の内情に最も通じている人々が一番よくわかっている。

実のところ、当局は真相を知っていたのだ。

ニューヨーク市警察本部長のサッチャー・コルトは、ティモシー・ビーズリー牧師とエヴリン・ソーンダースを殺害した犯人を知っていた。驚くべき早さで殺人者の正体を見抜いただけでなく、ビーズリーとソーンダース夫人がいつ、どこで、なぜ殺害されたのか、そしてその行為を誰が共有しているのかを突き止めたのである。

ではなぜ、突き止めた事実は公表されなかったのか？

その理由がいまここで初めて語られる。ごく最近、事の真相を公表することで最も影響を受けるふたりの人物がこの国から旅立った。彼らは名前を変え、異国で生涯を終えることになるだろう。それゆえに、わたしはようやく真実を余すところなく語ることができるのだ。わたしの前作 *The Murder of Geraldine Foster* を読んだ方々は、ニューヨーク市でサッチャー・コルトが警察本部長をつとめていた数年間、わたしが彼の腹心の秘書をつとめていたことを覚えていることと思う。彼の秘書としてわたしは、ビーズリー／ソーンダース事件を含めていくつかの怪事件の捜査に関わった。本書は、そのときどきに現場で書きとめた公式記録をもとに、複雑にからみ合った悲劇の糸を本部長がどのように解きほぐしていったのかを記したものである。

アンソニー・アボット

第一章　奇怪な積荷

ふたつの死体が発見されたのは、数年前の六月初旬、気の早い夏の到来を思わせる夜のことだった。わたしがその夜を記憶しているのには明確な理由がある。牧師と聖歌隊の女が殺害されたのとほぼ同時刻に、南米航路の定期船〈ユークシン号〉が、フロリダ・キーズ諸島沖で、大勢の乗客もろとも沈没したのだ。しかし、マンハッタンの警察官と聖職者があの風のない蒸し暑い夜を思いだすとき、まっさきに頭に浮かぶのは、制服を着たパトロール警官がニューヨーク市内を駆けずりまわって、聖公会系の牧師館の呼び鈴を片っ端から鳴らしてまわり、寝ぼけ眼《まなこ》の福音の師をベッドから引きずりだすという、前代未聞の椿事だろう。

いずれにせよ、うだるような暑さに見舞われたその月曜日の終わりに、善良なる市民の眠りを妨げるような事態が出来するとは、当の警察も予想していなかった。涼気をもたらす雷雨の到来を誰もが待ち望むなか、サッチャー・コルトとわたしは、センター・ストリートのニューヨーク市警察本部ビル北端に位置する本部長室で仕事にいそしんでいた。

コルトは例のごとく、まとわりつくような暑さを気にもとめていない様子だった。ニューヨークじゅうがシャツ一枚で汗だくになっているときに、コルトは白いフランネルのズボンに濃紺のジャケットをはおり、白いシルクのシャツに青いネクタイを締め、汗ひとつかいていないように見えた。兵士を思わせる精悍な顔は曇りなく澄み渡り、意欲に満ちている。緑の傘つき電気スタンドが放つ白い光のもと、コルトは机の上に身を乗りだして、タイプされた原稿を読みふけっていた。

不意に、彼がわたしの名を呼んだ。

「トニー」

「なんでしょう、本部長」

「手紙を一通書いてくれ。帰宅前に署名できるよう、至急頼む。第二本部長代理に指示したいことがあってね。例の婦人団体のお偉方が知ったら、頭から湯気を立てて怒るだろうが」

「用意できました、どうぞ」

「本部長代理にこう伝えてくれ。現在のような天候が続くかぎり、タクシー運転手に上着の着用を強いる規則は無効とすべし。まったく馬鹿げた規則だよ、喜ぶのは一部の口うるさいご婦人方だけだ。それでいて当人たちは、ごくわずかな布きれしか身に着けていないんだからね。警察という組織は往々にして、馬鹿げた規則を守らせることに時間を費やしすぎるきらいがある。老神父が贖罪として枯れ枝に水を与えつづけるのと同じくらい無益な行為だ。そんなひまがあったら、一件でも多く事件を解決するべきなのに」

コルトは憂いを含んだ目を手元の原稿に戻した。明日、シラキュースで開催されるニューヨーク州警察署長会の年次会議に出席し、その原稿をもとに講演をする予定だった。彼が講演で取りあげる〝ムラージュ〟と呼ばれる新技術は、ウィーンの犯罪学者フェルディナンド・ワツェック博士によって警察の捜査に導入された。証拠を蠟《ろう》や石膏で型取りすることによって、犯罪を解決に導く画期的な手法である。コルトはそれに独自の改良を加えているが、その改良した方法を公の場で説明するのはこれが初めてだった。

　コルトが原稿に手を入れているあいだ、わたしは彼のもとに続々と届く捜査報告書の整理に追われていた。目の前で山を成す書類には、長い一日に起きた犯罪が詳細に記されている。ブロードウェイ百十二丁目で子どもが連れ去られた、裕福な女が万引きで逮捕された、大量のコカインとハッシッシがロングエーカー・スクエア（現在のタイムズ・スクエア）に入荷するとの噂——さらには性的倒錯行為や信用詐欺、強盗、ギャングの動向等々が脈絡なく入り混じっている。

　書類を仕分けしていると、オフィスのドアが静かに開いた。足音を立てずに入ってきたのは、本部長室の出入りを司《つかさど》る銀髪の守護者、イスラエル・ヘンリー警部だった。警部は咳払いをして言った。

「失礼します、本部長。いま電話で報告が入りまして」

「うん、ヘンリー？」

「イースト川を漂っていた手漕ぎボートにモーターボートが衝突し、モーターボートに乗っていた男の悲鳴を聞いて駆けつけた巡視艇が、その手漕ぎボートをベルヴュー埠頭へ曳航したところ、二名の遺体が乗っていたそうです」

「ギャングか？」

「いえ。牧師らしい身なりの男と、もうひとりは女です」

「他殺かね？」

「その点は間違いありません」

　一瞬、コルトの眉間に深い皺が刻まれた。この二年、休むことなく骨身を削って働いてきたコルトは、主治医から休息が必要だと言われていた。シラキュースでの会議のあと、一カ月ほど休暇を取って、カナダの荒野へ冒険の旅に出かける予定だった。心ここにあらずといった様子で、コルトは吸取紙の上の小さな象牙の像を手に取った。ギリシャの詩人ホメロスをかたどったその像を、コルトはときどき思いついては手に取って、愛おしげに眺めていることがある。あたかもそれが予言めいた知恵を授けてくれるテラピム（古代ヘブライ民族の家の守護神として崇拝された偶像）であるかのように。

「行くべきか、留まるべきか」コルトはそうつぶやくと、手にしていた盲目の老詩人の像をひっくり返し、頭を下にして机の上に置いた。「何があったにせよ、福音の師と婦人が殺害され、ボートで川を漂っていたわけだからね。放っておくわけにはいかないだろう」象牙の像をインク瓶の隣に戻すと、きらりと光る目をわたしに向けた。「トニー、残念だが、きみの休暇をぶち壊しにすることになりそうだ――わたしの休暇もね！」

コルトが呼び鈴を鳴らすと、待ち構えていたように速記者のチェンブリスが現れた。

「電報を頼む。『ニューヨーク州シラキュース市ホテル・オノンダガ、ニューヨーク州警察署長会会長殿。緊急事態により会議への出席叶わず。会員諸氏に遺憾の意を表明するとともに、会議の成功を祈る』。すぐに送ってくれ、チェンブリス」

コルトはメッセージを口述しながらパナマ帽とステッキを手に取り、ポンペイのしずく型花瓶から白いクチナシの花を一輪抜きとると、それをジャケットの下襟に挿した。

「死体はいまどこにあるのかね？」

「まだボートの上です。二十九丁目の死体安置所《モルグ》の船着き場に係留されています。検死医に出動を要請し、目下、マルトゥーラー医師が現場へ向かっています。関係各署へはこれから連絡します。現場で見張りに立っているハリス巡査と直接話しました。誰にも指一本触れさせていないそうです」

「他には誰も寄越さないでくれ、わたしが指示するまでは。そのときが来たら、アボット君を通して連絡する」

　エレベーターに乗りこむと、コルトは気遣わしげにわたしを見た。

「たしか、今夜きみはコッド岬まで車を飛ばして、ベティ・キャンフィールドに会いにいく予定だったね」

「いまはそれどころではありませんから、本部長」

　コルトはわたしの心中を慮るように深くうなずいた。

「仕事とはいえ、つらいところだ。でもまあ、ひょっとするとすぐに片がつくかもしれない。じきにわかるだろう」

　ブルーム・ストリートの車寄せでは、本部長の専用車が待機していた。いつでも出発できるよう、すでにエンジンは小気味のよい音を立てている。運転席に座っているのは、皿のような平べったい顔に無表情を貼りつけたニール・マクマホンだ。コルトの専任運転手であり、数多くの怪事件で豪胆ぶりを発揮してきた仲間でもある。ニールは独自の情報網を駆使して、本部長がやってくることを前もって察知していた。

「ベルヴュー埠頭だ」コルトは告げるのと同時に車に飛び乗り、わたしもあとに続いた。次の瞬間、すでに車は走りはじめていた。サイレンを鳴らしながら赤信号を次々と突っ切り、行き交う一般車両に足止めを食らわせて、アップタウンに向かって突き進んでいく。

　コルトは普段と変わらず無口で、無謀な運転に身を任せたまま、ひと言も発しなかった。瞬く間に車はベルヴュー病院と死体安置所《モルグ》の近くまで来ていた。二十六丁目の河岸近くに、ドーム型の屋根を頂いた建物が、蒸し暑い闇夜に黒々とうずくまって見えた。忌まわしい記憶が染みついた旧死体安置所《モルグ》だ。数年前、タマニー派の指導者だったビッグ・ティム・サリバン（ニューヨークの政治家。一九一三年、列車に轢かれて五十一歳で死亡。謀殺説もある）が変わり果てた姿で運びこまれたときは、保管期限寸前に身元が判明したものの、氷の上に寝かされた死体の多くは、身元不明のまま葬られる運命にあった。その丸屋根の不気味な古い建物は、いまはもう使われていない。

車が初めて停止したのは、二十九丁目と一番街の角、ベルヴュー病院の広大で陰気な建物の前だった。その角から南は二十六丁目、東は川岸にまで及ぶ病院の十二エーカーの敷地には、悲嘆と絶望と慈悲が渾然一体となって渦巻いている。

煌々たる明かりに照らされて、労働者の一団が夜間作業に追われていた。ベルヴュー病院精神科の新病棟の基礎を築くべく、岩盤にドリルで穴を開けているところだ。クレーン車が砕いた岩を地中から吊りあげて、獣が獲物をむさぼり食らうように、雲母や方解石や石英を次々と呑みこんでいく。車は西行きの大通りを東二十九丁目に折れて、速度を落としたまま川へと向かった。人を寄せつけない雰囲気の建物——新モルグと称される死体安置所——の脇を通過して、突き当たりまでさらに進み、黒いブロック塀に設けられた通用口の前で車は停止した。すぐさまコルトが飛び降り、わたしも慌ててあとに続いた。薄暗い通用口の向こうに桟橋が見えた。ほのかに光る水面に百フィートほど突きだした桟橋は、まるで恐竜の丸い背中のようだ。河口特有の匂いがわたしの鼻孔をくすぐった。気分を高揚させてくれる、爽やかな潮の香りだ。

コルトは小声でニールに指示を与えると、わたしにうなずいてみせた。それを合図に駆け足で通用口を通りぬけ、桟橋へ向かった。埠頭のアーチ形の外灯に照らされながら無言で桟橋を進み、半分ほど来たところで制服警官に制止された。長身で赤ら顔の青い目をした真面目そうな男だった。コルトが所属と名前を告げると、警官は前に進みでて、軍隊式の敬礼をした。

「カーター巡査部長です、コルト本部長」

「状況を説明してくれ、カーター」

「三十分ほど前でしょうか、トゥイストルという若者が、ベラ・ブルームという恋人を連れてモーターボートを走らせていたところ、手漕ぎボートと衝突し、そのブルームという娘がぶつかったボートの積荷を見るなり、悲鳴を上げて気を失い、何事かとボートのなかをのぞきこんだトゥイストル青年もまた、びっくり仰天して腰を抜かしたそうです」

このとき、別の人物が合流した。背は低いが、しなやかな身ごなしのその警官は、海事課の巡視艇〈ジプシー号〉の指揮を執るスローン巡査部長だと名乗った。

「状況を説明してくれ、巡査部長」コルトはパイプを取りだした。

「われわれはちょうど任務についたところでした――夏時間に変わって、勤務スケジュールに若干混乱が生じているもので。桟橋Aを出航し、イースト川上流に向かって低速で航行中のことです。万事異常なく、滑りだしは上々、と思いきや、悲鳴が聞こえたため、ミンツ巡査に舵を任せて、探照灯で前後左右を確認し、ほどなく二艘のボートを発見しました。場所はチューダー・シティ沖で、二艘は衝突したらしい。わたしは現場へ急行し、そこで驚くべき光景を目にしました。手漕ぎボートにはふたつの死体、モーターボートでは若い女が気を失っていて、かたわらでへたりこんでいる男は恐怖で歯の根が合わない有様でした。その後、手漕ぎボートをロープで繋いで埠頭へ曳航し、居合わせたカーター巡査部長とハリス巡査が本部に報告したというわけです」

コルトは慣れた手つきでパイプにタバコを詰めていた。

「トゥイストルとその恋人は?」

「病院の救急病棟です。娘のほうは手当てが必要でしたので」カーターが説明した。「ショックで寝こんでいます。病棟にはウィルソン巡査を配置し、ふたりから目を離さないように指示してあります」

「死体を見せてもらおう」パイプに火をつけたあとでコルトが言った。

カーター巡査部長はわれわれを桟橋の突端へ案内した。見張りに立っていたハリス巡査は、快活そうな顔の若者で、小気味よい敬礼をしたあと、すぐに無表情な立哨の体勢に戻った。

「マルトゥーラー医師は到着したかね?」コルトがたずねた。

「いいえ、まだ誰も来ておりません」ハリスが答えた。「どうぞこちらへ」

巡査部長に導かれて、桟橋の際《きわ》まで進んだ。われわれの前方では、きらびやかな水上ショーが繰り広げられていた。明かりを灯した船が幻想的な行列を作り、油を流したような川面を行き来している。その光景はさながら夢のなかで音のない映像を見ているかのようだった。川の対岸ではグリーンポイントの街灯りが瞬き、北の方角にはウェルフェア島のシルエットがぼんやりとかすんで見えた。生ぬるい空気と闇に包まれて立つわれわれの耳に、波が桟橋に打ち寄せる、静かだが力強い音が足元から聞こえてきた。

「ここは柵がありませんので」カーター巡査部長が注意を喚起した。

われわれが立っている場所から、死体を積んだボートは見えなかった。酔っぱらいのように波に揺られている赤い小型のモーターボートは、トゥイストル青年とブルーム嬢がロマンティックな一夜を過ごすはずだった船にちがいない。この弱々しいプレジャーボートの隣に定期船のごとくそびえているのが、全長六十フィートの巡視艇〈ジプシー号〉——必要とあらば、時速三十五ノットで追跡可能な警察船隊の女王だ。船体の両側に他船を引き寄せるための引っかけ鉤が備わっていて、前方の帆布で覆われた部分には機関銃の銃口が隠されているのが見てとれた。操舵室のドアの前に立つ巡査が、額の汗を制服の袖口でぬぐっていた。

コルトは大きく身を乗りだして栈橋の下をのぞきこんだ。ポケットから懐中電灯を引っぱりだし、スイッチを入れると、栈橋の横に渡された水平桁の上に無言で降りたった。波しぶきに濡れた橋桁は、見るからに滑りやすそうだ。わたしも急いであとに続いたが、すでにコルトは懐中電灯を手にしゃがみこんでいた。明るい光の輪が照らしているのは、見るもおぞましい光景だった。橋脚にロープで係留された平底の手漕ぎボートが、荒波に揉まれて不安定に揺れ動いている。緑のペンキは塗りたてのようだ。この不格好な小舟の底に、男女ふたりの死体が仰向けに横たわっていた。

忌まわしい事件が発生したことは、死体をひと目見ただけでわかった。男のほうは背が低く、小太りで、年齢は三十そこそこ。髭のない丸い顔から、かっと見開かれた目がこちらを見あげていて、懐中電灯の明かりを反射すると、生命に似たものを宿しているように見えた。広く秀でた額に銃創があり、ふさふさした茶色の巻き毛は血で固まっていた。傷からあふれでた血は顔面に広がり、聖職者の白いカラーにしたたり落ちて、黒いベストを汚していた。

男のかたわらに横たわる女は、まるで眠っているようだった。美しい顔は穏やかそのもので、犯罪に巻きこまれた痕跡はどこにも見当たらない。彼女は若くて美しかった。量の多い金髪を顎の下で切りそろえ、青いリボンのヘアバンドをつけている。彼女の左半身、青いシルクのドレスの上に広がる大きな黒い円は、じっとりと濡れ、深紅色に染まっていた。彼女は心臓を撃ちぬかれていた。もっとも、われわれはすぐにその傷に気がついたわけではない。なぜなら、副次的ではあるものの極めて衝撃的な犯罪の痕跡が、先に目に飛びこんできたからだ。あたかも致命傷となる銃撃だけでは、恨みを晴らせなかったかのように、女の喉は真横に切り裂かれていた。この残虐な行為には、途方もなく鋭利で強力な武器が使用されたにちがいない。遺体の頭部と胴体はほぼ切り離されていた。

実を言うとわたしは、真夜中の埠頭で脳裏に刻まれたおぞましい光景を、事件から数年経過したいまも記憶から消し去ることができずにいる。戦争や日々の報道や警察の仕事を通して、凄惨な光景を見慣れているわたしの目に、依然としてふたりの姿が焼きついているのだ。

長いあいだコルトは憂いを帯びた顔で手漕ぎボートとその奇怪な積荷を眺めていた。身を乗りだして女の手に軽く触れ、振り向いて巡査部長に声をかけた。

「カーター、彼らの身元は判明しているのか?」

「いいえ、まだです。いっさい手を触れてはならないとの指示でしたので」

コルトは死体に向き直って、片手をわたしの肩に置いた。

「トニー、この気の毒な男は、裕福で洒落者の米国聖公会の聖職者だ」

「見覚えがあるのですか?」

「そうじゃない。しかし、職業や教派は服装を見ればわかる。それ以外のことは、仕立屋の腕の良さから推して知るべしだ。さらに言えば、彼らが殺害されたのはこのボートのなかではない。陸の上で殺されたあと、ボートに乗せられたと考えるほうが自然だ。犯行時刻はいまから三時間以内。女の手に触れてみたが、川風にさらされていたにもかかわらず、まだかすかに温もりが残っている。つまり、トニー、きみとわたしが夕食をとっていたころ、このふたりはまだ生きていたということだ」

「本部長——」

「待て、トニー!」

コルトはわたしをさえぎると、空いているほうの手で下を指差した。ボート前方の暗がりで、何かが動いていた。

第二章　恋文、ダイヤモンド、落ち葉

わたしは濡れた杭に腕を巻きつけると、身を低くして、ボートの船首近く、光の届かない奥まった場所に目を凝らした。何かが動いていた。死体に寄り添うようにうずくまっている、あの生きものはなんだ？　わたしの心の声が聞こえたかのように、それは低いうなり声を発した。と同時に、チラチラと光るふたつの目がわたしを見た。夜に狩りをする獣特有の青白い光を放つ目だ。死体の乗った手漕ぎボートに身を潜めていたのは、一匹の猫だった。

凄惨な現場に、驚きと戸惑いが入り混じった奇妙な空気が流れた。あの猫はどうやってボートに乗ったのだろう？　飼い主は誰だ？　殺人犯かそれとも被害者のひとりか？　わたしの頭は疑問でいっぱいだった。しかし、コルトは無駄な憶測で時間を浪費しなかった。

「ハリス！」コルトは巡査を呼び寄せた。「捕獲網はあるか？」

「すぐに取ってきます、本部長」

モルグの埠頭では昼夜を問わず、捕獲網を用意しておく必要がある。

巡査が走り去ると、コルトは猫に目を据えたまま身体を起こし、パイプの火皿からタバコの灰を静かに叩き落とした。わたしは横目で彼を見て、驚きを新たにした。コルトは汚れた橋桁の上に危なっかしげに立っているが、フランネルのズボンは依然として染みひとつなく、シャツのカラーはぱりっとしているし、目深にかぶったパナマ帽に少しの乱れもない。ゆっくりと丁寧な手つきでパイプにタバコを詰め直し、火をつけた。

「メモを取ってくれ、トニー。猫の飼育は、犬と同様に登録制にすべきである」

ちょうどそのとき、ハリスが戻ってきた。長い持ち手のついた捕獲網を肩に担いでいる。

「自分にその猫を捕獲させてください、本部長」ハリスが申し出た。

「やってみたまえ。だが、逃がすんじゃないぞ」

ハリスは桟橋に腹ばいになると、猫に向かって網を突きだした。身をよじったり、あとずさったり、何度も態勢を立て直したあとで、ようやく捕獲に成功した。歯を剝き、爪を立てて激しく暴れる猫をボートの縁まで慎重に引き寄せ、最後はわたしが身を乗りだしてそれに飛びついた。もがく猫をしっかりと網で包んで抱えあげると、コルトは目一杯光度を上げた懐中電灯で、その哀れな小動物を照らした。

「珍しい目撃者だな」コルトはつぶやいた。「鳴き声だけでは、百パーセント猫だとは言いきれないからね。アメリカ生まれだな。鳴き声はインドやアフリカに生息するジャングル・キャットに似ている。きみも自分の目で確かめたまえ。しっぽは小さな房飾りのように短くて骨はない。ふわふわした長毛、感触は一般的な猫よりもうさぎ《ラパン》に近い。つまり、マンクスという品種の猫だ」

囚われの身となった猫は、わたしの手のなかで必死にもがき、懐中電灯のまばゆい光にすっかりおびえていた。それでも本部長は執拗だった。なだめるように話しかけながら、猫の身体の部分ごとに光を当てていく。

「よしよし、いい子だ。ここがどこだかわからないんだろう。何が起きたのか、話したくても話せないしな。何も知らない可能性もあるが。トニー、ちょっと横を向いてくれ」

　わたしが指示に従うと、コルトは手際よく検分を続けた。耳、額、後足、そして前足。

「血がついてるぞ、グリマルキン（年老いた雌猫の呼称）！　この変てこなしっぽにはついていないのに。立派な頬髭にもない。だが、前足にはついている。トニー、きみが抱えているのは重要参考人だ！」

　そして振り向きざまに、カーター巡査部長にたずねた。

「この猫を入れておく場所はあるかね？」

　埠頭の警備を任務とする巡査部長が大声で応えて言うには、うさぎ用の檻があるので、必要なだけ預かることができるという。コルトのひと言で、わたしは猫の入った捕獲網を喜んで巡査部長に渡した。受けとった巡査部長は、モルグのほうへ立ち去りながら、要請があればいつでもお届けしますと大声で請け合った。

　コルトは橋桁の上に立ったままパイプを吹かしていた。次なる命令を出しかねているようにその場に留まり、ボートの上の骸《むくろ》をじっと見ている。その間、彼自身も死体と同じくらい静かで、トラピスト会の修道士さながらに近づきがたく見えた。やがてやけに穏やかな口調で言った。

「カーター巡査部長」

「はい、本部長」

「二十九丁目と一番街の角で、いま、ベルヴュー病院が新病棟を建設している。その基礎工事に小型の蒸気式デリックが使われているんだ」

「はい、本部長」

　神妙に応じる巡査部長の声には、隠しきれない戸惑いが表れていた。

「それをここへ持ってきてくれ、カーター——大至急だ」

「それをここへ——蒸気式デリックを、ですか？」

巡査部長の声は驚きのあまりかすれていた。

「早くしたまえ！　きみが躊躇した分だけ、殺人犯を励まし、手助けすることになるんだぞ」

「了解しました、本部長」カーターはうなるように言うと、足音を響かせて桟橋を駆けていった。

コルトは含み笑いをした。

「いいかね、トニー」声を落として言った。「この事件を解決に導く手がかりは、一見取るに足らない些細な部分に隠れているかもしれない。だから捜査は慎重に進めたい。死体をボートから動かしたくないんだ——いまはまだ」

「たとえ、いま——」

「たとえ、いまこの瞬間に検死官が到着しても、だ。検死解剖は二、三時間後になるかもしれない。ボートは死体と同じくらい重大な手がかりになり得るからね」

「ですが、本部長——」

「続きはあとにしてくれ、トニー。取り散らかった考えを整理するのに少し時間が必要なんだ」


記録によれば、コルトはパイプを、わたしはキャメルを吸いながら、狭い橋桁の上に三十分近く黙って佇んでいたことになる。そしてついに、蒸し暑い夜の静寂は破られた。耳障りな金属音と、シュッシュユッという蒸気音が聞こえ、刻一刻と騒々しさを増していくなか、戦艦のごとき蒸気式デリックが姿を現した。指揮を執っているのは、上役の理不尽な命令にも黙して従うカーター巡査部長だ。

そこから先はコルトがきびきびと指示を与えた。死体の状態を損なうことなくボートを川から引き揚げ、モルグへ運びこむことを彼は望んでいた。

それはなんとも風変わりで困難な大仕事だった。掘削工事の作業員がぎこちない足どりで橋桁の上に降りたち、手漕ぎボートのまわりに垂らした鎖をフックで固定するのを手伝ってくれた。その後、デリックはゆっくりとボートを川から引き揚げ、コルトとわたしは桟橋に接触しないようボートの船腹を両手で抑えていた。ボートが身震いしながら川面を離れると、竜骨から大粒の涙のような水がしたたり落ちた。宙吊りのまま左右に大きく揺れ、あわや転覆かと思われたが、ふたりの亡骸は水平状態を保っていた。ボートが川と桟橋のあいだに吊るされているとき、時間は永遠のように長く感じられたが、ひとたび陸上を移動しはじめると、あっという間にボートは埠頭の舗装路の上に下ろされていた。

「次はどうしますか、コルト本部長？」カーター巡査部長が自信たっぷりにたずねた。

コルトは桟橋の先のブロック塀にぽっかりと開いた穴を指差した。トンネルの入り口のようなそれは、われわれが入ってきた通用口の左側にあった。

「あの地下道はモルグに続いているんだったね？」コルトがたずねた。「そうだ。よし、ボートを運ぼう。このままあのトンネルを通って、応接室《レセプション・ルーム》まで行くんだ」

「了解しました」そう応じると、カーターは運搬に必要な人員を呼び集めた。

「われわれも行くぞ、トニー。彼らを先導するんだ」

トンネルは東二十九丁目通りの下を、川岸から一番街へ向かって一ブロックにわたって続いている。われわれはエレベーターで穴の底に降りたった。ニューヨークじゅうどこを探しても、あれほど不吉で身の毛のよだつ場所はないだろう。通路の幅は最大でも五フィートに満たず、高さは九フィートほど。壁と天井は薄汚れた灰色のブロックで築かれ、五十フィートごとに頭上から吊るされた電球が、弱々しい光を放っている。エレベーターはボートを乗せるために再び上昇し、コルトとわたしは歩きはじめた。セメントの通路を踏む足音がトンネル内に反響した。ほどなく、背中の曲がった人影のようなものが、狭いトンネルを大股でこちらへやってくるのが見えた。近づくにつれて、わたしは自分が間違っていたことに気がついた。それは人影ではなく人間そのものだった。背が高くがっしりした体格の男で、金と銀が混じった光沢のある口髭をたくわえている。コルトを見て一瞬足を止め、ひと睨みしたあと、いらだたしげに片手を振って歩き去った。

「知り合いですか？」わたしはコルトにたずねた。

「あれはストックブリッジといってね、ニューヨークで最も尊敬されている美術教師のひとりで、若手芸術家連盟きっての鬼才でもある。二十四時間ここの解剖室にこもって、生体構造の知識を更新しているんだよ」

わたしは返事をしなかった。死体を切り刻む分野の第一人者と言われても、ミュルジェールやデュ・モーリエを読んで育ったわたしのような男には、なんのロマンも感じられず、共感できなかった。やがて背後から、重い荷を運ぶ屈強な男たちの荒い息遣いが聞こえ、背中の曲がった巨人のシルエットのような不気味な黒い影が、ボートを担いだ人々よりも先に姿を現した。

ようやく目的地にたどりついたと知ったとき、わたしは心底からほっとした。そこは表向きには応接室と呼ばれる部屋で、三人の職員が仏頂面でわれわれを出迎えた。彼らが属する闇の世界では、生きている人間は歓迎されないらしい。

わたしは身震いしながら周囲を見まわした。しかしコルトはまわりには目もくれず、職員を呼び寄せて警察本部長であることを告げると、てきぱきと指示を与えはじめた。箱を持ってきてくれ。もっと明かりと椅子も必要だ――。

「それと、蠟燭を一本！」コルトは最後にそう言って、リーダー格の職員に鋭い一瞥をくれた。

そこは大きな長方形の部屋だった。壁と天井はぬらぬらとした光沢のある青と白のタイル貼りで、照明は暗く、一部は消えていた。壁の二面には作りつけの引きだしがずらりと並び、取っ手に認識票が下がっている。

水のしたたるボートを肩に担いだ男たちが、よろめきながら部屋に入ってきた。コルトの指示で、ボートはコンクリートの剝きだしの床の中央に下ろされた。すかさずモルグの職員が駆け寄り、持ってきた箱をつっかい棒としてボートの両側に置いた。

「もっと明かりを」コルトが声を張りあげた。

ただちに十を超える新たな照明が灯された。まばゆい光に照らされたボートと、ガラス玉のごとき目を見開いたふたりの被害者は、さながらコニーアイランドの蠟人形館に飾られた、どぎつい展示物のようだ。

「さて、カーター」コルトはすべての作業員を部屋から追い払うと、巡査部長にてきぱきと指示を与えた。「きみは埠頭に戻るんだ。ヘンリー警部に電話をかけて、全捜査員の出動を要請してくれ。到着したら、全員その場で待機させること。殺人捜査課の刑事と、マルトゥーラー医師と、その他の連中もまもなくやってくるだろう」

最終的にコルトとわたし、それにハリス巡査だけが残った。後ろに控えて立つハリス巡査は、生真面目に前方を見据えていた。

「では、ここで再び、パオロとフランチェスカに登場願おう（イタリアの貴婦人フランチェスカは、夫の弟パオロと恋に落ち、夫に殺された。ふたりの悲恋は多くの芸術作品の題材となり、ダンテの『神曲』にも描かれている）」コルトは誰にともなく言って、パイプにタバコを詰め直して火をつけると、ボートに歩み寄った。

「実に不可解な事件だ」コルトはつぶやいて、力強い手をしばしわたしの肩の上に置いた。「われわれが速やかに突き止めるべきは、この男女の名前、住所、素性。それと正確な犯行現場——三百九マイル四方のニューヨークの街のどこで殺害されたのか。そして責めを負うべき人間は誰か」

コルトは憂いを帯びた褐色の目をわたしに向けた。その瞳のなかに、わたしは危険な戦いに挑む勇者のような輝きを見てとった。

ボートに視線を戻して、コルトは言葉を継いだ。

「われわれのような大きな組織は、時間さえかければ、たいていの疑問に答えを出すことができる。しかし、数時間以内に結果を出すには技術がいる」

コルトはボートの縁《へり》に片手を置いた。

「これは奇妙なボートだ」説明を続けるコルトの声は、低く抑えられているものの、丸天井に反響して聞こえた。

「見てごらん、トニー。シートは船尾にひとつきりで、オールもなければ錨もない。このボートは、死体を川に流すという卑劣な目的のために作られ、使用されたのかもしれない」

次にコルトは手を伸ばして船腹と船底を撫でまわした。

「さらに言えば、わたしはその道の専門家ではないが、この風変わりなボートにとって、これが初めての船出だったと考えてまず間違いないだろう。継ぎ目のコーキングが新しいし、緑のペンキも塗りたてで損傷や劣化がない。どこもかしこも新品そのものだ」

わたしは忙しくメモを取りつづけた。本部長が自らの考えを語って聞かせるのは、それを書きとらせるためだ。

「そして、身元のわからない死体がふたつ。女のほうは人目を惹く美人で、虚栄心が強い。首から下げているのは本物の琥珀のネックレスだ。左手首にダイヤのブレスレット――ダイヤは本物だが、質はよくない。だが、イヤリングのダイヤはかなり値の張るものだ。となると、金品目当ての殺人ではない。おや！　イヤリングが片方しかないぞ。もうひとつはどこへ行ったのか――」

死体の検分を中断してイヤリングの片割れを探したが、見つからなかった。イヤリングが外れたのはボートのなかではなかったことが、のちに明らかになる。ほどなくコルトは捜索に見切りをつけ、死体のところへ戻ってくると、今度は女の右腕を持ちあげた。関節は簡単に曲がるし、指にもこわばりはない。死後硬直は始まっていなかった。そこから犯行時刻は少なくとも六時間以内と推測できる。次にコルトはボートの上に身を乗りだして、死んだ女の手を持ちあげ、手のひらを自らの鼻先に近づけた。続けて、女のもう片方の手と、男の両手にも同じ動作を繰り返した。

「火薬のにおいはしない。心中の可能性はないと最初から思っていたが。ふたりが死んだあと、何者かが遺体を乗せたボートを川に流したのは間違いないからね。それと、トニー、ふたりの傷の位置からしても自殺はあり得ない。男の額に開いた穴は間違いなく、三フィートと離れていない場所から撃たれたものだし、彼女が自ら喉を掻き切ったのでないこともたしかだ」

コルトはもう一度女の左手を持ちあげると、ブレスレットに触れることなく仔細に観察した。

「小さな金の飾りがついたブレスレットだ。お守りかな、数字で13と刻印されている。幸運を呼ぶアイテムとしてこうしたものを身に着ける人もいる」

コルトは身体を起こすと、何やら考えこみながら青い服の女を見おろしていた。死んでぐったりと横たわっていてもなお、彼女の魅力や美しさは損なわれていなかった。

「おそらく彼女は人一倍身体が丈夫だった」長い沈黙のあとでコルトは言った。「肌はきめが細かいほうではない。くるぶしは少しがっしりしすぎている」

外科医を思わせる手つきで、コルトは青いドレスの裾をめくりあげ、ピンクのスリップの薄い布地に指で触れた。

「ふむ。これは高価なものだ。ちょっと派手で、しかも真新しい」

コルトは目を閉じて腕を組み、静かな口調で語りはじめた。

「この女が身に着けているものは、リボンから靴に至るまですべて新品だ。それはなぜか？　むろん、破廉恥な理由があったと考えるべきだろう。かわいそうに、おそらく彼女はあまりにも愚かであまりにも一途だった。せめてもの救いは、痛みを感じずに死んだことだ。銃弾が心臓を貫通すると、速やかな安楽死がもたらされるからね」

コルトは目を開き、聖職者の死体に視線を移した。

「月曜日は、牧師にとって特別な休息日と見なされている」彼は話しながら考えをめぐらせはじめた。「その一方でこの男は、人倫にもとる休日を楽しみにしていた――あるいは、わたしは判断を急ぎすぎているだろうか。彼は外見とは異なる人間なのかもしれない。いずれにしろ、トニー、黒い山羊（家族や組織の恥となるような厄介者）が牧師の身なりをしていても驚くに当たらない。それどころかいったん立ち止まって、十二使徒には裏切り者がいたことを思いだすべきだ。仮に聖職者たちが、十二人にひとりという割合の高さに気がついていれば、当然ながら聖職者の質は飛躍的に向上し、彼らは歴史伝承のなかに名を残すだろう。ほら、これを見たまえ」

コルトは腰をかがめて、牧師の顔をしげしげと眺めまわした。

「今日の午後に髪を切ったばかりだ。床屋のはさみで切った細かい毛が、耳の後ろのくぼみに付着している。かすかにだがポマードの匂いもする。他人に不快感を与えない程度のポマードだ。銃弾が額を貫通したのに、念入りに整えられた巻き毛はほとんど乱れていない。見てごらん、トニー、ズボンの折り目はぴしっとしているし、シャツのカラーは赤い染みがついていても洗練されている。着衣に目立った乱れはない。つまり揉み合いはなかった。不意打ちを食らったということだ」

次にコルトは、牧師の額の中央に開いた穴を調べはじめた。

「妙だな。火薬による火傷の痕がある。銃が発射されたとき、銃口は彼の頭に接するほど近くにあったということだ。にもかかわらず、彼は抵抗しなかった！」

コルトは腰を伸ばしてパイプに火をつけた。

「もうひとつ気になるのは、左手首の赤い擦過傷だ。見えるかね？　ブレスレットのような痕が残っているのがわかるだろう。習慣的に腕時計をしていた証拠だ。ベルトがきつすぎて皮膚が擦りむけたんだ。しかし肝心の時計はどこだ？　この傷は顕微鏡写真用カメラで撮影させる必要があるな」

コルトは牧師のポケットのなかを探りはじめた。

「加えて、牧師の上着の内ポケットは空っぽだ。鍵はひとつもない。だが、ズボンの右ポケットに丸めた札束が入っている。とすると、彼は強盗に遭って、現金ではなく宝飾品を奪われたのか。しかし、女の宝飾品はそれなりに価値のあるものなのに、持ち去られていない。実に興味深い。思うに――」

不意に言葉が途切れ、不審に思ってわたしが顔を上げると、コルトは牧師の尻ポケットに手を差し入れているところだった。次の瞬間、一枚の破れた紙が引っぱりだされた。インクで書いた手書きの文字が並んでいる。コルトが読んでいる文章を、わたしは彼の肩越しに見ていた。彼が見つけたのは破れて半分だけ残った手紙で、内容は以下のとおり。

きみから与えられた問題についてずっと考えているんだ、エヴリン、愛しいひと。僕らが自分自身に対して、きみのご主人と娘さんに対して、そして僕の妻に対して担うべき義務について、祈りを捧げるように全身全霊で考えている。僕らの一挙手一投足を見守り、僕らの心を見通し、お許しくださる慈悲深き神のことも。僕らの愛を押しとどめるべきではないと思う。断じて押しとどめるべきではない！　たとえ非難の声が世界じゅうに響き渡ろうと（そんなことは起こらないと思うが）、地獄が口を開けて僕らを待ち受けていようと（慈愛に満ちた父なる神が、そんなことをお許しになるとは思わないが。僕がきみを欲し、きみが僕を欲する理由を、主はご存じだから）。今回、考えを新たにした問題がある。知ってのとおり、僕はこうした疑問に幾度も答えてきたわけだが。僕らは他者を不幸にしてよいのかときみは訊いたね。しかし、ならば彼らは、どれほど僕らを不幸にしているのか自問しなくてよいのか？　いや、彼らは問うべきだ。愛しいひと、例の場所で落ち合おう。そして温めていた計画を実行に移すんだ。いいかい、二週間前の安息日の説教を思いだしてごらん――あのとき、きみは聖歌隊の席から僕を見て、微笑んでくれたね――そうすれば、きみにもわかるはずだ。僕が祈りを捧げているのは、会衆のためではなく、僕たちふたりだけのためだと——

ご都合主義と感傷とうぬぼれと誇張が奇妙に入り混じった手紙は、そこで途切れていた。もう一度ふたりで探してみたが、手紙の残りはどこにもなかった。

「多くのことが明らかになったぞ。ともに既婚者で、愛人関係にあった。とすると、誰が彼の腕時計や指輪を持ち去ったのか？　見たまえ、似たような赤い輪状の擦過傷がもう一カ所ある。左薬指のつけ根だ。おそらく印章入りの指輪をはめていたのだろう。持ち去ったのは、腕時計や証明書のたぐいを持ち去ったのと同一人物にちがいない。それはともかく、これで男の妻は健在だということがわかった。そして女の夫も健在で、さらに娘がいることもわかった。しかし、トニー、この情報はいましばらく胸にしまっておくように」

「もちろんです」

「これは殺人だ。卑劣な、憎むべき行為だ」コルトが初めて感情をあらわにして言った。「ゆえに、われわれは足音を忍ばせなければならない。犯人を追いつめるまでは！」

コルトは腰をかがめて、再び女の顔を調べはじめた。

「この切り裂かれた喉の傷、いったいどんな凶器を使ったのだろう。なんにせよ、犯人はそいつを力いっぱい振りおろした。わたしの知るかぎり、こんなことができる人間はひとりしかいない。その男はいま、触法精神障害者としてダンネモーラの施設に収容されている。この事件は一筋縄では行かないぞ、トニー。ベルティヨンの人体測定法を使っても解決できるとは思えない（ベルティヨンはフランスの人類学者。人体測定を研究し、科学的な犯罪者識別法を考案。指紋法が導入されるまで世界各国で利用された）」

「腑に落ちないことがあります」わたしは思いきって疑問をぶつけた。「ふたりは殺害されたあとボートに乗せられたとあなたは考えている。なぜそう思われるのですか？」

「血の量が少なすぎるからだ。女の首はほぼ切断されている。つまり頸静脈をすっぱり切られたということだ。血は四方八方に飛び散ったにちがいない。ところが、ボートのなかに血痕はない。死体がほとんど血を流さないことは知ってのとおりだ。したがって解明すべき謎は、どうして死体を移動させたのか。そんなぞっとする作業をせざるを得なかった理由とはなんなのか」

コルトは話しながら、件《くだん》の恋文をわたしに手渡し、わたしはそれを自分の書類入れに大切にしまった。そして再び顔を上げると、ボートのなかをのぞきこんでいたコルトが、興奮した様子で牧師の足のあいだから何かを拾いあげたところだった。

「やったぞ、トニー！」歓喜の叫びとともに身体を起こし、わたしに向き直った。「殺人犯は何も残さなかったが、運命がわれわれに手がかりを与えてくれた」

コルトはあとずさりして、壁の電灯の下に立った。手のひらの上に乗せた小さな物体を恍惚の表情で食い入るように見つめている。わたしは彼に歩み寄った。驚いたことに、彼が大切そうに捧げ持っているのは、一枚の小さな緑の葉っぱだった。

「この葉に見覚えがないかね、トニー」

「いいえ、ありません」

「わたしもだ。こいつは吉兆かもしれないぞ、トニー、この葉はありふれた木から落ちたものではない。ニューヨークの街中でよく見かける木はたいてい知っている。アメリカガシワ、プラタナス、ノルウェーカエデ、シベリアニレ、他にも数種類あるが、これはそのどれとも違う。少なくとも、わたしの見るかぎりでは。ウルシに似ているが、でも、ウルシじゃない。この葉には独特のいやな臭いがあるしね」

わたしはすっかり面食らっていた。

「何が吉兆なんですか?」おずおずとたずねた。

コルトはわたしをちらりと見て、忍び笑いを漏らした。

「いいことがあるかもしれないんだよ!　トニー、ひょっとするとこの葉は、夜明け前にわれわれを犯人のもとへ導いてくれるかもしれない」

「一枚の葉っぱが?　街には何万本もの木があるのに。いったいどうやって——」

コルトは話をさえぎるように首を振り、その葉を自分の札入れに慎重にしまった。

「隣の部屋に電話がある。廊下のすぐ先だ」強い口調で言った。「電話を二本かけてくれたまえ。大至急だ」

コルトはポケットから茶色い革の手帳を引っぱりだすと、慌ただしくページをめくって、住所録のなかから目当ての名前を見つけだした。

「リバーサイド一〇九四二に電話をかけて、市公園課のレーデラー氏を呼びだし、わたしが緊急の協力を求めていることを伝え、三十分以内に面会できる場所をたずねてくれ。もし彼が不在なら、助手に頼んでみよう。だが、できることならレーデラー氏に会いたい」

「了解しました、本部長」そのときわたしは、ぞくぞくするような興奮がコルトの血管を駆けめぐっているのを感じていた。

「それからトニー、本部に電話をして、米国聖公会に属する牧師の捜索願が出ていないか失踪者捜索課に確認してくれ。合わせて、この女と人相風体が一致する行方不明者がいないかどうかも。もしも捜索願が出ていなければ――その可能性が高いと思うが、いまはまだ夜中の一時半だからね――電話帳からニューヨーク市内にある米国聖公会の教会をリストアップして、そのリストをもとに、パトロール中の警官を担当区域の牧師館に行かせてくれ。しらみつぶしに当たって、牧師の在否を確認すること。長く見積もってもここ二時間に行方のわからなくなった牧師が見つかるはずだ」

わたしは不気味なタイル貼りの地下室を出ようとして、ふと振り返った。コルトはひざまずき、モルグの職員から奇跡的にもたらされた火のついた蠟燭を片手に掲げている。指紋を探しているのだ。指紋を見つけるには、強力だが親和性の低い懐中電灯の光よりも、蠟燭の炎のほうが有効なのだ。コルトは犯人の追跡を開始した。犯人の男もしくは女をじわじわと追いつめていくのはコルトの真骨頂だ。兵士を思わせる精悍な顔は生き生きとして嬉しそうだ。わたしの視線を感じると、顔を上げてにやりと笑った。

「ちょっと思ったんだが」大きな声で言うと、落ち葉をはさんだ財布が入っているポケットをぽんと叩いた。「この牧師は説教のテキストとして〝神は人知を超えたやり方で奇跡を行いたまう〟という賛美歌の一節を使ったことがあっただろうか。さあ、早く行きたまえ、トニー。刺激的な長い夜は始まったばかりだぞ」

第三章　天国の木

　三分以内に、わたしはブロンクスの外れに住むレーデラーと話をしていた。寝ぼけた頭の公園課課長は、初めのうちこそわたしの突飛な要請をなかなか理解できずにいたが、ひとたび目覚めると熱心に話に耳を傾けてくれた。

「コルト本部長に伝えてくださない、すぐに自分のオフィスへ参りますと」受話器から聞こえてくる声はにわかに活気を帯びていた。「四十五分後にそこでお会いしましょう」

「場所はどこですか、レーデラーさん」

「ああ、わたしのオフィスもアーセナル（一八五〇年代に武器庫として建造され、警察署や美術館等を経て、現在は公園の管理事務所として使用されている）の警察署のなかにあるんですよ」

「五番街六十五丁目にあるアーセナルですか？」

「そう、そこです。セントラルパークの一角の」

「では、四十五分後に、レーデラーさん」

　続いてニューヨーク市の警察本部に電話をかけた。制服を着た警官が牧師館のドアをけたたましく叩いてまわる事態になったのは、この電話のあとである。サッチャー・コルトの命令――大ニューヨークに約百軒ある米国聖公会の牧師館を訪問し、行方のわからない牧師がいた場合はただちに報告すること――は、本部を通じて速やかにニューヨーク全域に行きわたった。

電話を終えたわたしは、大急ぎでモルグの応接室へ取って返した。長くて暗い廊下の角を曲がったとき、複数のくぐもった話し声が聞こえてきた。部屋に近づくほど騒がしさは増し、戸口にたどりついてみると、室内はせわしなく動きまわる人々であふれていた。本部から援軍が到着したのだ。人混みと喧騒にまぎれて、すぐにはコルトを見つけられなかった。新たに捜査に加わった者たちは、稀代の怪事件に色めきだち、何やらぶつぶつとつぶやきながら、ある者は命じられた仕事に取りかかり、それ以外は指示を待っていた。

ざっと見たところ、ほぼ全員の顔に見覚えがあった。殺人捜査課写真係のフレッド・マークルは撮影の準備をしていた。青と白のタイル張りの部屋に、まもなくフラッシュをたく音が鳴り響くことだろう。撮影するのはボートとふたつの死体で、あらゆる角度から撮影された写真は刑事たちに配られ、記録として残され、最終的には証拠として法廷に提出される。一方、人呼んで鑑識課の主任奇術師ことウィリアムズは、石鹸の木箱の上に道具一式を並べたあと、ガラス板の上に垂らしたインクをローラーで平らにならしていた。被害者ふたりの指紋を採取するのだ。

ベッドから引きずりだされたことをぼやきながら、次席検死官は早朝の検死について持論を述べていた。長身で赤ら顔、赤い団子鼻の上できらきら光る小さな目が喜劇役者を思わせる。被検者の上にかがみこんでいるその人物こそが、多くの刑事事件に鋭い洞察を与えたことで知られるJ・L・マルトゥーラー医師だ。ここでは予備的な検査をするだけだが、コルトが死体を手放すことに同意したら、検死解剖を行うのが彼の仕事だ。肉を切り裂き、髪を剃り、関節も靭帯も歯も血管もばらばらに解体する。そうやって貪欲に見いだそうとしているのは、警察が求めているもの――事実だ。

コルトは本部長に任命されて以来、マルトゥーラー医師と緊密に連携してきたし、彼が東海岸随一の法医学者であることに疑問の余地はない。それでもなおコルトとマルトゥーラーは、昔ながらの検死官《コロナー》を現行の検死官《メディカル・エグザミナー》とその助手に置き換えたのは大きな間違いだったと確信している。呼称の変更と合わせて〝検死審問〟と呼ばれる制度が廃止されたのは、社会にとって大きな損失だった。目下、ニューヨークに同様の制度はない。被疑者は判事の前に引きたてられるが、被告人が起訴されないかぎり、証人の証言を聞く公聴会は開かれず、そのことで司法機関は甚大な不利益をこうむっている。検死審問の廃止が賄賂の授受や裏取引を容易にした。変死体で見つかったドット・キング、エルウェル、ロスタインの死因を審理する検死審問が開かれていれば、もっと多くの証拠が明らかになっていただろうというのが、コルトとマルトゥーラーの一致した意見だ。現行の制度では証拠は巧みに隠蔽される。原因はひとえに捜査に遅れが生じたことにある。遅れこそが隠蔽の機会をもたらすのだ。

マルトゥーラー医師の後ろで、ボートをのぞきこんでいた半ダースほどの私服の男たち——速記者やカメラマンを従えた殺人課の刑事——に加えて、部屋のあちこちで小さな集団を作っていた大勢の制服警官が、いまやコルトのまわりに集まっていた。輪のなかに高位高官の姿が多く見られるのは、この事件が重視されている証しだった。彼らのリーダーは、ニューヨーク市警の全捜査員を指揮するフェグレー警視正だ。コルトに次ぐ極めて重要なそのポストは、現本部長のエドワード・P・マルルーニーのために設置され、いまはジョン・J・サリヴァンがつとめている。フェグレー警視正の隣に立っているのは、マンハッタンの六つの刑事管区を束ねるレンゲル警視と、地元管区のウィルソン警部だ。

ずんぐりと太った男が、コルトに面と向かって早口でまくしたてていた。くすんだ灰色のスーツは皺だらけで、ネクタイは斜めに曲がり、汗ばんだ赤毛のもじゃもじゃ頭に乗せたカンカン帽は後ろにずりさがっている。弁舌を振るいながら、赤ら顔から汗を払い落とすときも、ぎょろりと突きでた青い目玉はコルトを見据えたままだ。この太っちょの能弁家はマール・ドアティといって、連邦裁判所の地区検事長であり、コルトの旧友でもある。捜査上は意見が食い違うことも多いふたりだが、根っこの部分ではたがいに好ましく思っていることをわたしは知っていた。

わたしが人混みをかきわけてコルトのかたわらに立ったとき、ドアティ地区検事長は、被害者の下着に記された洗濯屋のマークを確認したかとコルトにたずねているところだった。

「市警本部には、ニューヨークじゅうの洗濯屋のマークを網羅した台帳があるはずだ、そうだろう、サッチャー?」

「たしかにある」コルトは認めた。その台帳を大幅に改良したのはコルト自身なのだ。「しかし今回の事件では、被害者の男が身に着けていた下着は、一度も洗濯屋に出したことのない真新しいものだった。白い詰襟のシャツも下ろしたての新品だ。女の下着に関して言えば——あんな薄っぺらで傷みやすい、男の気を惹くために作られたものは、洗濯屋には出さないだろう。それでも念のため確認したが、マークはどこにもなかった」

ドアティは目をぱちくりさせて、遺体の乗ったボートをちらりと見た。

「それ自体がおおいに興味をそそる事件じゃないか」

「おおいにね」

「捜査方針を決めておくべきだ」ドアティが断言した。「それで、サッチャー、きみはどう考えているんだ?」

コルトは忍び笑いをしながら、本部に電話をかけた結果を報告するようわたしに命じた。彼の口調に含みを感じたわたしは、例の木の葉と公園課課長のことは言わずにおいた。

わたしが手っ取り早く説明を終えると、ドアティは「素晴らしい」と感嘆の声を上げて称賛の笑みをわたしに向けた。「この山はあっという間に片づきそうな気がするよ。次に打つべき手は一目瞭然だしね」

「なんだね、それは?」すかさずコルトがたずねた。

「トゥイストルという青年と、その女友だちから事情を訊くのさ。ボートの第一発見者だからね」

コルトは一瞬考えこんだ。

「わたしには別の考えがあるんだ、ドアティ。きみも一緒に来ないか?」

ドアティは咳払いをした。

「悪いが、俺にも考えがあるのでね。まずは、トゥイストルとベラ・ブルームの話を聞いてみたい」

コルトは深くうなずいた。

「もちろん、構わないさ。わたしがうかつだったよ、そんな大事なことを見落としていたなんて。なあ、ドアティ、彼らの取り調べはきみに任せていいだろう? そのあいだに、わたしは規定の捜査を進めておくから」コルトは友人に微笑みかけた。

「どんな形であれ、彼らが事件に関わっているとは思わんが、いずれにしろ、事情聴取はするべきだ。記憶が薄れないうちに知っていることを聞きだすんだ」地区検事長は鼻息荒く宣言した。「あとできみも合流するだろう、サッチャー」

コルトは腕時計を見た。

「どうだろう、三時にわたしの家で落ち合うことにしないか。そこで結果を報告し合って、今後の作戦を練るんだ」

「いいとも」ドアティは同意すると、ホーガンに声をかけて足早に部屋を出ていった。ホーガンは郡警察の刑事で、つるりとした卵のような禿げ頭の小柄な男だ。コルトはフェグレー、レンゲル、ウィルソンをまわりに集めて、てきぱきと指示を与えた。死体の身元の特定を最優先事項とし、判明した場合は速やかに報告すること。

「わたしは三十分ごとに本部に電話を入れて、捜査の進捗状況を確認する。行方のわからない牧師が見つかったら、わたしに報告するまではいかなる行動も起こさないこと。この命令は絶対だ。それとは別に、レンゲル警視、きみからじかに報告が聞きたい、三時にわたしの自宅へ来てくれないか――いまから一時間後だ」

「必ず伺います」

「では、あの猫をここへ連れてきたまえ」

捕らえられたマンクスが運ばれてきて、照明の下の小さなテーブルの上に置かれた。うさぎの檻のなかを行ったり来たりする姿は、ミニチュアのトラのようだ。木製の格子の隙間から、目を爛々と光らせてわれわれを睨みつけている。

「ウィリアムズ!」コルトが名前を呼んだ指紋係は、死体の二十本の指から指紋を採取する仕事を終えたところだった。ガソリンに浸した布で手をぬぐいながらウィリアムズがやってくると、コルトは言葉を続けた。「この猫の足形を採取してほしいんだ」

本部長のこの珍奇な依頼を、警官たちは神妙な顔で聞いていたが、静まり返った室内には驚きと疑念が渦巻いていた。ウィリアムズはぎょっとしてコルトを見返したあと、小さくうなずいて、インクを垂らしたガラス板を急いで取りに戻った。レンゲルが檻のかけ金を外し、おびえた猫をしっかりと抱きかかえるのを、一同は固唾を呑んで見守っていた。わたしがガラス板を手に持ち、ウィリアムズが猫の足を一本ずつインクに浸して、専用の用紙に足の裏を捺しつけていく。好奇心を抑えきれずに、フェグレー警視正がたずねた。

「猫の足の裏の皺は、人間の指紋と同じように、みんな違うのですか、本部長?」

「それはどうかな。いずれにしても、その足形は捜査の役に立ってくれると思っている。トニー、それを保管しておいてくれたまえ」わたしが猫の足形を書類入れの恋文の横に慎重にしまうと、コルトはつけ加えた。

「マークルに言って、男の手首と指のつけ根に残っている腕時計と指輪の痕を、顕微鏡写真用カメラで撮影させてほしい。それがすんだら、マルトゥーラー医師に検死解剖に取りかかってもらおう。検死報告書はできるだけ早くわたしの自宅に送ってもらいたい」

三分後、われわれは二十九丁目通りの暗いトンネルを出て、生ぬるいけれど新鮮な川辺の空気のなかを駆け足で本部長の車へ向かった。

「二番街へ」忍耐強い運転手のニール・マクマホンに、コルトは手を振って行き先を示した。「ゆっくり行こう」

「次の狙いはなんですか?」車が向きを変え、二番街目指して勢いよく走りはじめると、わたしは思いきってたずねた。

「木を探すんだ」コルトはにやりと笑って胸のポケットをぽんと叩いた。

「一枚の葉が木からボートのなかに落ちた。先ほど言ったように、ふたりが殺されたのは陸上だとわたしは考えている。犯人は殺害後に死体をボートに乗せ、それを川の流れへ押しだした。その場所を突き止めなければならない。唯一の手がかりがこの葉っぱだ」

「まさかイーストサイドの川沿いのどこかに生えているその木を見つけだすつもりじゃありませんよね?」わたしは冗談めかしてたずねた。

「そのまさかだ」コルトはそう答えたきり、機嫌を損ねたように黙りこんでしまった。

少し間を置いて、わたしは改めて声をかけた。

「本部長」

「なんだね、トニー」

「いつにも増して鈍いやつだと思われるのは心外ですが――」

「ですが?」コルトはくすりと笑った。

「教えてください、その得体の知れない木の捜索をマンハッタンのイーストサイドに絞ったわけを。どうしてロング・アイランド側ではないのですか? あるいはブラックウェルズ島か、ブロンクスよりもっと上流かも――」

「これもまた観察と推測の産物だよ、トニー。間違っている可能性もある。だが、マンハッタンの外ではないと思う。知ってのとおり、イースト川の流れはヘルゲートの岩場付近で激しく渦を巻いている。ボートがあの急流を通ってきたのなら、岩に衝突して多少なりとも損傷を受けたはずだし、少なくとも死体は激しく揺さぶられたはずだ。あのふたりがどれほど穏やかに、姿勢を崩すことなく横たわっていたかはきみも知っているだろう。ネックレスさえ乱れていなかった。もちろん、イヤリングの片方はなくなっていた。だが、ボートのなかを探しても見つからなかったからね。彼らが静かな船旅をしてきたのは間違いない。ゆえに、犯行現場はもっと下流だとわたしは見ている。ウェルフェア島からボートを川に押しだすのは困難だ。巨大な監獄があって警備が厳しいからね。ロング・アイランドについて言えば、今夜の潮の流れからして、浮遊物がその島の沿岸からマンハッタンの方角――すなわち、ボートが衝突した場所に運ばれてくるとは考えにくい。ボートが潮の流れに逆行したことになる。とはいえ、トニー、こうして積み重ねた推理が間違いだったとあとで判明するかもしれない。そういうことは前にもあったからね。しかし、わたしは一刻も早く犯行現場にたどりつきたい。貴重な証拠が消えたり、持ち去られたりする前に。これは大きな賭けであると同時に、現時点では最善の策なんだ」

「だとしても」わたしは食いさがった。「犯行現場は川辺だと考える理由はなんですか?」

「あのボートが被害者を犯行現場から運びだすのに使用されたのは明白だからだよ。とすると、ボートは前もって川に係留してあったか――それはないとわたしは思うが。誰かの目に触れる恐れがあるからね――もしくは川辺の近くに隠してあったか。隠し場所は犯行現場のすぐ近くにちがいない。ニューヨークはどこであろうとスペースに限りがあるからね。それに、ふたつの死体を乗せたボートを引いて長い距離を移動すれば、事が露見するリスクはぐんと高くなる」

「説明ありがとうございます、本部長。いまだ闇のなかにいる気分ですが」わたしが率直に言うと、コルトはまたしても含み笑いをした。依然としてわたしには、彼が非現実的で突拍子もないことを目論んでいるように思えた。

そんな疑念を抱くこと自体、生意気なのかもしれない。それにしても、イーストサイドの川沿いに何千とある樹木のなかから、どうやって目当ての木を見つけだすというのか。バッテリー公園からブロンクスまでは、川沿いに港や埠頭や工場が鋸状に連なっていて、その合間に公園や新たな開発で生まれた緑地が点在している。しかし、そうした公園が犯行の舞台になったとはわたしには思えなかった。コルトは連日の猛暑対策として、共同住宅の住人が芝生で眠ることを許可するのと同時に、屋外で眠る市民を保護するべく警察の特別小隊を出動させていた。牧師とエヴリン――例のラブレターのなかでそう呼ばれていた女――が、周囲の注意を喚起することなく公園で殺害されたとは思えないし、こんな人出の多い熱帯夜に、ふたつの死体を積んだボートを公園の近くから川に流せるはずがない。

「ここで停めてくれ」コルトが唐突に言って、われわれは車から降りた。そこは二番街四十二丁目通りだった。左手の二ブロック先には、立体交差路のあるパーシング・スクエアや、金色の電飾が窓辺に輝く華やかなホテルや、〈グランド・セントラル駅〉のごちゃごちゃしたビル群が見える。さらに西に目をやると、ライトアップされたタイムズ・スクエアが燦然と光り輝いている。わたしたちがいる場所と川とのあいだには、高層の集合住宅が幾何学模様のように整然と建ち並び、芝生や街路樹や植えこみがそこここに配置され、川沿いには手すりも設けられている。不動産屋があの手この手で売りこんでいるチューダー・シティと名づけられた住宅地だ。トゥイストル青年とその恋人の乗ったモーターボートが手漕ぎボートに衝突した場所は、その住宅地の向こう側に当たる。

ゆっくりとした足どりでコルトは川へ向かった。そこから道路の下を通る地下道に入り、急な斜路をくだっていくと川辺の埠頭にたどりついた。時間が時間だけに灯りもひとけもない。その近辺では路上強盗が数多く報告されている。

コルトは埠頭の上に歩を進めた。川に背を向けて立ち止まると、物思わしげな顔で北を見て、それから南を見た。

「このあたりは木が少ないな。八十六丁目のカール・シュルツ公園にはあるんだが。あそこのわけはないし」コルトはつぶやきながら考えていた。「いったいどこなんだろう——なあ、トニー」

彼は腕時計をちらりと見た。八角形の文字盤に塗られた蛍光塗料が、彼の手のなかでかすかな光を放っていた。

「あと十分でレーデラーがオフィスに来る時間だ。彼に望みを託すしかない——一縷《いちる》の望みではあるが」

心臓を引きちぎられるようなニール・マクマホンの運転に五分間身を任せ、アーセナルの前に到着した。その古くて厳めしい建物は数年前に復元された。正面はくすんだ赤褐色の煉瓦作りで、天守閣《ドンジョン》のようなずんぐりとした塔が、公園の木々よりも高くそびえている。かつては軍の兵器庫として、現在は警察署として使用され、上階には市の関連組織も入っている。玄関前の椅子にのんびり座っていたワイシャツ姿のふたりの巡査部長が、弾かれたように立ちあがって敬礼するのをよそに、コルトは階段を駆けあがり、ガラスの向こうに明かりが灯るドアを目指して暗い廊下を進んだ。ガラスの扉には金箔と黒で〝市公園課〟と記されていた。

ニューヨークの樹木の守護者であるウィリアム・レーデラーは、自分の席に座って、上機嫌でコルトを待ち受けていた。血色が良くていかにも健康そうだが、レーデラーの風貌には専門家を思わせる何かがあった。少なくとも、丸まった背中とべっこう縁の眼鏡が、わたしには研究者然として見えた。われわれが事務所に入っていくと、彼は立ちあがって握手を求めてきた。

「コルトさん、わたしは興奮しておるんですよ。殺人事件の捜査に協力するためにベッドから引きずりだされるなんて、初めての経験ですからね。これまで戦ったことがあるのは、ニューヨークの哀れな木々を根絶やしにせんとする病害虫くらいのものですが」レーデラーは奥のテーブルに並べた樹木の模型を手で示した。

「お気持ちはよくわかります」コルトはポケットを探って例の木の葉を取りだした。それをデスクの上に置くと、レーデラーは身を乗りだしてじっくり観察した。羽状複葉と呼ばれる形態の葉で、その名のとおり、小さな葉が葉軸の左右に羽状に並んでいる。小葉は細長く、先端が尖っていて、縁は滑らか、つけ根の部分に鋸状のぎざぎざがある。

「むろん、なんの葉かおわかりですね?」コルトはさりげなくたずねた。

レーデラーは顔を上げて曇りのない笑顔を見せた。

「ごくありふれた樹木の葉だ。世間では天国の木と呼ばれているが、実際はそのへんにあるニワウルシとなんら変わりない。ほら、ウルシの葉に似ているでしょう。ピンクや赤や黄褐色の葉もあるんですよ。かつてはニューヨークの至る所で見られましたが、現在は課を挙げて削減に取り組んでいるので、徐々にその数は減りつつあります」

「それはなぜですか?」

「まあ、緑陰樹としては申し分ないんですがね。見栄えもいいし、成長が速くて、枝を大きく張りだしますから。ただ、いかんせん、あの木は毛虫の大好物なもので。それでやむを得ず減らすことに決めたわけです」

「なるほど。市内にはまだたくさん残っているのでしょうね」

「それはもう数えきれないほど」公園課の課長は嬉しそうに答えた。

コルトは落胆の目をわたしに向けた。自然の摂理によってボートのなかに落ちた木の葉が、世にも珍しいものであることを期待していたのだ。手がかりのひとつがあっけなく消えてしまった。

「天国の木がイギリスに持ちこまれたのは」助け船を出すようにレーデラーが説明を加えた。「一七五一年のことです。ニガキ科の落葉高木に属し、公園や庭に好んで植えられます」

最後のひと言で、コルトは束の間の無気力状態から覚醒したようだった。

「ひょっとして」コルトはゆっくりと口を開いた。「天国の木がマンハッタンのどこに植えられているか、所在がわかる資料をお持ちではありませんか?」

「われわれはニューヨークの全街路樹の所在地を把握しています。一本ずつ印をつけて索引にしてあるんですよ」レーデラーは誇らしげに目を輝かせて言った。「木の種類別と所在地別の索引があって、どちらからでも探せます。しかし、言っておきますが、コルトさん、マンハッタンには大量のニワウルシがある。数えるだけで半日かかりますよ」

コルトは当惑顔でパイプに目を落とし、火皿にタバコを詰めながら、別の質問をした。「イーストサイドの川沿いにニワウルシの木がたくさんあるか、短時間で確認することは可能ですか?」

レーデラー氏は嬉しそうに両手をこすり合せた。

「それなら、ごくわずかだと即答できますよ、コルトさん。そもそも、イーストサイドの川辺には、種類を問わずあまり木は生えていません。工場や埠頭が多い場所ですからね。しかし、ちょっと見てみましょう」

レーデラーは石の床に足音を響かせて大きな書類棚に歩み寄ると、引きだしを開けて、カラフルなインデックスつきのカードの上に指を這わせた。

「エイランサス・グランデュローサ」レーデラーは歌うようにつぶやくと、肩越しに振り返って、それが学名であり、アボイナ語でおそらく天国の木を意味するであろうことを説明した。「上等の材木になるんですよ」そうつけ加えると、再びカードを繰りはじめた。「木目が細かくて、滑らかで——」

やがてレーデラーは手を止めてこちらを振り返った。満面の笑顔だった。

「イーストサイドの川沿いで天国の木があるのは三カ所。ひとつは百十二丁目通りの私有地で、川から一ブロックほど内陸です」

コルトはうなずきながら考えをめぐらせた。褐色の大きな目は期待に満ちていた。

「で、ふたつ目は?」

「カール・シュルツ公園です」

コルトはうなずいた。

「そして三つ目は一番街の住宅地、通称サングスター・テラスの裏庭で、その裏庭は川岸に接しています」

コルトはわたしの腕をぐいとつかむと、興奮した声で言った。

「そこだよ、今回の犯行を最も効率よくやってのけるのに最適の場所だ。わたしとしたことが、どうしてもっと早く思いつかなかったんだろう」

コルトはレーデラーに早口で礼を述べると、次の瞬間には、事務所を飛びだして階段を駆けおり、車に飛び乗っていた。

「サングスター・テラスへ——大至急だ!」

ニールは一番街に取って返した。警察本部長が緊急の場合にのみ許される速度で、南へ向かって突っ走り、あっという間に目的地にたどりついた。そこは多くの矛盾を内包する地域だ。パンへレニックの超高層ビルの向かい側で、独特の臭いをまき散らす食肉処理場、真新しい高級分譲マンションに寄り添う、うらぶれた煉瓦作りの安アパート、お高くとまった美容室もあれば、みすぼらしい文房具屋もある。この風変わりな混沌状態の上にそびえたつのが、灰色の鉄筋を透かし模様のように組みあげたクイーンズボロ橋だ。力強く優雅に、虚飾と貧困の上にアーチをかけているその堂々たる構築物のたもとに、われわれが車を飛ばしてやってきたサングスター・テラスがある。同時期に開発された住宅地のサットン・プレースと見分けがつかないくらいよく似ている。車から降りたつと、そこはちょうど橋の陰だった。わたしはさっとあたりを見まわした。自分たちはほんとうに正解に近づいているのだろうか、ニューヨークのこんな奥まった場所で殺人事件が起こるのだろうかといぶかりながら。通りの両側には煉瓦と石造りの古風な住宅が建ち並んでいる。おそらくクリーブランド大統領の第一期政権時に建造されたものだろう。重厚な玄関のドアは現代風に、赤、緑、青に塗り直され、一から二五番までの家番号を刻印した真鍮のプレートが打ちつけられている。この時期、住民たちはヨーロッパかメイン州かニューポートあたりに休暇で出かけているのだろう、明かりのない数多の窓がぼんやりと通りを見おろしていた。

その暗い家並みをコルトは通りの向こうから指差した。

「あのへんの家の裏に共同の芝地があるはずだ。住民たちが手分けをして木や花の世話をしたり、警備のために人を雇ったりして共同で管理している。いまの時期、ああいう家の裏庭や川へ至る傾斜地は、街で一番ひとけのない場所かもしれない」

わたしの心臓の鼓動が速くなった。あの闇に沈む打ち捨てられた家々の裏で、いったい何がわれわれを待ち受けているのだろう。

「警備員を探してくれ、ニール」コルトが命じた。

数分後、コルトの運転手は、背の高い、ぎくしゃくした動きの男を連れて戻ってきた。どんよりとした目は生気がなく、ぎこちない愛想笑いを浮かべると、並びの悪い歯が剝きだしになった。

「この男はハーマン・クラウスといって、夜警だそうです、本部長」ニール・マクマホンは囚人を監視する刑務官のように後ろへ下がった。クラウスは両手をポケットに突っこんだまま、警戒感をあらわにしてコルトを見ていた。

「こんばんは、クラウス」

「こんばんは、コルトさん。なんの御用で？」

「今夜このあたりは静かだったかね？」

「ええ、そりゃあもう、普段どおりですよ。十月までここはもぬけの殻も同然ですからね」

「ここの庭やなんかの手入れもきみが？」

「もちろんでさ。マクファーソンと俺の二人体制なんですが、二週間ごとに昼夜を交代するんで、どっちも昼間の仕事をする機会がある。だから、ふたりとも庭師でなけりゃいけないんですよ」

「ほう、きみが庭師なのか。では、この敷地のどこかにニワウルシはあるかね？」

「天国の木か——ええ、ありますとも。だいぶ毛虫に食われちまったが」

コルトはゆっくりと慣れた手つきでパイプにタバコを詰めた。

「クラウス、今夜、きみが勤務についた時刻は？」

「六時ころだが、どうしてそんな質問を？　理由を教えてもらえませんかね」

コルトはパイプに火をつけた。

「少しばかりきみの庭をぶらぶらさせてもらうよ。ニワウルシを見たいのでね。それと、ニール！　向こうの角にタバコ屋があるから、本部へ電話をかけて、新しい情報がないか確認してくれ。そのあと、われわれと合流するんだ、あのへんの家の裏にいる」

少し歩いただけで公園のような開けた場所に出た。そこは見たところ平和そのもので、レバノンの森を思わせるヒマラヤスギの甘い香りがした。広い芝生は美しく保たれ、たくさんの古い大木が、夏の夜風にさらさらと梢を鳴らしている。真珠色の雲がたなびき、無数の星が瞬く夜空の下で見ると、その光景はまるで一幅の絵のようだった。しかし迫りくる嵐のせいで、あたりは暗く翳りつつあった。巨大なポプラの木の下でコルトは立ち止まった。懐中電灯で頭上の葉叢を照らすと、一羽のツグミが猫に似た奇声を発して枝から飛び去った。

「ニワウルシはどこだね？」コルトがたずねた。

クラウスは何も言わずに、芝生の奥のほうへわれわれを導いた。彼が足を止めたのは、林間の空き地のようにぽっかりと開けた場所、軒を連ねる家々のちょうどまんなかあたりだった。クラウスは無言のまま、毛深い手で一本の低い木を示した。横に大きく張りだした枝に、隙き間なくぎっしりと葉が茂っている。

コルトがはっと息を呑んだ。その木の葉が、ボートのなかに落ちていた葉とよく似ていることは、素人のわたしが見ても明らかだった。

コルトはしゃがみこんで懐中電灯を再び点灯した。黄色い光が夜露に濡れた芝生にさっと広がり、あちらこちらへ不規則に動きまわった。その徘徊する光の上に、コルトの熱を帯びた顔がぬっと現れた。目は芝生の上を忙しく動いている。わたしがそばに寄ると、芝生が尾根のように隆起している場所を示して、コルトは言った。

「ボートはそこに置いてあったんだ」

「ボートを持っているやつなんて、この辺にいやしませんよ」皮肉めいた口調でクラウスが断言した。コルトは黙って立ちあがると、川辺の傾斜地へ向かった。わたしは急いであとを追いかけ、コルトと並んで斜面をくだり、セメント塀のところまでやってきた。塀の前には背の高い、手入れの行き届いた生け垣が繁茂していた。コルトは残念そうに低く口笛を吹いた。

「ここから川にボートを流すのは無理だ」声にいらだちが表れていた。

海峡の潮の流れが川辺に打ち寄せる音が、ほんの数フィート先の足元からはっきりと聞こえてきた。コルトの目が生け垣に沿って忙しく動いた。そして彼は安堵の声を漏らした。

「見てごらん、トニー」甲高い声で言うと、そちらへ足を向けた。生け垣に設けられた通用口を、夜の闇にまぎれて危うく見逃すところだった。コルトが押しても引いても扉はびくともしない。

「常に鍵をかけてあるんですよ」後ろからやってきたクラウスが得意気に言った。

「すぐに開けたまえ！」

クラウスは不機嫌な顔で命令に従った。あれこれ訊かれるうちに、自分の管理方法を批判されていると感じはじめたらしい。解錠された扉を通りぬけると、川沿いに伸びる狭い歩道に出た。歩道の向こうは岩場と川だ。

「なるほどそういうことか」コルトは即座に踵を返し、来た道を戻りはじめた。「これは推測なんだが、トニー――だが、わたしには確信がある。ふたりが殺害されたのは、見るからにひとけのない、このなかの家のひとつだ。ボートは家のなかで造られ、隠されていたにちがいない。そしてボートと死体はこの川辺に運ばれて、ここから川に流された」

「しかし、どうやってその家を見つけだすのですか?」

「エヴリンが身に着けていたブレスレットの金の飾りを覚えているかい? あの13は家の番号じゃないかと思うんだ」

クラウスは再びわれわれに追いついた。

「クラウス、猫を飼っている住人はいるかね?」コルトがたずねた。

「大勢いますよ」

「しっぽのないマンクスという猫は?」

「ああ、ええ――そいつはジェゼベルだ。南端から七番目の部屋を借りてるカップルの猫ですよ」

「それだ、わたしが入りたい家は」

「その家は」クラウスは憤然として言った。「一三番だが、いまは留守だから入れませんよ、絶対に!」

第四章　赤い足跡

迫りくる嵐のにおいが空気に満ちていた。サッチャー・コルトはかたくなに睨みつけてくる管理人と対峙していた。遥か遠くの空で雷鳴が轟き、風がざわざわと梢を揺らす。顔を上げると、千切れた雲の残骸と薄い霧が星空を流れていくのが見えた。

「だが、わたしは入らなければならない」コルトは穏やかに言って聞かせた。

「俺には関係ないことだ」クラウスがつっけんどんに言い返した。

嵐はわれわれの頭上に達しようとしていた。ブナの滑らかな灰褐色の幹が風で大きくたわみ、トネリコバカエデのお化けじみた葉叢が不気味なうなり声を上げる。若木が風に巻かれて激しく身をよじり、天国の木は枝を鞭のようにしならせている。

「きみには警察に協力する義務があるんだぞ、知らないのかね？」コルトは食いさがった。

それでもなお、クラウスはわれわれの要求を突っぱねた。自分は雇い主の財産を守るために雇われたのであり、彼らの家に他人を入れることは認められていないと言い張った。

「しかし、この方はニューヨーク市警の本部長だぞ」わたしはコルトに加勢した。法的拘束力を持たないことは承知の上だった。

「令状を見せてくださいよ。判事の署名が入ったやつを。そしたらなかに入れて差しあげます。令状がなけりゃ話にならない」クラウスは鍵の束をじゃらじゃらさせながら、だらしなく姿勢を崩した。

「いいか、よく聞け――」

言いかけたわたしの肘をコルトがつかんだ。

「これから言うことを注意して聞いたほうが身のためだぞ、クラウス」コルトは冷静な口調で切りだした。「きみの主張は完璧に筋が通っている。雇用主に対する忠誠の表れだし、法的な立場から見ても文句のつけようがない」

「だったら、他に何を――?」

「だが、その一方で」コルトは穏やかに言い添えた。「きみが自分で言うほど職務に忠実なのかは疑問の残るところだ」

「いや、だって、いま――」

「クラウス、殺人事件が起きたとき、きみはどこにいたんだね?」

たずねるのと同時に懐中電灯を点灯し、その光を夜警の顔にまともに浴びせかけた。

「殺人?」

クラウスはめまいを起こしたように、よろよろと二歩あとずさった。見開かれた目、だらしなく開いた口、血の気の引いた顔は、驚きの大きさを物語っていた。

「殺人事件っていったいなんの話だ?」長く悲痛な沈黙のあとで、クラウスは言葉を絞りだした。

「きみが勤務についたのは午後六時だったね」コルトはたたみかけた。「その数時間後に一組の男女がここで殺害された。なのにきみは、何も知らないと言うつもりかね?」

「俺はここにいなかったんだ!　いなかったんだよ!　だから何も知らないんだ!」早口でまくした

てるクラウスのひょろ長い身体は、憐れなほど震えていた。彼はおびえていた。

「どうしていなかったんだ？　きみはどこにいたのかね？」

「電報が来たんだ。女房が死にそうだから、大至急ブルックリンの病院へ来いって。そいつはたちの悪いいたずらだったんだが、そんな電報を受けとったら誰だって――」

「その電報を見せてくれ」

クラウスは震える指で尻のポケットから皺くちゃの黄色い紙を引っぱりだした。コルトは素早く目を通し、大切に保管するようにと言ってわたしに手渡した。わたしが恋文と猫の足形の横にそれをしまうと、コルトは追及を再開した。

「クラウス、きみはいま窮地に立たされている。いまここで逮捕することも――」

「勘弁してくれ、コルトさん。家に入ってもいいから、逮捕なんて――」

「では、鍵を開けたまえ」

クラウスがこわばった指で鍵の束を探っているあいだに、コルトは深刻な面持ちでわたしに言った。

「その電報もまた見るからに怪しいな、トニー――警備員を追い払うための策略にちがいない。ここにきて本件は、巧妙に仕組まれた計画的犯行の様相を呈してきたわけだ」

空から大粒の雨が落ちてきた。

「そして、この雨が」恨めしそうにコルトがつぶやいた。「裏庭の痕跡を洗い流してしまうだろう。昼間なら見つけられたかもしれないものを」

タイミング良くクラウスがドアを開き、暗がりに伸びる長い廊下が目の前に現れた。コルトとわたしは懐中電灯で行く手を照らしながら、間口の広い裏口のアーチ型ドアからサングスター・テラス一三番へ足を踏み入れた。廊下を歩いているとき、コルトがくんくんとにおいを嗅ぐ音が何度か聞こえてきた。

「火薬のにおいがしないな――新しい血のにおいもしない」コルトは階段の親柱の前で立ち止まった。そこから木彫り細工の手すりが二階へ続いている。「クラウス。そこにいるか?」

「へえ、ここに」

「この一階の部屋は何に使われていたのかね?」

「使用人部屋です。いまは使われてませんが」

「ほかの階は?」

「全部、賃借人のものです」

「いまからこの家の徹底的な捜索を行う。まずはこの階の明かりを全部つけてくれ。それと捜索が終わるまで、きみはわれわれの目の届くところにいるように」

「わかりました、コルトさん。まずは明かりを」

クラウスはいまだ震えの止まらない手でドアノブをつかみ、木彫り模様が施されたクルミ材の古めかしい重厚な扉を開けた。コルトは部屋に入ると、家具のないがらんとした空間を見まわした。ほこりだらけの裸電球がぽつんと灯っている。コルトは顔を上げて再びにおいを嗅いだ。

「今度は少しだけつきがあったようだ、トニー」嬉しそうに言った。「この部屋には、新しいペンキと、かんな屑のにおいがはっきりと残っている」

そう言いながら、彼の目は奥の壁に吸い寄せられていた。その壁の向こうには川が平行に流れている。巨大な窓が壁の大半を占めていて、窓の幅は少なくとも八フィートはあり、床から窓の桟までは一フィートもない。窓の外の暗闇を稲妻が走り、激しい雨が窓ガラスにぶつかって滝のように流れていく。

「使用人たちは眺めのいい部屋をあてがわれていたんだな」コルトは皮肉っぽく言った。「ここは女中用か？」

「もとはビリヤードルームだったんですよ」クラウスが即答した。

「最近は何に使われていたのかね？」

「さあ。俺がこの家に入ることはめったにないもんで」

コルトはわたしを見た。

「安易に結論に飛びつくべきではない」独り言のようにつぶやいた。「しかし、わたしは指摘せずにはいられないんだ、トニー。この部屋には新しいペンキとかんな屑のにおいが残っていること、これだけの広さがあればボートを隠すことや造ることさえ可能なこと、その窓から外へ運びだせること。いざとなれば、ひとりでもやってのけられるだろう」

再びコルトは管理人を振り返った。

「クラウス、使用人は最近この部屋を使っていないと言ったね」

「おっしゃるとおりで、コルトさん。実は、この家の持ち主であるご婦人は長いことホテル暮らしをしてましてね。バジル・ウォートン夫人っていうんですが、ここを賃貸ししているんですよ。冬場は暖房装置を動かすために人を雇っているが、夏場はいません」

「なるほど。で、誰がこの家を借りているんだね？」

「若いカップルですよ。サドラーっていう名前の。ふたりはここに住んでるわけじゃなくて逢い引きしていたんだ、午後のときもあれば、夜のときもあった」

クラウスはおびえながらも、乱杭歯をのぞかせて思わせぶりににやりと笑ってみせた。

「サドラー夫人の髪は黄色かな？」

「ええ――金髪です」

「目はブルー？」

「そうです」

「そして、サドラー氏は褐色の巻き毛だった？」

「たしかに、そんなふうでした」

「彼らがこの家を借りてから、誰かが訪ねてきたことは？」

「ありませんね。客が来たことは一度もない、俺の知るかぎりでは」

「今夜、サドラー夫妻はここに来たのかね？」

「いや、来てませんよ、少なくとも俺がいるあいだは」

コルトはむっつりと考えこんだままその場を離れて、窓際の床を丹念に調べはじめた。不意にしゃがみこみ、床の上の小さな染みに懐中電灯の光を向けた。

「微量の緑のペンキだ。そして、あの手漕ぎボートは緑のペンキで塗られていた」

コルトは立ちあがると、窓に背を向けて室内をざっと見まわした。と思いきや、わたしを優しく押しのけて、大またで部屋の隅に向かった。振り返ってみると、コルトが場違いなものを床から持ちあげたところだった。黒い鉄のダンベルだ。

「九個ある」重大な発表をするようにコルトが重々しく告げた。

わたしはコルトに駆け寄り、ダンベルのひとつを持ちあげた。ずしりと重い。わたしは途方に暮れてコルトの顔を見た。

「いったいどうしてこんな重いダンベルを九個も運びこんだのでしょう」

コルトは険しい表情でわたしを一瞥した。

「想像するだに恐ろしいことだが、エヴリンの首を切り落とそうとしたのは、怒りや恨みに任せた行為ではない。おそらく犯人の狙いは遺体をバラバラに切断して、そのひとつひとつに重石としてダンベルをくくりつけ、ボートに乗せて川に漕ぎだすことだった——もしそうなら、その残虐極まりない計画に邪魔が入ったということか」

その直後に、コルトは一対のオールが別の隅に立てかけられているのを発見した。そして、最後にもう一度室内を見まわしたあと、コルトはクラウスに言った。

「よし、次へ行こう」

コルトの指示で、クラウスはわれわれを四階の屋根裏へ案内し、そこから下階《した》へ向かって捜索がスタートした。

ひとけのない暗い家のなかを見てまわって、最初に見つけたのは落胆だけだった。四階のいずれの部屋にも、暴力の痕跡や血痕はひとつもなかった。いまこの瞬間にも身の毛がよだつ残骸と出くわすのではないかと、わたしは内心びくびくしていた。しかし、部屋も二十世紀初頭のものと思われる備えつけの家具も、小ぎれいで、すべてがあるべき場所に収まっているように見えた。続いて三階を捜索したが、傾いだ肖像写真の一枚も飾られておらず、わたしの頭を疑念がよぎった——ひょっとしてコルトは間違っているのではないか、見当違いの家を捜索しているのではなかろうか。

だが、二階の階段を下りたところで、疑問の余地のない正真正銘の証拠を初めて発見した。旅行かばんがふたつ、階段下の隅に置いてあり、どちらのかばんの端にも白い文字で〝E・S〟とイニシャルが記されていた。

コルトは何も言わずにふたつのかばんを壁灯の真下の広い踊り場に引っぱりだすと、かたわらにしゃがみこんで鍵を開けようとした。ちょっといじっただけで鍵は外れ、コルトの器用な手がかばんの中身を素早く点検した。

「このかばんの商標名は啓示《レヴェレーション》（英国の老舗ブランド）というんだが」コルトはつぶやいた。「その名前から皮肉なめぐり合わせと、予言めいたものを感じる人もいるかもしれないな」

だが、ふたつのかばんの中身はなんの啓示も与えてはくれなかった。すぐに持ち主を特定できるものはひとつもなく、どれも新品同様で、大半はタグがついたままだった。新しいドレス数着、新しいコート一着、新しい靴下三足、官能的な下着ひと山。

厳しい表情でコルトはかばんの口を閉じ、もとの場所に戻した。

無言のまま、二階の奥の間へ移動した。そこはニューイングランド風の居間だった。座り心地のよさそうな安楽椅子、暖炉、馬毛のソファ。家具や装飾品はどれも年季が入っていて遠い昔を彷彿とさせるものばかりだ。天井から鎖で吊りさげられた古めかしい枝つき燭台。四方八方に伸ばした金メッキの枝の先には、十九世紀のガス・キャンドルではなく電球が取りつけられている。部屋の隅の飾り棚《エンタグレ》には、小さな陶人形がずらりと並び、棚の側面に立てかけられている打楽器は、コルトによればムーア人の太鼓《アタバル》と呼ばれるものだという。時代がかったモリス式の大きな安楽椅子には、背もたれを調節するための真鍮の棒が座面の後ろについていて、そのかたわらにはべっこうをはめこんだブール細工のテーブルが置いてある。

現代的なものは、背の低いスツールの上の電話くらいだ。東側の壁は、鉛枠の大きな窓がほぼ全面を占めていて、蝶番で開閉できる窓の外には川が見える。嵐のなか稲光が縦横無尽に駆けめぐる川は、さながら暗黒の舞台のようだった。

コルトは迷わず電話に歩み寄り、付着しているかもしれない指紋に触れないよう、受話器をハンカチで覆ってから、交換台を呼びだした。

「もしもし。エクセルシオール九九八七二の電話の名義を知りたいんだが」

答えを待つあいだ、コルトの目は壁や床や天井や家具の上を忙しく動きまわっていた。「もう一度言ってくれ。バジル・ウォートン夫人？　わかった。ありがとう」

受話器を置くと、憂いを帯びた目でわたしを見た。

「この夫人の経歴を調べる必要がある。バジル・ウォートン夫人という名前に聞き覚えがあるかね、トニー？」

「いえ、ありません」

「金持ちの気のいいご婦人ですよ。たんまり金を持っていることを除けば、その辺の連中と変わりない」クラウスが口をはさんだ。「いまもこの建物の持ち主で、電話もまだ彼女の名義のままだ」

コルトはいらいらと室内を見まわした。途方に暮れ、苦悩している顔だ。

「どこもかしこも整然としすぎている」コルトは不平を鳴らした。「まるで殺菌消毒したみたいだ。生活感がまるで感じられない。何気なく置いたものはひとつもないし、個人情報を含むものもいっさいない。生きている人間が最近この家にいた形跡すらない」

壁から壁へと移動していたコルトの目が、突然鋭くなった。

「場違いなものがひとつだけある」彼の視線の先には、壁にかけられた光り輝く長いナイフがあった。肉屋の牛刀よろしく両刃で、どちらの刃もカミソリのように鋭い。彫刻を施された木の柄に、赤い組みひもが巻きつけられていて、そのひもによってナイフは真鍮の釘に吊りさげられていた。

「あのナイフは〝バーロング〟と言って、ミンダナオ島のモロス族やスールー諸島の原住民が実際に使っているのを見たことがある。首をはねるにはもってこいの道具だ」

コルトは近づいてしげしげと眺めた。

「どうしてこんなところにあるんだろう」

「ああ、それはウォートン夫人のものですよ」クラウスが説明した。「若いころに世界じゅうを旅してまわったとかで、そのナイフの話も聞いた覚えがある」

「なるほど。しかし、見てのとおり」コルトはさらにナイフに近づくと、わたしに向かって物憂く微笑んだ。「まわりの壁紙はほこりだらけだ。ほら、わたしの指先を見てみたまえ。しかし、ナイフの刃はごく最近手入れされている。ついさっき洗ったと言ってもいいくらいピカピカだ。まったくもって理解に苦しむよ。犯行自体は恐ろしく巧妙に仕組まれたものだし、他に類を見ないほど完璧に実行に移されている。なのに、肝心なところでこんなへまをするなんて！　ここだけお粗末で、不適切で、まったくもって辻褄が合わない」

コルトは苦悩に満ちた面持ちで後ろを向いた。まるで自らの芸術的手腕に自信を失いかけているように。

室内をゆっくりと歩きまわりながら、目を皿にして犯人のさらなる過失や失敗を見つけだそうとした――。

「あったぞ！」コルトは叫ぶのと同時にその場にしゃがみこむと、ソファの下に腕を差し入れて小さな物体をつかみとった。手のなかでそれは星屑のように輝いていた。

「ついに見つけたぞ。ダイヤのイヤリングだ。あの女の右耳から外れて行方のわからなかったやつだ。トニー、想像してみたまえ。彼らが殺されたのはこの家の、おそらくこの部屋だ。そして、悪魔の所業とも言える狡猾さで、犯行の痕跡は消し去られた。まるで手品のように。ただし――」

最後まで言わずにダイヤのイヤリングを札入れにしまうと、コルトは捜索を再開し、クローゼットの扉の前にやってきた。ここでも目覚ましい発見があった。鍵のかかっていない扉を開けると、備えつけの棚も含めてすべて空っぽの状態で、おまけに長い年月をかけて積もったほこりに覆われていた。懐中電灯の光が四方の壁、棚、床、そして扉の周辺を照らしていく。途中でコルトが何かのしるしなり痕跡なりを見つけて、明らかに興奮しているのがわかった。それはよほど微細なものなのか、あるいは不明瞭なものなのか、わたしはとっさに見てとることができなかった。

「見たまえ、トニー」ようやくコルトが口を開いた。「床の上のほこりが乱れている。かなり踏み荒らされているから、証拠として使える足跡を採取するのは難しいだろう。だが、誰かが歩きまわった痕跡であることは間違いない。見てごらん、壁と柱にそれを裏づける証拠がある。こっちの大きい跡は人間が頭をもたせかけた場所だ。そして、これは肘の跡。指紋もいくつかある。クローゼットに隠れていたこの人物の身長は、五フィート六インチ以下と考えて間違いない。殺人犯はここに隠れていたのだろうか」

それから五分間余り、コルトはほこりに残された痕跡を調べつづけた。ようやくクローゼットを出て扉を閉めたとき、彼の目はこれまで以上に深い物思いに沈んでいた。さらに部屋のなかの捜索を続けるうちに、炉棚の上に飾られたモージェスカ（ポーランド出身で、のちにアメリカに移住した女優）の写真立ての後ろに小さな紙袋を見つけた。コルトは慎重に袋の口を開き、赤茶色の薄片を手のひらの上に振りだした。

「なんですか、それは？」わたしがたずねると、コルトはいたずらっぽい笑みを浮かべてわたしをちらりと見た。

「ダルスだよ、トニー」

「ダルス？」

「ああ――海藻の一種だ。スコットランドや、ニューブランズウィック州のセントジョン、それにノヴァスコシア州の一部地域では、野菜として頻繁に食されている。しゃきしゃきとした食感でうまいらしい」

「そんなものがどうしてここに？」

「それは心に留めておくべき疑問だな」答えにならない答えがコルトから返ってきた。そのとき、低い口笛が聞こえた。ニール・マクマホンが庭でわれわれを呼んでいるのだ。

コルトはクラウスを振り返った。

「わたしの部下をここへ連れてきてくれないか」言いながら、足は電話に向かっていた。再びハンカチで受話器を覆うと、電話交換手にモルグの番号を告げた。

「もしもし。わたしはニューヨーク市警の本部長だ。そちらにいるはずのドアティ地区検事長を至急呼びだしてもらいたい」

ドアティを待ちながら、コルトはわたしに言った。

「トニー、われわれがいま対峙しているのは、かつて経験したことがないほど恐ろしく狡猾な殺人者なのではないかとわたしは思いはじめている。だがその一方で、犯人はナイフを忘れていった。……もしもし！　ドアティだね。わたしはいま、あのふたりが殺された家に来ているんだ……。ああ、そうだ！　それはあとで説明する。ともかく、一刻も早くここへ来たまえ。フェグレーとマークルとウィリアムズも連れてきてほしい。それと、マスコミにはまだ何も言うな。サングスター・テラス一三番。赤いドアの家だ」

　コルトは上気した顔で受話器を置くと、戸口に立つニール・マクマホンを振り返った。

「どうだった、ニール？」

「男の身元が割れました」

「ほう？」

　ニールは手帳を取りだした。

「神学博士ティモシー・ビーズリー、聖ミカエル及諸天使教会の教区牧師です」

「教会の場所は？」

「東八十二丁目です」

「そこへは誰か行っているのかね、その牧師を突き止めた警官以外に」

「いえ、行っていません。本部長の命令どおり――」

「よろしい。では、状況を説明したまえ」

「当該地区を担当する巡査が、その牧師館を訪ね、応対に出てきた夫人に牧師の所在を確認したところ、予定の時刻を過ぎても夫が帰宅せず、心配しているところだと言うので、巡査はただちに署に報告し、次なる指示を待っています」

「結構。では、ニール、きみは玄関前で待機して、ドアティが来たらここへ連れてきてくれたまえ」

「何があったのか、おおよその見当はついているのですか？」ふたりきりになると、わたしはたずねた。

コルトは首を横に振った。雨が窓を激しく叩いている。

「まだ事実が充分に明らかになっていないからね。いま考えていることの大半は単なる当て推量だよ」

悪魔払いの儀式のように両手を掲げて、コルトは話を続けた。

「ひとつだけ間違いないのは」そんなふうに声が甲高くうわずっているのは、コルトが心底から興奮している証拠だ。「何者かが悪魔じみた執拗さと勤勉さと狡猾さでもって、この血生臭い計画を練りあげたことだ。あのナイフを使った手は震えていなかった。この事件でわれわれが追いかけるのは、冷静沈着で、想像力に富んだ殺人者だ」

コルトは再び黙りこんだ。早くここを出たくてうずうずしているのがわたしにはわかった。殺された男の家に行きたいのだ。パイプ二杯分のまずいフランス製のタバコを吸うあいだ、コルトは窓辺を行ったり来たりしながら独り言をつぶやいていた。やがて唐突に振り返って、わたしを見た。

「トニー、この事件は謎だらけだ。ふたつの死体は大量の血を流していたし、猫の足の裏には血が付着していた。だが、ボートに血痕はなく、この家にもない」

いらだたしげに舌打ちしたあと、コルトは徘徊を再開し、しまいに部屋から出ていった。わたしは雨が流れ落ちる窓辺に座り、自分のノートに目を通していた。名前を呼ばれて廊下に出ると、コルトはしゃがみこんで床板を懐中電灯で照らしていた。彼の隣に腰を落としてみると、何を発見したのかすぐにわかった。

床の上にくっきりと残る赤黒い染み。それは猫の足跡だった。

わたしがポケットから足形を引っぱりだして、目の前の足跡と見比べるのに一分もかからなかった。ボートのなかにいたマンクス猫は、血のついた足でこの廊下を歩いたのだ。

「だが、それならば」コルトがうめくように言った。「奥の間に血痕が残っていないのはなぜだ？ ここにある足跡は、猫が奥の間から廊下へ飛びだして、階段を駆けおりたことを示している。あそこの床には血があったのだ――だが、いまは痕跡すら残っていない！」

玄関で物音がして話は中断された。彼はそれ以上何も言わず、猫の足形をしまうよう身ぶりで示すと、わたしを伴って奥の間へ引き返した。

ほどなく、ドアティが雨と汗をしたたらせた赤ら顔を戸口から突きだし、大声でがなりたてた。

「コルト、なんでこの家が犯行現場だとわかった？ そもそもどうやってここを見つけだしたんだ？」

残りのメンバーも続々と姿を現し、コルトは彼らに椅子を勧めると、簡潔かつ説得力のある力強い口調でもって、これまでに集めた事実を語って聞かせた。ドアティは目を輝かせて同席者たちの表情をちらちらとうかがっていたが、コルトが説明を終えると、その手をぐいとつかんだ。

「さすがだな、コルト。だけど、俺たちにも少しくらい手柄を立てるチャンスを与えてくれてもいいんじゃないか？」

コルトは含み笑いをした。

「やることはまだたっぷりあるよ。フェグレー、早急にこの家の裏の川底を浚《さら》って欲しい。探しているのは拳銃と大工道具、それとあらゆる場所に残っているかもしれない指紋だ。陽が昇りしだい屋内外の徹底的な捜索を行うこと。軒を連ねるこの家々のどこかに住人が残っていないか確認すること。近隣への聞きこみ。銃声を聞いた者がいるかもしれない。犯行時刻の特定、指紋の採取——クローゼットのなかはとくに念入りに行うこと。それと、クラウスの証言の裏を取ること。報告は一時間ごとにわたしの自宅へ入れてくれたまえ」

話を終えたコルトが立ちあがると、ドアティは目を丸くした。

「またしても俺たちを置き去りにするつもりか?」不服そうに口をとがらせて言った。

「そうとも」コルトは微笑んだ。「助言に従って、きみたちにチャンスを与えることにした」

数分後、コルトとわたしは車のなかにいた。ニール・マクマホンは、われわれを聖ミカエル及諸天使教会へ送り届けるべく、アクセルを踏みこんだ。

第五章　肖像画の男

降りしきる雨のなか、本部長とわたしは八十二丁目通りに到着した。イースト川河岸の緑のオアシス、カール・シュルツ公園にほど近いその場所は初期の入植地で、かつてはヨークヴィルと呼ばれていたが、その土地特有の文化は、北に向かって拡大する都市の波に遠い昔に呑みこまれてしまった。車から降りたとき、川はわたしの右側にあって、ウェルフェア島の突端に立つ灯台が、土砂降りの雨を透かして静かに赤く輝いて見えた。通りを渡ってポプラの並木を越えたところに、目当ての聖ミカエル及諸天使教会はあった。

数日後には、その小さな教会の写真が国じゅうの新聞の紙面を賑わすことになる。だが、その時点ではまだ本来の静けさを保っていた。コルトとわたしはニューヨーク市民だし、仕事柄ニューヨークの街には通じているが、その教会に目をとめたことはなかった。ごつごつした緑がかった石を積みあげた建物は、地味でこれといった特徴がない。ステンドグラスをはめた細長い窓や、金メッキの十字架と時を告げる鐘のある尖塔は、ゴシック建築を模したものなのだろう。

ニールに渡された傘を差して背の高い鉄の門扉をくぐり、そこで風変わりなものを目にして思わず足を止めた。素朴な作りの十字架だ。人の背丈よりも高く、塗装もされず、樹皮もはがされていない木の枝を組んだだけの十字架が、緑の芝生のまんなかに立っていた。セメント敷きの狭い歩道を早足で進み、石造りのアーチの下にたどりついた。そこから短い階段が煉瓦敷きの玄関まで続いている。コルトの懐中電灯の光が壁をよぎった瞬間、繊細な彫刻が闇に浮かびあがって見えた。燃えさかる炉のなかで神を称える聖人たちのレリーフだ。黒砂塗りの看板には金文字で、ここは聖ミカエル及諸天使教会であり、神学博士ティモシー・ビーズリー牧師の住まいである牧師館は隣だと記されていた。わたしたちは教会の庭を通って、牧師館へ続く小道を進んだ。牧師館は褐色の石造りで、古色蒼然たる蔦が建物の前面を覆っていた。あたかもその館のなかに、成長しつづける植物によって隠さなければならないものがあるかのように。おそらく建造されたのは、拡張主義的な政策がとられていた時代、ガーフィールド大統領（第二十代米国大統領。一八八一年三月に着任、その半年後に暗殺された）のころだろう。雨に煙る牧師館は、見るからに独善的で傲慢な雰囲気を漂わせていた。

通りの向こう側の家の軒先から、ストームコートを着た人が姿を現し、棍棒を振りながらこちらへやってくるのが見えた。ティモシー・ビーズリー牧師の行方がわからないことを最初に知った巡査だ。待つあいだ、わたしはコルトに傘を差しかけながらもう一度牧師館を見あげた。二階の窓に明かりがついている。腕時計を確認すると、時刻は午前二時三十分になろうとしていた。

巡査はわたしの隣に立って敬礼をした。

「二十三分署のノリス巡査であります、コルト本部長」

「ビーズリーの家族は、わたしが来ることを知っているのか？」

「いえ、知りません」

「きみが訪ねてきた理由も言っていないんだね？」

「はい。牧師は在宅かとたずねただけです。留守だと言うので、心配ではないのかとたずねたところ、心配だと言う。それで自分は、なるほど、よくわかった、とだけ言って立ち去り、署に報告を入れました」

「とすると、残された家族は当惑しているだろうね」

「それが――自分よりもむしろ落ちついているくらいで。あの場にそぐわないことを自分が言ったのはたしかですが」

「ノリス――きみが任務についたのは何時だね？」

「深夜零時です」

「では、誰と交代したのかね？」

「クック巡査です」

「ここへ連れてきたまえ」

「了解しました」

コルトは階段をのぼり、玄関の呼び鈴を鳴らした。

時を移さず応答があった。まるで二階の明かりのそばで誰かが今や遅しと待ち受けていたかのように。レースのカーテン越しに、火のついた蠟燭を手にひとりの男が階段を下りてくるのが見えた。ドアが開き、男はわたしたちを見た。

男の顔を見るなり、わたしは嫌悪感を覚えた。敵意を剝きだしにしていたわけでも、ことさら醜いわけでもないが、ぼんやりと虚ろでバランスを欠いた表情は、なんとも言えず不気味だった。満開のキンポウゲの花を捧げ持つように、男は蠟燭を顎の近くに掲げていた。揺らめく炎が茶色い無精髭を焦がしてしまいそうだ。ちらちらと動く炎の舌越しに、男はわたしたちを見ていた。ペンテコステの炎に触れた者たちとは対照的に、じっと押し黙ったまま（ペンテコステは聖霊の降臨を祝うキリスト教の祭り。『新約聖書』の「使徒言行録」よれば、炎のように分かれた舌から聖霊が降り、聖霊に満たされた信者たちは他の国の言葉でいっせいにしゃべりはじめたという）。

「ビーズリー牧師はお帰りになりましたか？」コルトがたずねた。

男は答えず、ただ首を横に振り、その動きに合わせて蠟燭の細い煙が最初は左頬へ、次に右頬へと揺れ動いた。じっくり観察しても、男の見た目の印象は改善されなかった。小柄で身長は五・二フィートに満たない。短く刈りこんだ坊主頭、異様に離れたぎょろりと光る目玉、存在感の薄い鼻、薄汚れたまばらな茶色い口髭。

「彼から何か連絡は？」

再び男はゆっくりと首を左右に振った。まだひと言も発していなかった。

「ビーズリー夫人はいらっしゃいますか？」コルトは辛抱強くたずねた。

そのとき、男の背後から足音が聞こえてきた。そろりそろりと階段を下りてくる女の角ばった青白い顔が、薄暗い電灯に照らされて見えた。

エリザベス・カーテンウッド・ビーズリーがしずしずとこちらへやってきた。悠然として威厳に満ちた身ごなしは、妙に目を惹きつけるものがある。背が高くて、どっしりとした身体つき。つやのある銀髪を昔風に額の上でふくらませ、袖口と襟元に白いレースをあしらった黒っぽいサテンのドレスを着ている。その姿はさながら、ニューイングランドの肉づきのいいオールドミスといったところだ。

彼女はへそのあたりで手を組んでこちらへ進みでると、意を決したように蠟燭の炎を吹き消した。

「こんばんは、ビーズリーさん。わたしはサッチャー・コルトです」

「主人の身に何かございましたか？」

「まだお戻りでない？」

「ええ。とっくに帰宅しているはずなのですが。八時ごろに外出し、十二時には戻ると申しておりました。ご存じなのではありませんか、主人に何があったのか」

「なにぶん、確認が取れていないもので。参考までに、ご主人の写真を見せていただけませんか」

「お入りください」

　夫人がスイッチを押すと、玄関ホールは真昼のように明るくなった。わたしが驚いて顔を上げると、蠟燭を持った小男が消えていた。いっさい音を立てることなく、夜行性の獣並みの素早さで暗がりに逃げこみ、小股で廊下を駆けていった。

　ビーズリー夫人のあとについて応接間へ入った。夫人の説明を待つまでもなく、ひと目見ただけで、炉棚の上に飾られた油絵は死んだ男の肖像だとわかった。

　ビーズリー夫人はひどく青ざめていたが、喉元の滑らかな肌に置いた手は震えておらず、「それが夫ですが？」と言う声はしっかりと抑制されていた。

「まずはお座りになったほうがいいでしょう、ビーズリーさん」コルトは慎重に切りだした。わたしはできることならその部屋から出ていきたかった。

「ビーズリー牧師に何があったのです？」夫人の声が鋭さを増した。

　コルトが答える前に、玄関のドアを開けた小男が音もなく滑りこんできて、いきなりまくしたてはじめた。

「ティムに何が起きるっていうんだ？　何も起こりっこないさ、いままでもこれからもずっと！　ティムはそういう男だ。俺たちが知らないのに、おまえらが知ってるわけない！」

ビーズリー夫人は小さな驚きの声を上げて、小男に駆け寄り、身体に腕をまわした。

「わたくしの弟、パディントン・カーテンウッドです」低い声でそう説明すると、ソファに座り、弟の手を引いて隣に座らせた。彼女の目は暗く荒涼としていて、わたしはその瞳から苦悩だけでなく、決意のようなものを見てとった。

「静かにお聞きなさい、パディ」落ちつきのない子どもに言い聞かせるように、彼女は弟に囁きかけた。

「いいけど、長くかからないんだよね？」

「長くはかからないわ、パディ」姉は弟の手を両手で包みこむと、冷たい青い目をコルトに向けた。

「わたくしの夫は生きているのですか、死んだのですか？」

「ご主人は亡くなりました」

ビーズリー夫人は目を閉じた。わたしは息を詰めて彼女に見入っていたが、それ以上の反応を見てとることはできなかった。大きな衝撃を受けているはずなのに——受けて然るべきなのに。顔が紅潮することも血の気が引くこともなく、呼吸の乱れもない。弟の手の上に置いた指がぴくりと動くことさえなかった。一方、パディ・カーテンウッドは、臆病そうな上目づかいでわれわれを見あげていた。その謎めいた熱心な眼差しは意味ありげでいて、まったく無意味なようにも思われた。そのまま一分が経過した。ビーズリー夫人は目を閉じたままで、その場にいる全員が黙りこんでいた。やがて夫人は弟をぐっと引き寄せておもむろに立ちあがると、コルトをまっすぐに見た。

「ちょっと失礼させていただきますわ」かすれた声で言う。「もうひとりの弟に電話をかけたいので。そのあと夫のもとへ参ります。それに——」まるでいま思いついたかのようにつけ加えた。「わたくしには何が起きたのか理解する時間が必要ですわ」

姉弟は応接間を出て、廊下の向こうへ姿を消そうとしていた。

「ここでお待ちしています」コルトはうやうやしくお辞儀をした。

ふたりきりになると、コルトはわたしに向き直り、人差し指を自分の唇に押し当てた。この状況では、誰がどこで立ち聞きしているかわからない。彼は危険を冒すつもりはないのだ。礼儀正しく沈黙を守り、夫人が戻ってくるのを待った。

わたしは所在なく室内を見まわした。ティモシー・ビーズリー牧師は、この応接間に信者を招き入れ、彼らが苦境に陥ったときはここで相談に乗っていたにちがいない。若いカップルの結婚式も、たぶんここで執り行われただろう。わたしは無性にタバコを吸いたくなったが、ぐっとこらえて壁の上に視線をさまよわせた。そこには絵が飾られていた。ふくよかで優しげな聖母と幼子を描いた、アルブレヒト・アルトドルファーの『光輪の聖母子像』の複製画。向かい側の壁に飾られているのは、豊かで落ちついた色調で描かれたアンドレア・デル・サルトの『聖家族と聖エリザベツと幼児聖ヨハネ』のカラー・エッチング。そうやって部屋のなかのものをひとつひとつ眺めるうちに、わたしの目は否応なく暖炉の上の油絵に引き戻されていた。ハンサムで肉づきのいい丸顔の青年――在りし日のティモシー・ビーズリー牧師をわたしはじっくりと観察した。背の低さはあえて描かれていなかった。この絵を描いた画家は筋肉の秘めたる力を描くのが大好きで、モデルを使った絵画教室で腕を磨いてきたにちがいない。若い肉体にみなぎる反骨心や生命力や冒険心といったものが絵からにじみでている。だが、その肉体は退屈な禁欲生活を象徴する祭服に拘束されている。わたしは先入観にとらわれているのかもしれない。だが、絵のなかの顔はまぎれもなく彼の本性を暴露していた。おそらく画家は無意識のうちに、依頼者の要望とは逆のことをしてしまったのだ。その絵は牧師の肉体に秘められた力と、人好きのする顔の弱点をあらわにしていた。ビーズリーは聖職者というよりも、ハリウッドの主演俳優のようだった。その顔が信仰に篤く、朗らかで、慈愛に満ちていることに疑問の余地はない。寛容さと尊大さが同居した表情は未来の主教を予感させるし、教会法が重きを置く賢明さや実際的能力さえ垣間見える。それでもなお、ビーズリーの魅惑的な甘い微笑みは、人生に強い不満を抱いていたのではないかというわたしの疑念を払拭するものではなかった。

想像をふくらませすぎているのかもしれない。いずれにしろ、わたしのなかには嫌悪感が植えつけられていた。ボートの上で死に顔を見たときは憐れみと恐怖を感じたが、肖像画に描かれている男は女たらしの好色家に見えた。このとき、わたしの脳裏にはいくつかの顔が浮かんでいた。ホール博士、リケソン、そしてシュミット神父――いずれも聖職者としての高邁な理想と情欲のあいだで引き裂かれ、禁欲の誓約に縛られながら、なお貪欲に肉体的快楽を求めた者たちだ。わたしは肖像画の顔に無性に手を加えたくなった。額の中央に火薬痕と、黒い穴を描き足し、微笑む顔に深紅の絵の具を――。

ひとりの男が応接間に飛びこんできて、わたしは現実に引き戻された。こちらには見向きもせずに、荒々しい足どりでコルトに歩み寄った。

「わたしはジェラルド・カーテンウッドといって」冷ややかで高圧的な物言いだった。「ビーズリー夫人の弟です。どういうことか説明してください」

コルトは答える前に、一瞬、男を見つめた。ジェラルド・カーテンウッドは背が低くて、がっしりした体型の男だった。いかつい顔、角ばった顎、非の打ちどころのない上品な身なり。瞳の色は姉と同じアルパイン・ブルーだ。悠然とした身ごなしや、温かみのない声の響きも姉とそっくりだった。

コルトは事件をありのままに話して聞かせた。ジェラルドは熱心に耳を傾けていたが、驚きもそれ以外のいかなる感情も表に出さず、コルトの駆け足の説明を最後まで聞いていた。

「なんということだ。とても信じられない。何かの間違いとしか思えない」ジェラルドが発した言葉は、感情のない棒読みの台詞のようだった。

「一緒にいた女性に心当たりはありませんか、カーテンウッドさん」

「あるわけないでしょう。いまのあなたの話をどう理解したらいいのか途方に暮れるばかりですよ。しかし、その女がわたしの義兄の人生に、いっさい関わりがないことだけはたしかだ。彼は自分の妻に心酔していましたから」

コルトはボートのなかで見つけた恋文の話はしなかった。

「ビーズリー夫人の支度は整ったでしょうか?」

「支度?」

「出かけるんですよ、あなたも一緒に。死体安置所《モルグ》へご同行願います」

「コルトさん、そんな必要があるのですか？　わたしが行くのは構わない。だけど、どうしてビーズリー夫人まで?」

「残念ですが、カーテンウッドさん。このような場合、死体の身元確認は法律に則って行わなければならない。夫を亡くした妻がモルグへ出向いて、自分の夫であることを確かめる必要があるのです」

コルトを見るジェラルド・カーテンウッドの目は、氷のごとく冷ややかだった。平静を装ってはいるものの、暴力的な衝動を意志の力でねじ伏せているのがわかった。頑固で気位の高いカーテンウッド家の人々は、激しい感情を表に出すのが苦手なのだろう。だからジェラルドはどんなに腹わたが煮えくり返ろうとも、スー族の酋長さながらの険しい表情で威厳を保ったまま、コルトの命令を避けがたいものとして受け入れたのだ。ジェラルドは何も言わずに立ち去り、ほどなく姉の腕を引いて戻ってきた。夫人はつややかな銀髪に薄いベールをかぶり、顎のところで緩く結んでいた。その後ろから、ピンクと白の水玉模様のリボンを巻いた麦わら帽子をくるくるまわしながら、パディがやってきた。その目は魅せられたようにコルトを見つめていた。

正面玄関から外に出ると、ふたりの警察官が直立不動の姿勢で待機していた。コルトの指示で、近くの分署から招集されたのだ。牧師館はいまや警察の監視下にあった。誰であろうと自由に出入りできないし、無許可で何かを持ちだすこともできない。それは警察による事情聴取が終わるまで厳守されなければならない。

ビーズリー夫人は巡査ふたりを冷ややかな目でちらりと見たが、何も言わなかった。コルトはビーズリー家の三人を車に案内し、後部座席に座るのを見届けたあと、階段を駆け戻って巡査のひとりに声をかけた。

「クック巡査はいるかね?」

「自分がクックです、コルト本部長」

三人目の警官が階段の左手の陰から現れて敬礼をした。コルトは声を落としてたずねた。

「クック——今夜、この家のまわりを巡回したとき、普段と様子が違うとか何か気がついたことはなかったか?」

「いいえ、ありません」

「ひとつも?」

「実は、勤務を終える直前の二十三時半ころ、偶然ここを通りかかったときに、数人がこの家のなかに入っていくのを見かけました。でも、注意して見ていたわけではありません」

「男か女か？」

「両方、だと思います。確信はありません。はっきりとは覚えていなくて。ただ、見たことは間違いありません」

「結構」

コルトとわたしが乗りこむと、ニール・マクマホンは二十二丁目通りへ戻るべく車を発進させた。ビーズリー家の三人は押し黙ったまま、囁きひとつ交わすことはなかった。鋼鉄のプライドが彼らを支えているようだ。

未亡人とふたりの兄弟は臆することなく階段を下りて、ボートとふたりの死体が置いてあるモルグの地下室へ向かった。本部からの援軍はすでに引き揚げていて、残っているのは殺人課の刑事と制服の巡査だけだった。

コルトとわたしが固唾を呑んで見守るなか、エリザベス・カーテンウッド・ビーズリーとふたりの兄弟はボートに近づいた。悲鳴は上がらなかった。未知の世界の生きものに遭遇したかのように、三人は遺体を見おろしていた。

沈黙と不動の姿勢はいらだたしいほど長く続いた。ようやくジェラルドが姉の腕に触れ、それを合図に三人はいっせいにボートに背を向けて、コルトに向き直った。

「わたくしの夫です」ビーズリー夫人はきっぱりと言いきった。

「ティモシー・ビーズリー牧師ですね？」

夫人はうなずき、固く引き結んだ唇を小さく震わせた。

「もうひとりはどうです？　彼女をご存じですか？」

夫人は目を閉じ、侮蔑の念を呑みこもうとしているようだった。代わりにジェラルドが答えた。

「ええ。知っています」

「名前は？」

「名前はサンダースだったか、ソーンダースだったか。教会の礼拝に来ていました。だが、会員として認められたことはありません」

「彼女が教会に通いはじめたのはいつごろですか？」

「ここ最近ですよ。せいぜい三年か四年前でしょう」

「どこに住んでいるかご存じですか？」

「ああ、わかりますよ。というのも、わたしは教区委員のひとりで、手元に住所録が――」

「どこですか、ソーンダース夫人の住まいは？」

「レイム・マンズ・コート二四号室」

「レイム・マンズ・コート？」

「ええ」

「どこですか、それは？」

「八十六丁目通りから横道に入ったところにある路地裏――いわゆる袋小路です」

「彼女の家族について何かご存じですか？」

「夫のウィリアム・ソーンダースはたしか、夜間の警備員とかそういう仕事をしているはずだ」ジェラルドの声にはかすかないらだちが感じられた。矢継ぎ早に質問をされて早くも腹を立てているようだ。「それと、イザベルという名の娘がひとりいます」

コルトと三人の目が合った。決然と睨み返すジェラルドの目、冷ややかに見返す夫人の目、まのぬけた笑みを浮かべて上目づかいに盗み見るパディの目。

「そろそろ行きましょう」コルトは彼らに声をかけたあと、かたわらで待機していた警官を呼んだ。「きみ！」

私服の刑事が慌てて前に進みでた。

「殺人課のシュワルツであります」

「大至急レイム・マンズ・コート二四号室へ行ってくれ。その家に見張りを立てて、何ひとつ持ちださせてはならない。ウィリアム・ソーンダースと娘のイザベルの身柄を確保し、できればふたり一緒にここへ連れてきて、遺体を確認させるんだ。それがすんだら、西七十丁目通りのわたしの自宅へ連れてきてくれたまえ」

「了解しました！」シュワルツは後ろを振り返ることなく飛びだしていった。

「それでは」コルトはビーズリー家の人々に視線を戻した。「これからわたしの自宅へお連れして、いくつか質問に答えていただきます。本部へ行くより都合がいいんですよ。レポーターたちの襲撃を食らわずにすみますしね」

ジェラルドが一歩前に出た。

「コルトさん、重ねておたずねしますが、それはほんとうに必要なことなのですか？」

「もちろんです」

「そういうことなら、ちょっとふたりだけで話せますか？」

「構いませんよ。きみも来るんだ、トニー」

姉弟に声の届かないところまで来ると、ジェラルドは言った。

「わたしの哀れな弟、パディントンのことを理解していただきたいのです」

「どうかされたのですか？」コルトがたずねた。

「お気づきかと思いますが、弟は普通の人ほど強くありません。パディは頭がおかしいわけではない。精神を病んでいるわけでも、心神喪失者でも、躁病でもない。百パーセント無害です。弟が生きものを傷つけることはない。たとえ一輪の花であれ、一匹の昆虫であれ。ただ、ちょっと頭が弱いので話すときは注意が必要なのです」

ジェラルドはひと呼吸置いてコルトをじっと見た。反応を探っているのだ。

「しかし、なぜいま、その話を？」コルトがたずねた。

「パディを家に帰して、寝かせてやることはできませんか？　弟は――」

「論外です」コルトは言下に退けた。

「だが、いったいあの子に何が話せるというんだ？」ジェラルドがかっとなって声を荒げた。

「それを知りたいのです」

第六章　離婚なき一族

　コルトの自宅は五階建ての古めかしい建物で、〈シャーマン・スクエア・ホテル〉のすぐ近く、ブリッジの名手だったジョセフ・エルウェルが不可解な状況で殺害された西七十丁目二四四番の斜向かいに位置する。ドアと窓の木造部分は若葉色に塗られていて、窓辺や玄関前には箱植えの花が飾ってある。それは風変わりな家だった。ふたりの陽気なジャマイカ人――アーサーとセリア――が家事全般を取り仕切り、コルトの独身生活を長年にわたって快適なものにしてきた。三階はひとつの大きな部屋で、犯罪学にまつわる膨大な蔵書が書棚にずらりと並んでいる。コルトはこの図書室で関係者への事情聴取を行うことにした。

　だが、実際の聴取は予定より三十分近く遅れて始まった。そのあいだにコルトは、この殺人事件がらみで急を要する問題を精力的に片づけ、カーテンウッド兄弟とビーズリー夫人には、くつろいで過ごせるよう二階の応接間があてがわれていた。そして満を持してコルトとわたしは三階の図書室へ向かった。階段の踊り場でコルトがふと立ち止まった。

「ドアティが上階《うえ》で待っているはずだ。ホーガンやフェグレーたちと一緒に。すぐに行くと伝えてくれ。彼らと合流する前に〈ニューヨーク・イブニング・プレス〉に電話をして、細かな点をいくつか確認しておきたいのでね」

図書室では、ドアティ地区検事長と、フェグレー警視正と、レンゲル警視と、ホーガン刑事が、椅子に身を沈めて深刻そうな顔でタバコをふかしていた。ドアティはわたしを見ると安堵のため息を漏らし、太鼓腹の上で腕を組んだ。

「やあ、きみと本部長はまたしても奇跡を起こしたのか？」ドアティはそう言うと、いつも仏頂面のホーガンに片目をつぶってみせた。

「遺体の身元が判明しました」わたしが地区検事長に言うと、全員の注目がこちらに集まったので、ここ半時間ほどの出来事をかいつまんで説明した。

件《くだん》の未亡人と兄弟ふたりが階下《した》にいると知って、ドアティは小声で悪態をつき、波打つ赤い巻き毛を大きな手でかきあげた。ちょうどそのとき、コルトが姿を現した。きれい好きの本部長のことだから、シャワーを浴びて着がえをすませてきたのだろう。穏やかな微笑みや、爽やかで清潔感あふれる立ち姿は、他のくたびれた警察官たちの前では、正視するに忍びなかった。

「やあ、ドアティ。あの一三番の家で何か見つかったかね？」コルトは椅子の脇の小さなテーブルからお気に入りのパイプを手に取った。

「まあそう悪くはないさ」ドアティは同席者たちをぐるりと見まわした。「犯行時刻を割りだしたんだ」

「素晴らしい！　いつだね、それは？」

「近所の住人ふたりが銃声を聞いていて、その時刻が一致している——八時四十五分ちょうどだ。彼らは異なる理由で時刻を記憶していた。ひとりは二軒先のメアリー・フィーリー夫人という住みこみの家政婦だ。八時四十五分に咳止め薬を飲むことに決めていて、それを忠実に守っているそうだ」

「銃声は何発だね？」

「二発。三分ほど間隔を開けて。家の前の通りから聞こえた気がして、窓の外を見てみたがとくに何もなかったそうだ」

「で、もうひとりは？」

「若い娘で、映画に行くところだった。九時の上映に間に合うように急いでいたから、時間を覚えていたらしい。住んでいるのは一ブロック手前の、タバコや文房具を売っている店だ」

「結構。他には？」

「ああ。フィーリー夫人が言うには、殺害されたカップルは二年近くあの家に通っていて、天気のいい夜に木陰を散歩したり、川や月を眺めたりしていたそうだ。まだあるぞ。数カ月前、一三番の家から奇妙な物音が聞こえてきた。それは鋸や金槌を使うような音だったと、必要があれば夫人は法廷で証言するつもりだ。ボートはあの家のなかで造られたといういきみの説が裏づけ――」

「それはそうと」話をさえぎって、コルトはフェグレーに目を向けた。「明日、さっそく材木店と工具店の聞きこみを行ってもらいたい。売った店員や、あの家に配達した日時がわかるかもしれない。うまくいけば、誰が買ったのかも」

「了解しました」フェグレーが答えた。

「どうだ、悪くないだろ？」ドアティが声を大にして言った。「たとえ、トゥイストルとその恋人への事情聴取が無駄骨だったとしても、全体としてみればそう悪くはない」

「称賛に値するよ」コルトは真顔で応じた。

「いや、まあ、これくらい朝飯前さ」突きでた太鼓腹を撫でながら、ドアティは安堵のため息を漏らした。

「あの家から手がかりになりそうなものは見つからなかったのかい？」

「ああ、そっちは収穫なしだ」ドアティは残念そうに言った。「だが、いまごろ鑑識の連中が隈なく調べてまわっているところだ」

「なるほど。では、トニー――例の電報と恋文を出してくれ」

コルトがその重要性を説明すると、一同の目の色が変わった。

「朝一番でこの電報の発信元を調べてくれ、フェグレー」

フェグレーはうなずいて、電文と識別記号を慎重に写しとった。その電報を受けつけた窓口係が見つかれば、差出人の人相風体を記憶しているかもしれない。

「それから」コルトが言葉を継いだ。「明日の午前中に、ビーズリー家とソーンダース家、双方の家宅捜索を行ってもらいたい――教会も忘れずに」

ドアティがいらだたしげに咳払いをした。

「それはそうと、サッチャー、いつになったら階下《した》の連中を尋問できるんだ？　俺は彼らの話を聞いてみたい」ドアティは不平を鳴らした。「一戦交える前に、敵の内情に通じておきたいと思っていることは認めるが」

「こんな時間だから、情報を集めるのもなかなか難しくてね」コルトは申し訳なさそうに言った。

「それでも、わかったことはいくつかある」

「なんだね？」

「大半は未亡人に関することだ。ビーズリー夫人は自分名義の財産をたっぷり持っている。二十五歳のとき、莫大な遺産を相続した。彼女の一族はそろって裕福でね。カーテンウッド家は、デラウェアにふたつの工業団地を所有している。夫人は一八八五年生まれ。ビーズリーとの結婚は電撃的だった。シカゴを訪問中に突然決めたらしい。ビーズリーはダルース出身で、当時は機械工として働いていたが、専門の学校に通ったわけではない。ビーズリー夫人は著名な弁護士のパウエル大佐と結婚するものと誰もが思っていた。ところが、ある日突然、婚約は破棄され、ほどなく彼女はビーズリーと結婚した」

「それにしても、本部長、どうやってお調べになったのですか、夜明け前のこんな時間に？」フェグレーが目を丸くしてたずねた。

「〈イブニング・エクスプレス〉の夜勤番の編集長に電話をかけただけだよ。例の死体の身元を教えて、過去の記事から一族に関する情報をひとつ残らず探しだすように頼んだんだ。それを電話口で読みあげてもらったのさ」

「いいから、早く始めようじゃないか」ドアディがしびれを切らして言った。

コルトは素直にうなずいた。

「きみは彼らのことを変わり者だと思うだろう。カーテンウッド家の人々は極端に口数が少なくて、感情を表に出さない。常に冷静にふるまうことを誇りとし、神道が祖先を崇めるように、一族の名誉を何よりも重んじている。この事件は一筋縄ではいかない気がするんだ、ドアティ。とりわけ注意を払うべきは、ビーズリー夫人だ。氷のように冷たい女に見えるが、彼女は強くて気が荒い。虎のような獰猛さは普段は抑制されているからこそ、ひとたび表に出ると手がつけられない」

ドアティは鼻を鳴らした。何かというと動物を例に出すコルトに辟易しているのだ。

「俺たちはいったい何を待っているんだ？」

いらだちを抑えきれずにドアティは声を荒げた。その後、しばしの沈黙があり、ドアのノブがカタカタ鳴る小さな音が聞こえてきた。コルトもその音を聞いたのだろう。考えこむような表情が、一転微笑みに取って代わられた。

「ドアノブの具合も良くなったことだし、これで準備万端だ」コルトはわたしを振り返った。「トニー、ビーズリー夫人を連れてきてくれないか。彼女にはひとりでわれわれの尋問を受けてもらう。それと、トニー！」呼ばれて、わたしは戸口で振り向いた。「念のため、確認しておくが、ドアは彼女に開けさせること。先まわりして開けてはだめだよ。きみは彼女の後ろから部屋に入り、すぐにドアを閉めること」

わたしは瞬時に理解した。それはコルトがときどき用いる手だ。取り外し可能なドアノブの、めっき加工をした広い面を利用して指紋を採取する。いまなら、そんな手のこんだことをする必要はないだろう。多くの有名な刑法の立案者であるボーメスが導入した法律により、重大犯罪の容疑者から指紋を採取できるようになったし、逮捕をちらつかせるだけで、たいていの人が指紋の提出に応じるようになったからだ。しかし、ビーズリー／ソーンダース事件当時、コルトはまだそのような法律上の武器を持っていなかった。ゆえに、ドアノブを用いるやり方は、警察内部では広く知られていたが、公にされることはめったになかった。ビーズリー夫人の指紋がドアノブに付着したら、速やかに執事のアーサーがそれを取り外し、次の訪問客のために新たなドアノブを設置するという寸法だ。

わたしは急かされるように図書室を出て階段を駆けおりた。わたしの姿を見るなり、ビーズリー夫人とカーテンウッド兄弟が立ちあがった。事情聴取は夫人がひとりで受けることになるとわたしは説明した。

「断る」ジェラルドが間髪をいれずに言った。「姉はひどく神経がまいっている」

「姉さんはベッドに入って、寝てなくちゃいけないんだ。それで上唇と下唇をしっかり閉じて、誰に何を訊かれても絶対に答えないんだ」パディ・カーテンウッドが割りこんできて、わたしを睨みつけた。

「ともかく」ジェラルド・カーテンウッドが言葉を継いだ。「ビーズリー夫人が尋問を受けなければならないなら、わたしは是が非でも立ち合う。コルト氏はどこだね?」

ビーズリー夫人はゆっくりと弟に顔を向けた。

「おやめなさい、ジェラルド。わたくしは本部長の命令に従います。パウエル大佐がいてくださったらいいのだけれど。あの方なら、警察への対処法をご存じでしょうに」

「そんなこと言ったって、パウエルは明日にならないとヨーロッパから帰ってこないんだよ」ジェラルドは冷たく言い返した。

彼らの言うパウエルとは、アレクサンダー・パウエル大佐のことだろう。ニューヨークの著名な弁護士で、ビーズリー夫人の元婚約者として話題にのぼっていた人物だ。わたしのこの推測は当たっていて、のちにパウエルは、カーテンウッド家の最も忠実で有能な擁護者となった。

「姉はそんな試練に耐えられる状態にない」ジェラルドはわたしに視線を戻すと、かたくなに言い張った。

「わたくしは参りますよ！　さあ、お若い方」エリザベス・カーテンウッド・ビーズリーはわたしを促すと、凛とした堂々たる足どりで部屋を出て、階段をのぼった。三階に達すると、わたしは短い廊下の先にある図書室のドアを示した。先に立ってドアを開けることはしなかった。わたしを見る彼女の顔には、思いやりと最低限の礼儀さえ持ち合せていない者に対する戸惑いの表情が浮かんでいた。わたしはコルトの命令に従っただけなのだが。

冷ややかな顔に決意の色をにじませて、夫人はドアに歩み寄り、ノックをした。コルトの声が入室を促すと、夫人はノブをつかみ、それをまわしてドアを開き、部屋に足を踏み入れた。わたしもあとに続いた。

ビーズリー夫人が姿を見せると、全員が立ちあがった。そして一脚の椅子が夫人に勧められた。残酷にもその椅子は、彼女の青ざめた角ばった顔を、部屋の明かりが容赦なく照らしだす場所に置かれていた。

全員が着席すると、コルトが尋問の口火を切り、わたしはひと言も漏らすまいと記録を始めた。本来は速記係の仕事だが、こうした重大事件の指揮を本部長が執るとき、わたしが記録とその管理を一手に引き受けることを彼は望んでいた。本書の大半は当時のわたしの記録を引き写したものである。

「フルネームを教えていただけますか、ビーズリーさん」

「エリザベス・カーテンウッド・ビーズリーです」

「年齢は？」

「四十六歳です」

「ビーズリー牧師と結婚されてどのくらい経ちますか？」

「十二年ほどになります」

「今夜、ご主人は何時に家を出られましたか？」

夫人は肉づきのいい白い手をほどき、再び握り合わせた。その仕草が彼女の心の揺れを唯一感じさせるものだった。

「今夜八時ころでしたわ」

「行き先を言っていかれましたか？」

「ええ。真夜中まで書斎にいると言って、わたくしたちの暮らす母屋から渡り廊下を通って書斎のある教会へ行きました。書斎に明かりが灯っているのを見ましたわ。でも、いつの間にかいなくなっていたのです。わたくしにひと言もなく。零時に様子を見にいくと、主人はいませんでした」

「行き先――もしくは出かけた理由に心当たりは？」

「ございません。ただ、夜の早い時間に主人に電話がありました」

「ほう！　相手は誰ですか？」

「わかりません」

「では、電話がかかってきたことをどうやって知ったのです？」好奇心を抑えきれずにドアティが口をはさんだ。

「上階《うえ》の応接間にいるとき、電話のベルが聞こえたのです。あれは七時十五分前くらいでした。ビーズリー牧師は洗面所で髭を剃っていて、午後はずっと外出していたので、実際は帰宅したばかりでした。それで髭剃りを顔に当てたまま、電話に出たのです」

「話している内容は聞こえましたか？」

「主人の声は聞こえました。聞き耳を立てていたわけではありません。ただ耳に入ってきたのです」

「ご主人が言ったことをできるだけ思いだしてもらえませんか、ビーズリーさん」

「ビーズリー牧師は受話器を取って、『もしもし』と言ったあと、しばらく黙っていました。相手の話に耳を傾けている様子で。それから、『わかった。八時には着いているはずだ』と言うのが聞こえました」

「電話をかけてきたのは、ソーンダース夫人だと思われますか？」コルトがたずねた。

ビーズリー夫人は背筋を伸ばして顎を引いた。本部長を見つめる瞳は、オーロラの光のごとく冷たく、かすかに揺らいでいた。

「存じあげません」

「ご主人とソーンダース夫人が親密な関係にあったことをあなたは知っていたのですか？」

尊大で生真面目そうな老いた目が、再び閉じられた。

「親密な関係などありません」

「ご主人とあの女性の間柄を疑われたことはないのですか？」

「一度もございません」

「いまも？」

「もちろんですとも。ビーズリー牧師が最期までわたくしに忠実だったことは存じております」

「では、ご主人との離婚を考えたこともないのですね？」

「離婚ですって？」

夫人は毅然として顔を上げ、自信に満ちた声で言いきった。

「わたくしが離婚を考えることはありません、何があろうと――たとえどんな事情があろうとも。そしてそれはわたくしだけでなく、一族全員に言えることです。わたくしたちの辞書に〝離婚〟という文字は存在しないし、存在し得ないのです」

淀みなく自信たっぷりに語るビーズリー夫人は、自分の言葉に酔っているように見えた。しかし、夫の忠誠を信じているなら、殺害されたふたりの死体が寄り添うように並んでいたことをどう説明するのか？　わたしはあの恋文を思いだした。コルトがそれを持ちださないということは、もっと効果的な場面で使うつもりなのだろう。

「それでは、ふたりが一緒に発見されたことをどう説明されますか？　近しい関係にあったことを示唆しているのではありませんか？」コルトが食いさがった。

「いいえ、違います」夫人は言下に否定した。「個人的に会って信者の悩みを聞くことは、聖職者の最も神聖なつとめのひとつです。ソーンダース夫人と一緒にいたのはそういうわけですわ。彼女は折に触れてビーズリー牧師に助言を求めていましたから。彼女の夫のことを説明しておくべきでしょうね。ウィリー・ソーンダースは大酒飲みで、ビーズリー牧師から聞いたところでは、暴力を振るうこともあったそうです。ソーンダース夫人には娘さんがいて、ビーズリー牧師は劣悪な家庭環境からその子を守ろうとしていた。夫の身に何が起きたのかはわかりませんが、ふたりが一緒に発見されたことを単なる偶然と考えるのは、あながち間違いではないと思います」

夫人の声には明らかに反抗的な響きがあった。

コルトはその問題はひとまず棚に上げて、事実確認に焦点を戻した。

「ご主人は八時ころ家を出たとおっしゃいましたが、姿を見たのはそれが最後ですか？」

夫人の肉づきのいい手が、膝の上で静かにきつく握り合わされた。目はどこか遠くを見つめている。

コルトが仕切り直しに発したごく簡単な質問に、夫人はなかなか答えようとせず、突然の沈黙が部屋を満たした。その後、大きくひとつ息を吸いこむと、夫人はきっぱりと言った。

「ええ――それが最後です、生きているビーズリー牧師を見たのは」

コルトはうなずくと、すぐさま別の質問をした。

「では次に、ご主人が出かけたあと、あなたがどこで何をしていたか教えていただけますか」

「夕食を終えてからずっと、ピクニック用のバスケット作りに追われていました」夫人は即答した。

「ピクニック用のバスケット？」

「ええ。というのも、明日は――もう日付が変わっているから、今日と言うべきでしょうね――毎年恒例の日曜学校の行事で、ピクニックへ出かける日なのです。子どもたちにとっては、一年で一番楽しみにしている日のひとつですわ。ビーズリー牧師とわたくしは、教会を構えてから十一年間、一度も欠かすことなく続けてきましたのよ」

「他には何をしていましたか？　あなたがしていたことを、順を追って、ひとつ残らず思いだしてみてください」ドアティは励ましの笑みと一瞥を添えて、夫人を促した。

ビーズリー夫人はため息をついた。

「バスケットの用意が終わったあと、二階で手紙を三通書きました。二通は外国の友人に、もう一通は入院中の古い友人に宛てたものです。それから一時間ほど本を読みました」

「差しつかえなければ、何を読んでいたか教えていただけませんか」

本部長を見返す夫人の目には、驚きと不快感が表れていた。だが、すぐに気を取り直して穏やかに応じた。

「『キリストにならいて』ですわ。トマス・ア・ケンピス（中世ドイツの神秘思想家。その著とされる『キリストにならいて』はキリスト教信仰の本質を説く古典的名著）は、どんなときもわたくしの慰めの源なのです」

「昨夜、あなたは慰めを必要としていた？」ドアティがすかさず口をはさんだ。

「それを言うなら、必要としていたのは心の栄養――創造性を刺激するものでしょうね」夫人はひるむことなく迎え撃ち、まっすぐにドアティを見つめた。

共感をこめてうなずくドアティを尻目に、コルトは質問を再開した。

「あなたが本を読んでいたのは、八時半ころから――」

「十時くらいまでだと思います」

「ご主人のことを心配しはじめたのは？」

「深夜零時を過ぎてからです」

「なるほど。そのあいだも本を読んでいたのですか？」

「いいえ、ベッドに入りました。パディントンもベッドに入ったので、家のなかの明かりはすべて消しました。真夜中に目が覚めて、夫の様子を見に書斎へ行ってみると、そこに彼の姿はなかった。わたくしはなんだか胸騒ぎがして、弟のジェラルドに電話をかけました。ジェラルドには、心配するなと言われました。ただし、二時を過ぎても連絡がない場合は、もう一度電話を寄越すようにと。そこでわたくしは縫いものを始めました。しばらくすると、警察官が牧師はいるかと訪ねてきて、その警察官は、何をしたいのか自分でもよくわからない様子でしたが、それでも立ち去る間際にパディに、また来ると言ったのです。それでわたくしは、何か悪いことが起きたにちがいないと思いました。コルトさんが玄関のベルを鳴らしたとき、わたくしはひたすら待っているところでした」

「弟さんに電話をかけたとき、警察官が訪ねてきたことを伝えましたか？」

「ええ。弟は着がえたらすぐに行くと言いましたが、現れたのはあなたが先でした」

「なるほど。もう少しだけおつき合いください、ビーズリーさん。あなたの記憶によれば、ご主人に電話がかかってきたのは七時少し前、ということは、そのすぐあとに、みんなで夕食のテーブルを囲んだわけですよね。ビーズリー牧師は何か言っていませんでしたか？　誰かと会う約束があるとか？」

「いいえ」

「では、あなたは電話のことをお訊きにならなかったのですか？」

「ビーズリー牧師の予定をわたくしからたずねたことは一度もありません。必要なことは言ってくれますし、わたくしはそれで充分です」

「ご主人は家庭的な人だと思われますか？」

「もちろんです」

「最近、ご主人が旅に出たことは？」

「二月に講演旅行へ出かけたのが最後です。そのときは、ニューヨーク州北部とその周辺をまわりました」

「カナダの沿海州――例えば、ニューブランズウィック州へ行ったことは？」

「ありません」

コルトは眉間にしわを寄せた。

「たしかですか？」

「間違いありません」

「わかりました。では、ビーズリーさん、あなたの家にはご主人以外の男性が住んでいますか――弟のパディントンさんを除いて」

「いいえ」

「そうだと思いました。ならば、説明していただけますか、昨夜十一時半ころ、あなたの家に入っていくのを目撃された人々はいったい何者なのか」

ビーズリー夫人はコルトの目をまっすぐに見た。

「何かの間違いですわ」答える口調は落ちつき払っていた。

だが、パトロール中の巡査が、その時間に複数の人間が牧師館に入っていくのを目撃したとコルトに明言しているのだ。

コルトはそれ以上追及しなかった。代わりに事件の核心に迫る質問をした。

「ところで、ビーズリーさん。あなたのご主人が死ぬことを望んでいるか、ご主人が死ぬことで得をする人物を知りませんか？　もしくは、ご主人を脅迫したことのある人物に心当たりは？」

ビーズリー夫人は本部長の目を真っ向から見つめ、そして答えた。

「ありますわ」

第七章　音楽的アリバイ

その場にいた全員が身を乗りだした。

「ということは」ドアティの声はかすれていた。「あんたは誰が夫を殺したか知ってるってことか？」

ビーズリー夫人はゆっくりと首を横に振った。

「それはコルトさんが訊かれたことではありません。コルトさんは、わたくしの夫を憎み、夫の死を望んでいる人物に心当たりはあるかとおたずねになったのです。それでわたくしは、あると答えました」

「誰ですか、それは？」

一瞬のためらいがあった。その後、夫人はよく通る低い声で名前を告げた。

「ウィリー・ソーンダースです」

「それは――」

「あの女性の夫ですわ。ビーズリー牧師の遺体と並んで発見された女性の。そう、ウィリー・ソーンダースは飲んだくれの乱暴な男です。わたくしの夫は、ソーンダースから娘を引き離すために親権の停止を裁判所に申したてるべきか思案しておりました。それが原因で、ウィリー・ソーンダースから露骨な脅迫を一度ならず受けていたのです」

「その現場を目撃した人がいるのですか?」

「教会の雑役夫と、それに、礼拝に来ていた信者も何人か。わたくしはその雑役夫から話を聞いたので、彼なら、その場に居合わせた信者の名前もわかると思います」

短い間があり、コルトは憂いを帯びた顔で何やら考えこんでいた。やがてフェグレーに目を向けた。

「ソーンダースは見つかったかね?」

「はい——娘も一緒です。死体安置所《モルグ》へ行って遺体を確認し、目下、こちらへ向かっているところです」

コルトはくるりと窓に背を向けた。

「ご協力ありがとうございました、ビーズリーさん。ただ、もうひとつお願いがあります。犯人を捕まえるためには、ご主人の個人的な問題にも深く立ち入って徹底的に調べる必要があります。それはすなわち、プライベートな手紙や書類も捜査対象になることを意味する。つまり、わたしはあなたのご自宅の捜索を最優先事項として考えています」

「わたくしたちの家を調べたいと言うのですか?」夫人は啞然としてたずねた。

「それも、いますぐに。フェグレー警視正を同行させます。二名の部下も一緒に」

ビーズリー夫人はすっくと立ちあがり、冷ややかな目でコルトを見た。

「わたくしは弁護士の助言を得ておりません」落ちつき払った口調で言った。「それでも、甘んじて受け入れなければならないのですか——このような侮辱的な扱いを」

「強制ではありません」コルトも立ちあがった。

「では、断固として拒否しますわ」

「しかしそうなると」ドアティがここぞとばかりに口をはさんだ。「不本意ながら、あなたをここに引き止めて、尋問を続けざるを得ないでしょうね。朝になって、裁判所で捜索令状を手に入れるまで」

自分が置かれた状況を、夫人は瞬時に、余すところなく理解した。諦めの空気を漂わせながら、ごく控えめに広げた両手を上げて、負けを認めるしぐさをした。

「弟たちとはいつ話せますか？」

「残念ですが、現時点では、許可するわけにはいきません」

未亡人と本部長は長らく見つめ合っていた。やがて夫人が折れた。小さくうなずいて命令に従うことを示すと、フェグレー警視正のほうをちらりと見たが、一瞥しただけで興味を失ったらしい。フェグレーはいかつい面構えの男で、取り調べる相手が誰であれ、その鋭い目は「お前はどんな罪を犯したんだ」と自白を迫っているように見える。だがいまは精いっぱい思いやりのある表情を浮かべて、ぎこちない口調で夫人に約束した。

「捜索はできるだけ手短に行うつもりです」

「ゆっくりお休みください、ビーズリーさん」コルトが言った。「わたしも午前中にお宅へ伺うつもりです。きっとあなたとお話ししたくなるでしょうから。どうぞそのおつもりで――なるべく時間を取らせないように努力しますので」

その夜、ビーズリー夫人に対して採用された捜査手法は、あまりに冷酷で非人間的であるとの謗《そし》りを受けても否定はできない。本人の供述どおりなら、そのときの彼女は夫を殺害されたことを知ったばかりだった。誰にも邪魔されずに悲嘆に暮れる時間を与えられて然るべきなのに、彼女は夫の亡骸と、隣に横たわる若くて美しい女を――夫の死出のパートナーを――自らの目で確認することを強いられた。そのうえ、警察の尋問を受けさせられ、弟たちと言葉を交わす機会すら与えられないまま、彼女はいま、コルトの家の裏階段を下りていく。夫を亡くした孤独な女が、他人につき添われて家路につこうとしている。だが、殺人事件が発生したとき、警察はそれくらい容赦のない強硬な態度で捜査に臨むものだし、また、そうでなければならない。感傷に流されず、優しくありたい公平でありたいといった安易な衝動に惑わされないことは、警察学校で学ぶ、基本的だが一般には知られていない教えのひとつである。

ビーズリー夫人がフェグレーとともに部屋を出ていったあと、コルトが言った。

「これで未亡人の指紋は手に入れた。次は義理の弟と会ってみるとするか。トニー、パディントン・カーテンウッドを連れてきてくれたまえ」

わたしがドアに向かって歩きだすと、コルトはレンゲルに指示を与えはじめた――なるべく早く教会の雑役夫に会って、ウィリー・ソーンダースが牧師を脅迫した件の裏を取ること、雑役夫から聞きだした名前をもとに、現場に居合わせた信者を突き止め、事の真偽を確かめること。ほどなく、不安げに身を縮めたパディを後ろから急かしながら、わたしは三階の図書室に戻ってきた。わたしはカーテンウッド兄弟にビーズリー夫人が帰宅したことを話していなかった。パディはせわしなくまばたきをしながら部屋の中央に立つと、姉の姿を求めて視線をめぐらせた。

「エリザベスに何をしたんだ？」消え入りそうな声でパディがたずねた。

わたしはここで明言しておきたい。コルトを筆頭にその場にいた全員が、この哀れな男に優しさと呼べるくらいの親切心を持って接していたことを。残酷な扱いがあったとする報道はまったくの偽りであり、一家の顧問弁護士が世間の同情を買うために広めたデマである――道義にもとるとまでは言わないものの、頻繁に用いられている姑息なやり方だ。パディ・カーテンウッドに対する脅迫はいっさいなかった。わたしたちは彼を精神的に未熟な大人と見なしていた。まばたきを繰り返す目、不健康そうな黄色い肌、気立てはいいが賢いとは言えない、おびえた十二歳の少年といったところだ。パディはこちらの質問に短く答えるだけで、なんの役にも立たなかった。

「十時にベッドに入った。姉さんに起こされた。姉さんは縫いものをしていて、僕はその隣に座っていた。何を作ってたのかは知らない。異教徒のための何かだよ、インドのサンゴ色の糸を使うんだ」

パディから聞きだせたのは、せいぜいそれくらいだった。十一時半に牧師館を訪ねてきた者はいないかとたずねると、姉と同様にそれを否定した。あとは何を訊いても知らないの一点張りで、答えたあとには必ず、「エリザベスに何をしたんだ?」とたずねるのだった。

不毛な十五分を過ごしたあと、われわれは彼を巡査とともに家に帰すことにした。のちにコルトが語ったところでは、パディは子どもの心を持っているが、抜け目のないところもあるという。たしかに彼は馬鹿でもうすのろでもなかった。パディは兄のジェラルドに会わせろとは言わなかったが――実のところ、彼は兄を恐れているようだった――ビーズリー夫人のもとへさかんに帰りたがっていた。

パディを裏の階段まで送ったあと、わたしはジェラルドを迎えにいった。わたしの後ろから階段をのぼってくるジェラルドは、むっつりと押し黙っているものの、薄いブルーの瞳には決意の光がほのかに灯っていた。

わたしはまたもや三階の廊下に立って、ジェラルドが彼のために用意されたドアノブに手を置き、それをまわして図書室に入っていくのを見届けた。ジェラルドの態度は冷淡で、けんか腰だった。

「聞きましたよ、姉を警官と一緒に家へ送り返したそうですね」ジェラルドは食ってかかった。「血も涙もないとはこのことだ」

コルトは目に冷たい光をたたえて相手を見返した。

「おかけください、カーテンウッドさん。あなたはビーズリー牧師を殺した犯人の逮捕をわれわれと同じくらい強く望んでいると思っていました」

「わたしは死んだ人間の仇討ちよりも、生きている人間を大切にすることに興味があるんですよ」ジェラルドはすぐさま反論すると、少し前まで彼の姉が座っていた椅子にぎくしゃくと腰を下ろした。

「ふむ、そのことで議論するつもりはありません」コルトは軽く受け流した。「あなたにお訊きしたいことがあります。率直に答えていただきたい。あなたはビーズリーとエヴリン・ソーンダースの関係に気づいていましたか？」

「馬鹿馬鹿しい！　ビーズリーは牧師であるだけでなく、紳士だった。それに、彼女には夜警をしている夫がいるんですよ」

コルトは軽くうなずいたあと、唐突に質問を変えた。

「恐れ入りますが、カーテンウッドさん、今夜のあなたの行動を詳しく教えていただけませんか？」

「だが、どうしてわたしの行動を？　わたしが殺したと思っているのか？」

コルトは邪気のない笑みを浮かべた。

「わたしはめったに質問に答えません、カーテンウッドさん。たずねるのが仕事ですので」

ジェラルドは肩をすくめた。

「なるほど。それで、何を知りたいのです？　わたしがどこで何をしていたか——」

「今夜です」

「ああ、ええ。今夜ですね。考えるまでもない。ええと、家で食事をしました。妻と娘のマーガレット、それに娘の婚約者のデイヴィッド・タンブルと、わたしの息子も一緒に」

「夕食は何時でしたか?」

「うちの夕食は六時半と決まっています。そうすることで、使用人たちがまっとうな時間に食事にありつくことができますからね」

「では、七時半には終えていたでしょうね」

「間違いなく」

「食事の最中にどんな話をしたか、何か覚えていることはありませんか?」

ジェラルド・カーテンウッドはむっとして言った。

「コルトさん、いったいどんな関係が――」

だが、コルトは手を振ってそれを退けた。

「お答えください。意味のない質問をして無駄にする時間はありません」

「結構。国際司法裁判所の話をしました。わたしはそちらの方面に興味がありましてね。いっこうに安定しない株式市場についても。それから、タンブルがセントルイスで仕事にありつける見こみについて話し合った。彼はどうしても向こうに住みたいらしい。息子は野球の話をしました。妻は教会の仕事のことと、明日の朝、アルトマンで開かれる売りだしについても話題にした。他にも何か話したのは間違いないが。時間が経てば思いだすかもしれません」

「食事のあとは何を?」

「家のなかでくつろいでいました。本を読んだり、ラジオを聴いたり――」

コルトはうなずき、再び火をつけたパイプをふかしながら何やら考えこんでいた。「ラジオはどのくらい聴いていました？」

「十時くらいまでです」

「そのあとは？」

「ベッドに入りました。毎晩十時には寝ることにしているんですよ。いつから始めたか忘れるくらい遠い昔からの習慣です。わたしが健康を維持している最大の要因はそれでしょうね」

「すぐに眠れましたか？」

「ええ」

「ご家族はどうされました？」

「妻は同じ時間にベッドに入りました」

「娘さんとタンブル氏は？」

「彼らはまだ帰宅していなかった」

「おや――外出されたのですね」

「ええ、映画に行きました」

「なるほど。では、息子さんは？」

「息子がどこにいたのかはわかりません。ベッドに入ったと思います。たぶん、いまもベッドのなかでしょう」

「とすると、あなたは何も知らなかったのですね、ビーズリー夫人が電話をかけてくるまでは。警察が訪ねてきたあとで」

「ええ、そのとおり――いや、そうじゃない。午前零時ころ、姉が電話をかけてきて、寝ていたわたしを起こしたんです」

「用件は?」

「ティムが出かけたきり帰ってこないと」

「それで、あなたはどうしました?」

「心配するなと言いました。でも、横で聞いていたうちの妻が、お姉さんが望むなら向こうへ行って、一緒にいてあげたほうがいいと言いだしましてね。それで、わたしは姉に言ったんですよ、二時になっても連絡がなかったら、もう一度電話をかけるようにと」

「それで?」

「姉から二度目の電話がかかってきて、警察が訪ねてきたと言うので慌てて身支度をして牧師館へ行くと、そこにあなたがいたというわけです」

コルトはパイプの灰をかたわらの灰皿に落とした。ドアティは不機嫌な顔でジェラルドを睨みつけていた。

「ということは、おたくのアリバイを証明できるのは、奥さんだけということだね、カーテンウッドさん」ドアティがたずねた。

ジェラルドはむっとして椅子から立ちあがった。

「証人なら大勢いますよ。あなたの言う〝アリバイ〟とやらを証明しろと言うなら」

「それはよかった。その人たちの証言を是非とも聞きたいものだ」

ドアティが煙草に手を伸ばしたとき、コルトが何気なくたずねた。

「ところで、八時から十時までラジオを聴いていたとおっしゃいましたね」

「ええ、そうです」

「どんな番組をお聴きになりましたか?」

未亡人の弟の首筋が怒りでうっすらと赤くなった。両手で椅子の背をきつく握りしめている。

「どうしてそんな質問をするのか、わたしにはさっぱり理解できませんね」ジェラルドはやけにゆっくりとした口調で反論した。

「説明するまでもないでしょう、カーテンウッドさん。まっとうな知性のある人なら、すぐに見当がつくし、あなたはすでにわかっているはずだ。一組の男女が無残に殺害された。近親者の誰かが加担していると考える理由があるわけではありません。だが、わたしはあなたたち全員の行動を把握する必要がある。あなたは自宅にいて、ラジオを聴いていたという。ですから、もう一度お訊きします――どんな番組を聴いていましたか?」

ジェラルド・カーテンウッドは唇を歪めた。

「思いだせませんね」きっぱりと言った。

「そんな答えが通用すると思いますか? ほんの数時間前のことですよ」

「新聞を読んでいて、たまたまラジオをつけただけなので――ただなんとなく。とくに注意して聴いていなかったんですよ」

「そういうことなら、どこの局を聴いていたかも覚えていないでしょうね」

「ええ、残念ながら」

「しかし、何かひとつくらい覚えているのではありませんか？」

ジェラルドはいっとき考えた。

「たしか、バンドの演奏が流れていたような――」

「ダンス音楽ですか、それともオーケストラか――」

「そうだ、ジャズだ！」

「いいでしょう。それでも何かの手がかりにはなる。他に覚えていることは？」

「たしか――劇のようなものを演ってました、伴奏つきの。でも、注意して聴いていたわけではないので」

コルトは手を振ってその言い訳を退けた。

「結構です、カーテンウッドさん。今日の昼ごろ改めてお話をうかがいたいと思っています」

カーテンウッドは表情を曇らせた。

「なにぶん、わたしは忙しい人間なので、コルトさん――」

「目下、あなたの仕事は警察に協力することです。義理の弟さんを殺害した犯人を突き止めるまでは」

「もちろん、おっしゃるとおりです」ジェラルドはため息をついた。その後まもなく、彼は部屋を出ていった。正面玄関へ続く階段を下りる威厳に満ちた規則正しい足音が、われわれのところまで聞こえてきた。

捜査関係者だけになると、コルトは険しい表情でわたしを見た。

「諸君」コルトはおごそかに言った。「今夜、重大な海難事故が発生した。南米航路の定期船〈ユークシン号〉がフロリダ・キーズ諸島沖で沈没したのだ」

「で、それがどうしたっていうんだ？」ドアティががなりたてた。

コルトの口調に不穏なものを感じとったわたしは、探るように彼の顔を見た。しかし、彼の真意を読みとることはできなかった。

「事故のあとは、ＳＯＳ信号を受信するため、電波を空けておく必要がある。今回の殺人事件が発生したとき、放送局はすべて放送を中止していた。つまり、ビーズリーとエヴリン・ソーンダースが殺害されたとき、いかなる音楽も流れていなかったということだ」

第八章　父と娘

事の重要性に気づいたドアティは、鼻息荒く立ちあがった。

「あの男を連れ戻せ！　とんでもない嘘つき野郎だ！」

「まあ、待ちたまえ」コルトが押しとどめた。「たしかに彼は嘘をついた。だが、なんだって嘘がばれたことを本人に教えてやるんだ？　先走ってはいけないよ」

「なんだよ、くそっ」ドアティが悪態をついた。「じゃあ、どうするつもりだ？」

コルトは立ちあがってレンゲル警視に向き直った。

「レンゲル、ジェラルド・カーテンウッドに尾行をつけよう。昼も夜もだ。いますぐ始めてくれ」

「それならウェルシュとヒートンが適任でしょう、本部長。五分以内に連絡がつきます」

「彼らなら立派にやり遂げてくれるだろう。だが、さらにもう二組の捜査員を加えて、八時間交代で任務に当たらせるんだ。それと、保険会社の窓口が開きしだい、捜査員を派遣して、殺されたふたりにかけられた保険金の額を調べさせてくれ。無駄骨に終わる可能性もあるが、知っておいて損はない。調べると言えば、ビーズリーとソーンダース夫人の過去をできるかぎり明らかにしてほしい。カーテンウッド一族についてもだ。必要なら、捜査員を一ダースほど投入してもいい。つかんだ手がかりは、漏れなくわたしに報告すること。牧師館はすでにわれわれの監視下にあるが、教会にも見張りを置く必要がある――ビーズリーの書斎はとくに厳重な警戒が求められる。それと、レイム・マンズ・コートのソーンダース宅も。家宅捜索を行う人員を派遣するまでは、誰にも指一本触れさせないこと。わたし自身もここ数時間のうちに、すべての場所に足を運びたいと思っている」

「俺も行く」ドアティがきっぱりと言った。

「それから」コルトは話を続けた。「腕利きの捜査員を見つくろって、信者のあいだでどんな噂話が飛び交っていたかを探らせてほしい。現時点で、わたしが最も不可解に思っているのは、ビーズリーの家族が口をそろえて不適切な関係はなかったと言い張っていることだ。関係があったことをわれわれは知っているし、彼らも知らないはずはない。もちろん、悪い噂が立つのを避けたい気持ちは理解できる。しかし、殺人事件が起きてもなお、彼らは口を閉ざしている。それゆえに、牧師とあの婦人が親密な関係にあったことを、どの程度の信者が知っていたか確かめる必要があるんだ」

レンゲルはメモを取りおえた。

「さっそく取りかかります」彼は一同をさっと見まわして言った。「これで忙しくなるぞ」

「もうそろそろ、ソーンダースの娘と父親が階下《した》に来ている頃合いだ。ここへ連れてきてくれたまえ。まずは父親だ。それと、ドアノブを新しいものに交換したか、アーサーに確認してくれ」

わたしは階段を駆けおりて居間へ向かった。そこではウィリー・ソーンダースと娘のイザベルが待っていた。ソファに並んで腰を下ろすふたりは、ともに青ざめ、呆然とした顔で、何かにおびえているようだった。イザベルはハンカチに顔をうずめて泣いていた。室内には彼女の香水の匂いがほのかに漂っていた。

娘はせいぜい十五歳くらいだろう。娘盛りというにはまだ早い。卵形の顔にはそばかすが少しあって、瞳はインクベリーの実のように黒い。泣いていても、低くて先の丸い鼻が自立心の強さを感じさせた。後ろに垂らした髪をタータンチェックのリボンで結んでいるのを見て、わたしは不思議に思った。時刻は午前四時を過ぎている。父と娘は深夜に起こされて、死体安置所《モルグ》へ連れていかれたにちがいない。イザベル・ソーンダースは、警官を待たせておいて、タータンチェックのリボンを結んだのだろうか。それとも、ひと晩じゅう起きていたのか。この父娘《おやこ》は事件について何か知っているのだろうか。

わたしは興味をそそられて、ソーンダースに視線を移した。顎のしゃくれた小男で、筋骨隆々とした肩と、だらりと垂らした長い腕や毛深い手は、類人猿の屈強な前肢にそっくりだ。ウィリー・ソーンダースの身体つきや佇まいには、明らかに未開人を思わせるところがある。その昔、容疑者がふたりいたら、より醜いほうに有罪判決がくだされる時代があった。中世の裁判官はそう教えられてきたからだ。コルトによれば、現在も同様の差別は存在していて、人体計測の専門用語を用いることで判決に威厳を与え、科学的原理に基づいているように見せかけているだけだという。たしかに大昔の判事なら、ソーンダースに有罪を宣告しただろう。ソファに座る彼はさながらクロマニョン人のようだった。われわれの言葉を話すことを学んでも、現代人の善悪の基準を受け入れられない旧石器時代の人間だ。

わたしの呼びだしに彼らはおとなしく従った。促されるままに父親はわたしの前を歩き、図書室のドアをノックして、大きな手の痕跡をノブの上にしっかりと残した。イザベルの指紋を採取する必要があるとはわたしは思わなかった。彼女がこの事件の犯人だとは誰も思わないだろう。

わたしはふたりのあとから部屋に入り、ドアを閉めた。広々とした図書室の中央に立つ父娘はいっそう哀れに見えた。悲しみをこらえて気丈にふるまう姿に、わたしは胸が痛んだ。彼らの視線は、ドアティ地区検事長の陰気な赤ら顔から、コルトの青白い穏やかな顔へと移った。コルトの憂いを帯びた目が親子をじっと見つめていた。

灰色の光が、わたしたち全員を——証人と尋問者を——包みはじめていた。ずらりと並ぶ書棚の向こうで、夜明けが薄い金色の大きな染みを徐々に広げていく。雄鶏が時を告げる頃合いだ。父と娘を見ながら、夜明け特有の神秘的な雰囲気に浸っていたわたしは、コルトの予期せぬ単刀直入な質問に、たちまち現実に引き戻された。

「サングスター・テラス一三番についてかご存じですか、ソーンダースさん」

娘が父親に身を寄せた。彼女の手は父親の腕に優しく置かれている。娘がその手をぎゅっと握ると、父親はいくぶん落ちつきを取り戻したようだった。苦しげに息を吸いこみ、上目づかいに一同を見まわした。

「知らないね。聞いたこともない」

「あなたの奥さんが足繁く通っていたことを知らなかったのですか?」

「知らん!」

「不審に思うことすらなかった?」

ウィリー・ソーンダースは娘のイザベルに視線を移し、ふたりの目が合った。すると父親は背筋を伸ばしてコルトをまっすぐに見つめた。

「女房を悪く言うやつがいることは知ってる。エヴィはいい女だった。俺にとってはいい女房だったし、ここにいるイザベルにとってはいい母親だった。俺たちはただの貧しい、どこにでもいる家族だ、コルトさん。かっこつけるつもりはないが、娘のイザベルには、俺たちよりマシな暮らしをさせようと汗水垂らして働いてきた。イザベルはハイスクールに通っていて、いま三年生だ。娘は速記ができる。俺の言ったことをひと言残らず書きとっている、そこの若い旦那に負けないくらい優秀だ。俺だって一生懸命働いている。そりゃあ、ときには酒を飲むこともある。そんなに飲んだら腎臓をやられちまうって、女房にはよく言われたよ。だけど、もし俺があやまちを犯すとしたら、紳士らしく正々堂々とやるさ」

「仕事は何をしているんだね?」ドアティがこらえきれずに口をはさんだ。

「夜間監視員ですよ」

「監視員って、いったい何を監視するんだ?」

ウィリー・ソーンダースはばつの悪そうな顔をした。

「女房がそう呼んでいたんだ、夜間監視員って。実際はそんな偉そうなもんじゃない。ただの夜警さ」

「何を見張っていたのですか、ソーンダースさん」コルトがたずねた。

「ヨットだよ」

父娘を除く全員の動きが一瞬、ぴたりと止まった。

「どうかしたのか?」ソーンダースがむっとしてたずねた。

「ヨットの名前を教えてもらえますか」

「〈ヴァリアント号〉だ。ヨットクラブのレイトン会長の船で、八十六丁目通りのリバーサイド・ドライブに係留されている」

新たな疑問がわたしの頭のなかを飛び交いはじめた。この男が妻の不貞を疑う声に耳を貸さないのは、演技の可能性はあるだろうか？　ビーズリーとソーンダース夫人をヨットの上で殺害したあと、死体をボートに移してハドソン川に漕ぎだし、ハーレム川を通ってイースト川にたどりつくことはできるだろうか？　サングスター・テラス一三番を犯行現場とするコルトの推理は全部間違っていたのだろうか？　それはあり得ないことのように思えた。

「今夜はどうして〈ヴァリアント号〉へ行かなかったのです？」コルトがたずねた。「捜査員が訪ねたとき、あなたは自宅にいたそうですね」

「仕事を抜けだしてきたのさ。ヨットの上は静かで何も起こらないし、無性に酒が飲みたくなったから、内緒で家に帰ってきた。それだけのことだ。小一時間で戻るつもりで。だから、埠頭でフラッシュって男を捕まえて、俺の代わりにヨットを見張らせておいたんだ」

コルトは再びパイプにタバコを詰めた。

「それは何時のことですか？」

「八時ぐらいかな」

「で、真夜中を過ぎてもまだ家にいた」

「おっしゃるとおりで」

「どうしてそんなに長居をしたんです？」

「イザベルがひとりで寂しそうだったからさ。というのもエヴィが、今夜、旅に出たんだ。女房はこのところ具合を悪くしてて、しばらく家を離れたほうがいいと医者が言うもんだから。かばんをふたつ持って出かけたんだ。二週間の予定で」

「なるほど。行き先はどこですか?」

「バーモント行きの列車に乗って、ウェクスレーに住む姉妹を訪ねることになってた。女房は休養を必要としていた」

「奥さんは、どこが悪かったのかね?」ドアティがたずねた。

答えたのはイザベルだった。父親はこの質問に動揺しているように見えた。

「母はずっと具合がよくなくて。赤ん坊ができたのかもしれないと思っていたこともあった。でも、お医者さまに診てもらったら、軽い神経症だと言われました」

「それはいつのことだね、イザベル?」

「ええと、三、四カ月前だと思います。雪がたくさん降った日でした、母が病院に行ったのは」

「医者の名前はわかるかな?」

「ジョージ・トーマス先生です、ウェストエンド街の」

「ありがとう、イザベル。では、ソーンダースさん、今夜、あなたは自宅で何をしていましたか?」

「座ってイザベルと話していただけだ」

再び娘が助け船を出した。

「父はお酒をたくさん飲みました。母がいなくて寂しかったから。それで、あたしがベッドに寝かせたんです」

張りつめた短い沈黙があり、それを破ったのはコルトだった。

「家には他に誰かいましたか?」

「いません」

「いまの話を証明してくれる人はいないのか、娘以外に」ドアティが言った。

「いったい俺にどうしろと言うんだ？　証明なんかできるわけないだろう。家には他に誰もいなかった。俺とイザベルだけだ」

コルトがパイプに火をつけた。

「あなたは奥さんを疑っていたのでしょう？」不意に質問を変えた。

「いや、知っていたのさ」意外な答えがソーンダースから返ってきた。

それはどういう意味かとコルトがたずね、われわれはいっせいに身を乗りだした。ソーンダースは椅子の背にもたれかかり、疲れた様子で腕を組んだ。

「ほんと言うと、うちでひと悶着あったんだ」

「詳しく教えてください」

「ビーズリーは他人の問題に首を突っこんできやがった。俺はそれが我慢ならなかった。女房は俺が酒を飲みすぎることを気に病んで、何かというとあの男に相談していた。そしたら、ビーズリーのやつ、イザベルを連れて俺と別れるべきだと女房に吹きこみやがった。そんなことされたら、俺だって黙っちゃいられねえ。それで俺はエヴィに――俺の女房に――ビーズリーに二度と会うなと言ったんだ」

「お母さんは今夜家を出るときどんな様子だった？」短い沈黙をはさんでコルトがたずねた。

「ずっと泣いていました。あたしと離れるのはいやだって」イザベルが答えた。「それで、あたし、ずっと慰めていたんです、二週間の辛抱だからって。でも、母の態度はまるで二度と会えないと思っているみたいだった。まさかそのとおりになるなんて……」最後は声が震えていた。

「でも、どうしてきみは駅まで送らなかったんだい?」コルトは探りを入れた。

「来ちゃだめだって母が言ったんです。ひとりのほうがいい、人前で泣き崩れたらみっともないからって。だから、あたしは曲がり角まで一緒に行って、そこで母はタクシーに乗ると、走り去る車の窓から身を乗りだして手を振ってくれました」

コルトはドアティを見た。

「ホーガンにそのタクシーの運転手を探しださせてくれ」

ドアティが短くうなずいて見せると、郡警察のホーガン刑事はコルトに向かって力強くこぶしを掲げた。

「お母さんは今夜、ビーズリー牧師に電話をかけなかったかい?」コルトは再びイザベルに問いかけた。

「わかりません――誰かと電話をしていたけど。あたしは一階にいたんです。家に帰ってきたとき、母は電話の最中で、「八時ちょうどよ」と言うのが聞こえました。それは母が乗る列車の発車時刻だったので、友だちに別れの挨拶をしているんだと思いました」

コルトは父親に視線を移した。

「では、奥さんがビーズリーと親しくしていたことは知っていたのですね?」

「ああ。女房は以前、あの男のところで働いていたからね」

「働いていた? 聖歌隊のコーラスとして、という意味ですか?」

「そうじゃない。秘書をしていたんだ」

「ほう、それはいつのことですか?」

「働きはじめたのは三、四年前かな。それで二年ほど前まで続けていた」

「奥さんと牧師は二年近く労使関係にあったということですね？」

「そういうことだ」

「なぜ辞めたのです？」

「エヴィとビーズリー夫人はそりが合わなくてね。なにしろ、ビーズリー夫人は教会と教会の関係者全員を意のままに動かそうとするんだ」

コルトは身を乗りだした。好奇心で目がきらきらと輝いている。

「奥さんが辞めたあと、誰が秘書の仕事を引き継いだか覚えていますか？」

「もちろんさ。エマ・ヒックスって女だ」

「なるほど。ところで——奥さんの前は、誰がその仕事をしていたのでしょう？」

「日曜学校の教師で、名前はたしか——ベッシー・ストルーバーだ」

コルトは満足そうに深くうなずいた。

「あなたの自宅の電話番号を教えてもらえますか？」

イザベルがかぼそい声で、「ポメグラネイト九三四二」と答えるのをわたしは書きとった。そしてコルトがうなずくと、わたしは部屋を出て、二分後には警察本部に電話会社への調査を要請していた。まもなく牧師館の電話が鳴った正確な時刻が判明するはずだ。その電話がソーンダースのアパートからかけたものかどうかも。これはビーズリー／ソーンダース事件が発生した当時は可能だったことだ。電話会社が自動システムを導入したため、現在は発信元を突き止めることができない。図書室に戻るとすぐに、わたしはコルトから新たな指示を受けた。本部へ再度電話をかけて、八十六丁目通りのリバーサイド・ドライブに捜査員を派遣し、ヨットの〈ヴァリアント号〉を確認するとともに、周辺の訊きこみを行うよう要請すること。

再び図書室に戻ってみると、ソーンダースが自分と妻の過去を語りはじめたところだった。ソーンダースの説明によれば、彼女の旧姓はエヴリン・モートン。ふたりともロング・アイランドのロックビル・センターという小さな町の出身で、ソーンダースはそこで船大工として働いていた。ソーンダースも彼の妻も初期入植者の子孫で、ロング・アイランドにはいまも同様の祖先を持つ家族が数多く暮らしている。数年前、ソーンダースは背中を傷めて身体を使う仕事ができなくなった。幸運にも、事故の翌年の夏に、ヨットクラブ会長のレイトンと出会い、彼はソーンダースに特殊な技術を必要としない警備員の仕事を与えてくれた。そこで一家はニューヨークへ移り住み、以来、いまのアパートで暮らしている。そして、たまたま近所にあった聖ミカエル及諸天使教会の日曜礼拝に通いはじめた。

「では、ソーンダースさん」コルトが言った。「わたしに隠しごとをしても誰のためにもならないことを肝に銘じたうえで、あなたの意見を聞かせてください。あなたの奥さまとビーズリー牧師のあいだには、友情を超える関係が存在したのでしょうか？」

「存在しないさ、そんなもの！　何度言わせれば気がすむんだ」ソーンダースは激昂して椅子から立ちあがると、毛深いこぶしをもう片方のてのひらに打ちつけた。

娘がすすり泣きはじめた。

「奥さんは常にあなたに誠実だったと思っているのですね？」

「思ってるんじゃなくて、知ってるんだ。あのふたりは俺のことを飲んだくれだと思っていた――それだけのことさ。たしかに彼らは古い友人ではある。エヴィはあの男のために身を粉にして働いていた。教会の仕事で、エヴィが知らないことや手助けできないことはひとつもなかった。それにエヴィの出した多くのアイディアのおかげで、教会は成功を収めることができた。牧師もその功績を認めていた。だけど、本人がそれを鼻にかけることはなかった。エヴィがよく言ったもんさ、自分は神様に仕えているんだって。だから、あり得ないんだ。ふたりのあいだに間違いなどなかった。もし何かあったら、まっさきに俺が気づくはずだ、そうだろう?」

答えようのない問いかけとともに、ソーンダースはどすんと椅子に腰を下ろし、額の汗をぬぐった。

「ビーズリー牧師もしくはあなたの奥さんに恨みを持っていた人に心当たりはありませんか」

父と娘は目を見交わした。そして父親が言った。

「エヴィは人の恨みを買うような人間じゃない。だが、嫌ってたやつならひとりいる。そいつは牧師のことも嫌っていた。しかも、何をしでかすかわからないタイプの人間だ」

「誰ですか、それは?」

「パディ・カーテンウッドさ。あの男がまともじゃないことはみんな知ってる。やつがエヴィに襲いかかったのは一度じゃない。女房が教会で働いてるとき、ナイフを手に飛びかかってきたんだ。家族がおもちゃとして与えたなまくらなナイフで――しかし、ナイフはナイフだ! エヴィはパディを怖がっていた。教会で働きはじめたときから、あの男にひどく嫌われていたから。エヴィがよく言ってたよ、そいつの姉さん――つまり牧師の女房が、自分を嫌いになるよう仕向けてるんだって」

ソーンダースを見据えるコルトの目は、いっさいの感情を映さず、謎めいて見えた。

「パディがナイフで奥さんに襲いかかるのを目撃した人はいますか?」

「どうだったかな。今夜は頭がぼうっとしているから、ひょっとすると明日になれば――」

「明日になれば、ふたりとも思いだせると思います」イザベルが助け船を出した。「目撃者はいるはずです。母がそう言ってましたから」

今夜は帰って構わないとコルトはふたりに告げた。

「警察官がお宅にいることは理解していただけますね？　室内を隈なく捜索することも」

父娘は辛抱強くうなずいた。

「それと明日いっぱいは、必要に応じていつでも質問に応じられるよう、心の準備しておいていただけますか」

「構わんさ。どのみちイザベルは学校へ行かないし、俺はもう職を失ったようなものだ。遺体はいつ引き渡してくれるんだ？」

「検死解剖のあとです。一両日中にはお渡しできるでしょう。ご協力ありがとうございました」

イザベルは父親とともに立ちあがると、父親と腕を組み、先に立って部屋を出ていった。

ドアティは腕時計に目を落とした。

「六時か。会社や店が開く九時までは、できることはたいしてないな」

コルトはうなずき、にっこりと微笑んだ。

「この家には風呂が五つある。みんな、シャワーでも浴びたらどうだね？」

安堵のため息とともに一同が立ちあがると、コルトはブザーを押して執事を呼んだ。

「ところで」思いだしたようにコルトが言った。「レンゲル、教会内の噂話を探る際、パディのナイフの件も合わせて調べるよう、担当の捜査員に指示するつもりだろうね？」

「もちろんです」レンゲルは胸を張って応じた。

シャワーを浴びて図書室に戻ってみると、執事のアーサーが朝食を用意してくれていた。オレンジジュース、シリアルと生クリーム、目玉焼き、ラム・チョップ。ご馳走を目にしたとたん、尽き果てていた精気がみるみるよみがえってきた。パーコレーターのなかでコーヒーが沸く音は、美しい朝の調べ《アルボラーダ》のようだった。

コルトが椅子の背にもたれ、下襟に挿したガーベラの匂いを嗅ぎ、ドアティに晴れやかな笑顔を向けたのは、二杯目のコーヒーを飲んでいるときだった。

「聞くところによると、うちの殺人課の刑事のなかに、いわゆる〝殺人者の目〟を信じる者たちがいるらしい。なんでも、まつ毛の動きひとつで潜在的殺人者がわかるとか。きみはここ数時間で〝殺人者の目〟を見かけなかったかね、ドアティ?」

「馬鹿馬鹿しい」地区検事長は、次々と運ばれてくる焼きたてのホット・ロールにたっぷりとバターを塗りながら、コルトの質問を一蹴した。「悪名高きイギリスの殺人者、パトリック・マホンは、スパニエル犬みたいに優しい目をしていた。だが、やつは恋仲のエミリー・ケイを殺害し、あろうことか死体をばらばらに切断して、鍋でぐつぐつ茹でちまったんだぞ」

ドアティはうまそうにロールパンにかじりついた。

コルトはうなずいた。「われわれの仕事に、思いあがりは禁物だ。自分の知性を実際よりも高く見てしまうことは、刑事のみならず、犬や馬、犯人や容疑者にもあり得ることだが。率直に言って、現時点でわたしがとくに興味を惹かれているのはビーズリー夫人だ。彼女は悲しみを表に出さないが、今夜ここにやってきた関係者のなかで最もつらい思いをしていたにちがいない。他の人々について言えば、ジェラルドは得体のしれない男だ。ソーンダースは怒ると何をしでかすかわからないし、イザベルは父親っ子で、母親に不信感を抱いている。もしかすると、事件の真相を知っているのかもしれないし、知らないのかもしれない。あとは、パディ・カーテンウッドだ。さて、そこで改めて訊くが――ボートに乗っていた猫の問題はひとまず棚上げにするとして――きみはこのなかに犯人がいると思うかい？」

ドアティはふたつ目のオムレツに取りかかっていた。

「実を言うと、俺はそんなに難解な事件だと思っていた」

「ほう？　ということは、すでに事件の筋書きは描けていないということか？」

ドアティはナイフとフォークを持ったまま両手を広げ、控えめに異議を示した。

「筋書きなんて大げさなもんじゃない。だけど、事実を軽視するわけにはいかん」

「事実、というと？」

ドアティはずんぐりとした赤い指で数えはじめた。

「一、ウィリー・ソーンダースは、妻がビーズリーに感化されていることを知っていた。二、ウィリー・ソーンダースは酔っぱらうと乱暴になる。三、あの男は帰宅したとき、アリゾナ砂漠みたいに喉がからからで、酒を渇望していた。四、あの男は女房に惚れていた――話し方や態度を見ればわかるし、娘の話がそれを証明している。五、死体は発見されたときボートに乗せられていた。六、ウィリー・ソーンダースは船大工である。七、おそらくきみの言うとおり、娘は父親の味方で、母親を嫌っている。八、ソーンダース夫人と牧師の実際の関係を、父も娘もたぶん知っている」

右手の中指まで達すると、ドアティは数えるのをやめて、再びオムレツをがつがつと食べはじめた。

「なるほど」コルトはあえて反論しなかった。「ことによると、それが真相なのかもしれない。問題は、辻褄の合わない事実があることだ」

「例えば――」

「些細なことかもしれないが、例えば、ソーンダースはどうしてサングスター・テラスに忍びこみ、ボートを作ることができたのか。牧師の腕時計や指輪はどこへ行ったのか。ウィリー・ソーンダースがふたりを殺害したのなら、それは嫉妬心からであって、強盗目的ではない。腕時計も指輪もいらないはずだ」

「こいつは痴情のもつれによる犯行だ――間違いない」

「そうとは言いきれないさ」コルトは異議を唱えた。

意表を突かれて、わたしたちはコルトの顔をまじまじと見た。それ以外の動機があるなんて考えもしなかった。牧師と彼の連れ《ボナ・ロバ》は恋愛関係にあり、裏切られたと感じた何者かによって殺害された。わたしは初めて死体を見たときから、そう思いこんでいたのだ。

「他にどんな動機があるというんだ?」ドアティはだみ声でがなりたてた。頭をひねって自分なりに満足のいくパズルを完成させたあとで、もう一度いちから考え直すのがいやなのだ。しかも、ドアティは痴情のもつれ説を議論の余地のない決定事項と見なしていた。

「気が進まないかもしれないが」コルトが言った。「とにかく、ソーンダースを犯人と仮定した場合の矛盾点を見ていこう。ジェラルド・カーテンウッドが自分のアリバイをめぐって嘘をついたのはなぜか? ソーンダースをかばうため? 事件とは無関係なのにアリバイを立証できないからといって、愚かにも嘘をついて自分を守ろうとしただけと考えられないこともないが」

「たしかにその点は不可解ではある」ドアティは認めた。

「いま一度思いだしてほしい、この犯罪が緻密な計算と、卓越した独創性によって生みだされたものであることを。完璧だったはずの計画が――天才的発想による殺しの最高傑作《シェドゥーブル・オブ・ブラッド》が、なんらかの不測の事態によって頓挫し、落ち葉がボートに入りこむという偶発的出来事によって完全に破綻した。実のところ、犯行の痕跡は跡形もなく消し去られていた。犯人が犯した唯一のあやまち――現場に残されていた例のナイフも、現時点ではなんの手がかりも与えてくれない。こんな大胆で抜け目のない計画を企てて、実行に移すことができるのは誰か？　いや、結論を急ぐのはやめよう。根拠の乏しい推測であることは認めなければならない。だが、犯人が高度な知性の持ち主であることはたしかだ。そして、ウィリー・ソーンダースに人並み以上の知性があるとは思えない。それがきみの説に同意できない理由だよ。理にかなっている部分もあることは認めるが」

ドアティは力なく両手で巻き毛をかきあげた。

「どっちの家族も誰も関わっていないと思っているのか？」

「そうは言っていないさ。それどころか、みんながみんな何かを隠しているように見える」

執事のアーサーがドアを軽く叩き、検死官の報告書をテーブルの上に置いた。コルトは椅子に深く腰かけると、封筒から報告書を取りだして、タイプされた文字にざっと目を通した。そして、わたしたちに聞こえるように要点を読みあげた。

「両名の殺害には、同じ二二口径のリボルバーが使用された。ソーンダース夫人の頭部がマリー・アントワネットのごとく切断されたのは死亡後であり、夫人は妊娠していなかった」

報告書を机の上に放ると、コルトはぐいと身を乗りだした。

「やらなければならないことが山のようにある、それも今日じゅうに」声を大にして言った。「まずは家族全員の――ビーズリー家とソーンダース家双方の詳細な供述を取ること。それと、全員に尾行をつけたい。真実がどうあれ、彼らの多くは知っていることをすべて話していない。隠匿罪に問うほどの証拠があるわけではないがね、念のため」

「ビーズリーは同族意識の強い連中だ。見ればわかる」ドアティはうなずいた。

「プライドが高くて人と打ち解けない。裕福で、品行方正で、信仰心に篤く、社会的地位もある。そして狂気が垣間見えることもある」

ドアティが目を見開いた。

「狂気だと！　ということは、なんだ、きみはソーンダースじゃなくて――」

コルトが手で制した。

「個人が自分の利益と一般社会の利益が対立すると気づいたとき、犯罪は発生する。いまはそう言うに留めておこう。そして、個人は家族に置き換えることもできる」

「なるほど」少しのあいだ落ちつきを取り戻したドアティがしおらしく言った。「他には何をするつもりだ、コルト？」

「次なる最優先課題は、ベッシー・ストルーバーを見つけだすことだ。そっちはレンゲルが受け持ってくれるだろう」

「ベッシー・ストルーバーとは何者だ？」

コルトはドアティに向かって、からかうように立てた指を振ってみせた。

「ウィリー・ソーンダースが彼女の話をしたのを聞いていなかったのかい？　ビーズリー牧師の元秘書だよ。ソーンダース夫人が彼女の後釜に座るまでは」

ドアティはまたもや目を丸くした。

「まさか、クビにされた秘書が、仕返しにふたりを殺したなんて思ってやしないだろうな？」

「それはないよ」コルトが声を上げて笑った。「だが、彼女がビーズリーのもとで働いていたなら、そしてソーンダース夫人が彼女から仕事を奪いとったのなら、本人に会って事情を聞いてみたいと思ったのさ」

ドアティがにやりと笑った。

「そういうことなら、誰かがやるだろう。他には？」

コルトは肩をすくめた。

「そうだな、ビーズリーの現在の秘書にも話を聞いてみたい。ソーンダース夫人は何年か前に辞めているわけだからね。彼女の名前はエマ・ヒックス。しかし、わたしの聞き違いでなければ、玄関のベルが鳴ったようだ。たぶん、われらが諜報員《エージェント》が指示を仰ぎにきたのだろう」

コルトの予想は的中した。ドアが開き、部屋に入ってきたのは、ストライプ模様のデニム地のユニフォームを着て、ニッケルメッキの番号がついたキャップをかぶった男だった。

「おはよう。フリント」コルトが迎え入れた。

男は帽子のつばに手をやり、直立不動の姿勢を取った。手足の長い、ぎくしゃくとした動きの若者で、顔はフクロウに似ている。

父親のような笑みを浮かべて、コルトは若者の正体を明かした。「殺人課のフリント部長刑事だ」

「そんな格好で何をするんだ？」ドアティがたずねた。

「フリント刑事にはしばらく窓拭き屋をやってもらう。この革のストラップを見たまえ。彼の手はスポンジとブラシを握りたくてうずうずしているみたいじゃないか。さて、ドアティ君、次の問題はもちろん、フリントは今朝、どこの窓を拭きにいくでしょうか、だ」

ドアティはぽかんとしていた。

「フリントはこれからジェラルド・カーテンウッド氏のオフィスへ行く。窓をすべて洗うには結構な時間がかかるだろう。フリントが報告に戻ってきたとき、カーテンウッド氏が午前中をどのように過ごしたかわかるはずだ。彼が電話で誰と話したかも。電話の会話を聞けるようにすでに準備してあるんだ。これは盗聴と呼ばれる――」

「しかし、電話会社が許可しないだろう」

「たしかに。許さないだろうね」コルトは自信たっぷりに認めた。「それでもなお、われわれはすべての会話を聞かねばならない。そしてここにいるフリント君が、目と耳をフル回転させて可能なかぎり情報を収集する。ジェラルド・カーテンウッドが事務所の自室にこもっているときも。得るものは多くないかもしれないが。知ってのとおり、ビーズリー夫人の上の弟はなかなか頭のまわる男だからね」

ドアティは不服そうな顔をしていた。

「行きたまえ、フリント」コルトが命じた。「きみの身なりは完璧だが、一点だけ小さな不備がある。窓拭き屋はそういう靴を履かないものだ。足場となる狭いレッジの表面をしっかりつかむことのできる、つま先とかかとが必要だからね。靴は変えたほうがいい。そのあと、できるだけ早く仕事に取りかかるように」

フリントが立ち去ると、ドアティは不満を吐きだした。

「俺は時間の無駄だと思うけどね。なあ、サッチャー、そんな面倒なことをしなきゃいけないのか？　どこを突っつけばいいかは一目瞭然だってのに。なんでソーンダースとカーテンウッドを本部へ連行しない？　もっと早いうちに手を打って、泥を吐かせるべきだったんじゃないのか？　屈強な連中を集めてやつらを絞りあげれば、刑事《デカ》が窓拭きしながらこそこそ嗅ぎまわる必要なんかないだろう。いいパンチを何発か鼻先に食らわせれば、どっちか白状するさ」

　コルトはまたしても大げさにうなずいてみせた。

「ひとりはするだろうね、ドアティ。彼が犯人かどうかは別として。われわれが選ぶべき捜査の手法はそれじゃない」

　ドアティはため息をついた。

「きみが求めているものはなんだ？」

「事実だよ。もっとたくさんの事実だ。被害者の人生について知り得ることはすべて知りたい。そしてどこかに――かき集めた膨大な事実のどこかに、われわれはひとつの真実を見つけだすはずだ。それはダイナマイトのように爆発して余計なものを吹き飛ばす。そして、きみの手元には裁判に持ちこむことのできる事件が残るだろう」

　ドアティの大きな青い瞳がきらりと光った。「俺はどいつを裁判にかけることになるんだろうな。〝主の怒りを受けたる民（旧約聖書『マラキ書』からの引用）〟は誰だ？」

　ドアティは期待のこもった目でしばしコルトを見つめていた。

「カーテンウッドを決着の場に呼びだす前に、どのくらい時間が必要だと思う？」

　コルトは躊躇した。

「そうだな、少なくとも、二十四時間は欲しいところだ。そのあと――」

「よしきた。そのあとは俺に任せてもらう。さっそく始めるぞ！」

第九章　忙しい朝

数分後、われわれはコルトの家を出発した。七十丁目通りのビルの谷間から見あげる空は、アイルランドの少女の瞳のように青く澄んでいた。アイルランドの少女、と思った瞬間、わたしは胸が疼いた。コッド岬のハイアニスで待ちぼうけを食わせられたベティ・キャンフィールドは、さぞかし怒っているにちがいない。ベティのことを思いだしたとたん、朝の美しさは霧散した。ひと晩じゅう死体やら手がかりやらに振りまわされて、わたしにとっては怪事件や仕事よりもずっと大切な彼女に、電話や電報で連絡する時間さえなかった。わたしは新聞記者の守護聖人である聖フランシスコ・サレジオの方角に向かって、ベティの怒りを少しでも鎮めてくれますようにと声に出さずに祈った。

コルトのお抱え運転手ニール・マクマホンは背筋を伸ばし、泰然自若として運転席に座っていた。青い瞳、円盤型の顔、コルトのクチナシの花をまねたのか、ボタン・ホールにデイジーの小さな花を一輪挿している。車は爽やかに晴れわたる朝の街を走りだした。六十六丁目通りのセントラルパークを斜めに横切る道を通って、五番街を直進し、ラファイエット通りに折れて、ジョージ王朝風の古色蒼然とした建物の前で停止した。そこがニューヨーク市警察本部だ。六月の陽射しを浴びて、大理石の壁が誇らしげに輝いている。まだ人通りの少ない朝八時の街角で、コルトとドアティは握手をした。

「正午にわたしのオフィスで会おう」

「じゃあ、それまでは、きみも俺もマスコミへの発表は控えるということで、いいな？」

「了解した」

ひとたび本部長室へ戻ると、コルトとわたしはビーズリー／ソーンダース事件をいったん頭の隅に押しやることを余儀なくされた。決裁待ちの通常業務が山を成し、わたしたちはその処理に没頭した。コルトの机の中央には、ピサの斜塔のごとくメモや書類が積み重なっていて、その一枚一枚に別個の案件が書き記されていた。コルトはぱっと見ただけでそれらの肝を理解する。その速さを目の当たりにするたびに、わたしは感銘を受けるのだった。目を開いているときに問題を把握し、目を閉じている合間に決断をくだす――文字どおり瞬きする間の出来事だ！　コルトの指はカードをあやつる手品師のように器用に書類の束をめくっていく。重大な案件が片づくと、うんざりするような些末な問題が大量に残った。市の公用船で川をくだり、バルカン半島の王家令嬢を出迎えに行かれませんか？「そんなひまはない、トニー、次は？」スカーズデールの友愛組織〈婦人援護会〉より本部長宛てに、ゆすり、たかりを題材とした講演の依頼が来ています。「そんなひまはない、トニー、次は？」ジョージア州の新聞社が社説のなかで、ニューヨークはアメリカで最も堕落した危険な都市であると評しています。「編集長に手紙を書いて、犯罪統計を見せてやりたまえ、トニー――人口に対する割合をね。ニューヨークはリストの下のほうだ。犯罪発生率が最も高いのはセントルイス、次にクリーブランド、ロサンゼルス、デトロイト、フィラデルフィア、シカゴ――そしてニューヨークだ。さあ、次は？」

そんなやりとりが一時間ほど続き、紙の山が完全に消滅すると、コルトは本部長室の守護者であるイスラエル・ヘンリー警部を呼びだし、課ごとの大まかな動きを報告するように命じた。ヘンリー警部はまっさきに新聞の束を差しだした。どの新聞の一面にも、牧師と美貌の聖歌隊隊員が殺害されたことを報じる、扇情的な見出しが踊っていた。コルトはそれらの新聞を脇に放った。退屈な事務仕事をさっさと片づけて、ビーズリー／ソーンダース事件に戻りたくてうずうずしているのだ。

「で、ヘンリー、何か変わったことはあったかね？」

「いいえ、特別なことはありません。フラットブッシュでパット・マックヴォイが車で連れ去られたあと、殺害されました。それと、ニューアークのビール王、ベニー・フェインバーグが行方不明です。むろん、あの男の命運はとっくに尽きていました。噂によると、昨夜、フォーサイス通りのロシア風呂にいたところを、自分の手下に連れ去られて、殺害され、死体は学校の焼却炉で焼かれたとか。今朝はすでに二件の給料強盗が発生しています。昨夜、ビーフィー・マイク・クックがダンネモーラから脱走しました。あとは、チャイナタウンで新たな暴力団抗争の兆しがあるようです」

「しかし、とくに変わったことはないんだな、ヘンリー」

「はい、特別なことは何も。すべて普段どおりです」

コルトは満足そうにうなずくと、報告と相談のために様々な部署の幹部や高官を次々と呼びだした。このとき、待望の機会がようやく訪れた。わたしはハイアニスへの長距離電話を申しこみ、繋がるのを待つあいだ、速記したメモを文章に起こす作業を始めた。三ページの半ばを過ぎたころ、ようやく電話が鳴った。受話器の向こうから聞こえてきたのは、ベティの声だった！　彼女は最大級の思いやりと理解を示し、自分のことは心配しなくていいと言ってくれた。彼女は警察の仕事がどういうものかを理解しているのだ。

わたしが電話を終えると、事務仕事はおおかた片づいていた。何件かの会談も終わり、緑の傘つき電気スタンドの光の下には、新たな報告書が積み重ねられていた。

「ビーズリー／ソーンダース事件で動きがあったぞ」コルトは嬉しそうに言った。「報告書がいくつか上がってきたから要点をまとめてほしい。用意はいいかね？」

「もちろんです」

「まずは材木商と工具店からだ。フェグレーがいい仕事をしてくれた。工具店からは何も得られなかった。材木商に関しては、今朝の開店から一時間以内に、ニューヨークじゅうの店を訪ねてまわったらしい。犯行に使われたボートの骨組みとなるオーク材と、側板用のシダー材を売ったのは、西十一丁目通りにある〈ガーソン＆ヘイズ商会〉だとわかった。〈ガーソン＆ヘイズ商会〉はありとあらゆるものを扱っている。木材や石材を接ぐためのタボ、階段の手すり、テーブルの脚、舞台の書割《かきわり》、柱頭、台座、小梁――売っていないのは妊婦用のコルセットくらいのものだ。店員のひとりが、われわれが探している人物のことをはっきりと記憶していた。店に注文が入ったのは四月上旬。その材木があのボートを造るのに使われたのは間違いない。届け先はサングスター・テラス一三番で、材木は一階の窓から搬入され、代金はその場で現金で支払われた」

「払ったのは誰ですか、本部長」

「うん、問題はそれだ。配達したトラックの運転手によって語られた人相風体は、なかなか特徴をとらえている。聞きたまえ！　サングスター・テラス一三番で材木を受けとった男は、背が低くて小太り、顔は青白く、終始不安げで何かにおびえているようだった」

わたしたちは二秒余り顔を見合わせていた。しかし、胸に湧きあがるもやもやした疑念をどちらも口に出さなかった。後日、コルトとわたしはこのときのことを思いだして、たがいの疑念を照らし合わせることになる。

「例の葬送用ボートを造った木材に関してはそのくらいかな。問題はこの正体不明の男をどう考えるかだ。それとは別に三十七名の捜査員を投入し、様々な角度から調査を行った結果、午前中だけでも驚くべき事実が次々と明らかになった」

「わたしは聞き役に徹します」

「結構。まずは、ボートを発見したジョセフ・トゥイストルと恋人のベラ・ブルームから始めよう。彼らは容疑者から除外できる。カーテンウッド家、ビーズリー家、ソーンダース家の誰とも面識がないし、生活圏もまったく違う。住んでいるのはブロンクスで、スロッグス・ネックの近くだ。彼らは罪のない二匹のおびえた子うさぎにすぎない。自分たちの写真が新聞に掲載されたことを喜ぶような無邪気な若者だ。ドアティでさえ、彼らは事件とは無関係だと認めている」

「では、トゥイストルとその恋人はリストから削除しましょう」

「次に、ボートのなかで見つけた恋文についてだ。レンゲルがそれをフォトスタットで複写したものと、牧師館から拝借したビーズリーの手書きの文書を、うちの筆跡鑑定士であるエズモンドに鑑定させた。あのラブレターはビーズリーが書いたと考えてまず間違いないとエズモンドは明言している。わたしの手元には、ソーンダース夫人の筆跡のサンプルもある。レンゲルは電報についてもさらに調査を進め、送信元はブルックリンにあるウエスタン・ユニオン（米国の電気通信企業）のフラットブッシュ支局だとわかった。送り主の男は小柄で、おどおどしていて、落ちつきがない。職員の記憶はおぼろげで、あまり当てにならないが」

「とはいえ、同一人物のような気がしますね、例の――」

「木材を買った男とね。たしかにそのとおりだ。ただ、ウエスタン・ユニオンで偽の電報を送った男のイメージは、サングスター・テラス一三番で窓越しに木材を受けとった男よりも曖昧で、具体性に欠ける。特徴の乏しい平凡なものを、同一視するのは簡単なことなんだよ、トニー。ドアティが本部長代理だったときに、背が低くて、目立った肉体的特徴のない人間を刑事に選ぶべきだと考えたのは、それが理由なんだ。気づかれにくくて、記憶に残りづらい。今回の場合は、刑事と犯人の立場が逆転しているわけだが」

わたしがノートを閉じかけたとき、コルトは再び話しはじめた。

「昨夜の取り調べによって、多くの事実といくつかの言い逃れが明らかになった。事実はどれも当たり障りのないものだが――言い逃れのなかには看過できないものもある。例えば《ツム・バイシュピール》、アリバイだ。少なくともジェラルド・カーテンウッドのアリバイは信憑性に乏しい。そして彼の証言には――あるいは他の人々の証言もそうだが――具体的な裏づけの取れるものがひとつもない。ジェラルドのところの使用人は、主人は家にいたと思っている。ほんとうのところは、彼らには知りようがないからね。妻によれば、夫は隣で寝ていたという。だが、所詮は妻だ。息子は父親の話を支持するだろう。娘はひと晩じゅう出かけていて、夜遅くに帰宅してベッドへ直行した。翌朝、目を覚ますまで、殺人事件があったことすら知らなかった。うちの捜査員たちが何時間もかけて個々の証言の整合性を確認しているところだ。どのみち、身内による補強証拠にすぎないが。ソーンダースとその娘に関しては、証言を裏づける家族すらいない」

「何を信じていいのかわかりませんね、本部長」

「その一方で、重大な進展もいくつかあった。教会の雑役夫から事情を訊くことができた。男の名はホートンといって、見るからに実直で、頭もわりとしっかりしているようだ。レンゲルの部下たちが、その老人に失礼な態度を取ってなければいいが。ともあれ、収穫はあった。雑役夫が言うには、今年の春、牧師の書斎で会合が開かれた。日付は定かでないが、それはこっちで調べがつくだろう。なかなか口を割らないホートンを問いつめて聞きだしたところによると、その会合にはジェラルドとビーズリー夫人、パディに加えて、エラリー・チャドウィックという男も参加していたそうだ」

わたしはコルトをさえぎって、記録の正確さを期するために、名前の綴りを確認した。

「エラリー・チャドウィックは教会の教区委員長で、ジェラルド・カーテンウッドとともに教会を取り仕切っていたのは明らかだ。そして、ビーズリーのことも管理しようとした。雑役夫は好奇心に駆られて、ドアの前で立ち聞きしたことを認めている。教会内に悪い噂が広まっていて、それを鎮めるべく会合は開かれた。信者のなかに悪い噂を流す女《キャッティ》がいたらしい——この言い方はいつ聞いても気に食わないね、トニー、猫に対する侮辱だよ。ビーズリーとエヴリンは駆け落ちするつもりだと信者のあいだではもっぱらの噂だった。それを小耳にはさんだチャドウィックは、自らの手で問題を解決しようとした。雑役夫によると、チャドウィックが探偵を雇って、ふたりを尾行させていたことが会合のなかで明らかになったそうだ。さぞかし刺激的な集まりだったろうね。チャドウィックは当初、噂を信じていなかったが、ほどなく探偵から情事はあったとの報告がなされた。だが、不思議なことに、トニー、探偵はサングスター・テラスのあの家のことは知らなかった。少なくともここ二年は、密会場所として使われていたはずなのに。ビーズリーはひるむことなく告発者たちと渡り合い、ソーンダース夫人と車で出かけたことは認めたが、やましいことはいっさいないと言い張った。それでも、彼女にはもう会わないと約束した」

コルトはひと息ついて、鉛筆でびっしりと書きこみのある書類を並べ直しながら、低く口笛を吹いた。

「ということは、ゆうべ彼らが語ったことの大半はでたらめということですね」わたしは言った。

「雑役夫が暴露したのはそれで全部ですか?」

「いや、まだある。彼はウィリー・ソーンダースが大っぴらにビーズリーを脅迫していたことを覚えていたよ。ソーンダースは、『俺の女房や娘、あるいは俺と出会ったことを後悔させてやるからな』と言ったそうだ。雑役夫はふたりの信者の名前も教えてくれた——ジャネット・フィッツウィリアム夫人とオヴィングトン・ラーク夫人だ。さっそくふたりに確認したところ、雑役夫の証言はすべて真実だと不承不承認めたそうだ」

興奮でぞくぞくしながら、わたしはノートから顔を上げた。

「それでは、ビーズリー夫人の話は大げさではなかったのですね?」

「ああ。でもまあ、それを言うなら、ウィリー・ソーンダースの話もだ」

「どういうことですか?」

「パディ・カーテンウッドと、ナイフで人に危害を加えたがる彼の性癖のことだよ。あれは彼の心の歪みが、ナイフへの異常な執着として表出したものだ。それでビーズリー夫人は、特別になまくらな刃の無害なナイフを弟に与えていたんだ。今朝、十数名の信者から聞きとりを行い、この話が真実であることを確認した。とはいえ、パディ・カーテンウッドは大工ではないし、ひとりでボートを造れるとは思えない。最も注目に値するのはドクター・ブリスの証言だ。あの教会の教区員である老医師で、パディのことは幼いころから知っている。ブリス医師の見立てでは、パディは解剖マニアで、外科学を学ばせていれば、精神的偏向を改善できたかもしれないそうだ」

コルトは感情を表に出すことなく、これらの事実を淡々と述べた。わたしはノートを取りながら、彼の冷静さを不気味に感じていたことを告白する。コルトがさらに話を続けようとしたとき、電話が鳴った。デスクにある三台のうちの一台で、その番号は限られた人間しか知らない。電話をかけてきたレンゲル警視にコルトは愛想よく応じ、受話器を置いたときには笑みを浮かべていた。

「レンゲルとフェグレーは警官の鑑《かがみ》だな」満足そうに言った。「ソーンダース夫人が昨夜六時四十五分にビーズリー牧師に電話をかけていたことが判明したそうだ。それはもちろん、一方の側でイザベルが、もう一方の側でビーズリー夫人が聞いた電話に他ならない。それだけじゃないぞ、さらに重大な通信記録が見つかった。何者かがサングスター・テラス一三番からジェラルド・カーテンウッドに電話をかけているんだ、昨夜、九時過ぎに」

わたしは驚いてコルトをまじまじと見た。コルトは入念にタバコをパイプに詰めていた。

「それはジェラルドがわれわれに言わなかったことだ」険しい顔でコルトは言葉を継いだ。「忘れているなら思いださせてやろう。それともうひとつ、レンゲルがサングスター・テラスの近くで喫茶店を営んでいる女を見つけた。なんでも占いが本業らしい。その女とも直接会って話さなければならないだろう。フェグレーがその女から聞いた話では、殺されたカップルは喫茶店の常連で、ふたりが秘密の場所について話しているのを小耳にはさんだことがあるという。それは教会のなかにあって、彼らは手紙をやりとりするポストとして使っていたそうだ。これは調べる価値がある」

「いますぐ行くわけにはいかないのですか？」

「慌てることはない。この口述を終えてしまいたいんだ。それにドアティを待ちたい」

「いつでもどうぞ、本部長」

「では、続けよう。関係者の過去を徹底的に洗っているが、いまのところ有力な手がかりやヒントは得られていない。昨夜、ソーンダースが持ち場を離れているあいだ〈ヴァリアント号〉を見張っていたフラッシュという名の男が見つかった。ソーンダースは家に薬を取りにいくと言ったそうだが、体《てい》のいい言い訳だ。家宅捜索の報告も届いている。ビーズリーの牧師館と書斎、レイム・マンズ・コートのソーンダースの自宅、サングスター・テラス一三番。この三軒については、朝からベテラン捜査員による捜索が始まったものの、現時点で目ぼしい発見はない。それでも、信者内のゴシップ探しは予想以上の成果があった」

「つまり、噂は広まっていたと――」

「ふたりが不倫関係にあることを知っている者もいた。信者全体に噂が広まっていたわけではないが、人々の口の端にのぼることはあった。というわけで、未亡人及びカーテンウッド家の人々は、臆面もなく嘘をついていたということだ」

「ウィリー・ソーンダースも知っていたと思いますか?」

「あの男はなんともつかみどころがなくてね。娘のイザベルについて考えてみよう。学校では、いくぶん思慮に欠けるものの、活発で気立てのいい子として知られていた。注目すべきは、ここ数カ月は口数が減って沈みがちだったこと。担任教師の目の前で、おてんば娘が心気症患者に一変した。そこにヒントが隠されているかもしれない」

　生き生きと輝くコルトの目を見て、彼がこの事件にどれほど入れこんでいるかをわたしは思い知った。しかしその一方で、捜査初日の朝に市警の刑事たちによって明かされた予期せぬ事実が、謎を解明するどころかますます深化させていることにも、わたしは気がついていた。次の瞬間、コルトはさらに驚くべきことを口にした。

「おまけに超自然的存在まで関わってくるんだからね、トニー、それでなくても充分複雑なのに」

「超自然的存在？」

「ああ、そうなんだ。怪談だよ。聖ミカエル及諸天使教会の暗い通路を歩きまわる幽霊が目撃されているんだ」

「ですがそれは、われわれが気に病むことではありませんよね？」

「そうとも言いきれなくてね。この幽霊話は広く知られているんだが、大ぴらに話すことは禁じられている。人の出入りがないはずの時間帯に――一度は、戸締りをしたあとで――何かが教会のなかをこそこそと動きまわっていた。目撃者は複数いて、時間はそれぞれ違う。やはり、単なる不気味な話として片づけるわけにはいかないな」

コルトは一瞬考えこんだ。

「そしてついに、最も重要な手がかりと対面するときが来た――牧師の秘書たちだ」

わたしは好奇心に駆られて彼を見た。

「ずいぶん期待しているのですね。秘書のことはゆうべも聞きました。そして今朝も。それほど重視しているわけを教えてもらえませんか？」

コルトは両手を広げて、愉快そうにわたしを見た。

「自分の秘書に隠しごとをするのは不可能だからだよ。どんなに巧妙に隠しても、遅かれ早かればれてしまう。ビーズリー牧師と机を並べて働いていた女性たちから、彼の秘めたる内面生活について、実のある話を聞けるのではないかと期待しているんだ」

「その女性たちは見つかったのですか？」

「ああ。エヴリンの後任のエマ・ヒックスも、エヴリンの前任のベッシー・ストルーバーもすでに控えの間で待っている。誰よりも仕事熱心で、事実調査にかけては右に出る者のいないシュルツ刑事が連れてきてくれたんだ。まずは彼を呼ぼう」

　ほどなくシュルツ部長刑事が部屋に入ってきた。

「首尾はどうだね、シュルツ？」

　小柄で外見にこれといった特徴のないその男は、ニューヨーク市警察殺人課きっての切れ者で、特許品の鼻補正器具を寝るときに装着する以外は、無駄なことはいっさいしないことで知られている。シュルツはいかにも残念そうに首を横に振った。

「上々とは言えません、本部長。もっとお役に立てるとよかったのですが。しかし、手は尽くしました」

「聞かせてもらおう」

「ストルーバー嬢は苦もなく見つかりました。彼女はソーンダースの女房がひょっこり現れるまでビーズリーのもとで働いていた女で、とにかく口が重い。それとは対照的にヒックス嬢は——牧師が家族に言われて前任者を辞めさせたあとに雇った女で、その前任者ってのは殺されたソーンダース夫人なわけですが——つまり、ヒックス嬢は牧師の最後の秘書で、これがなかなか一筋縄ではいかない女です」

　シュルツはさながら難事を成し遂げたヘラクレスのごとく大げさに額を手でぬぐった。

「彼女たちを順番に並べてみよう」コルトが言った。「ベッシー・ストルーバーが一番目の秘書で、エヴリン・ソーンダースが二番目、エマ・ヒックスが三番目だったね？」

「ベッシー、エヴリン、エマ、ええ、その並びです、本部長」

「ベッシー・ストルーバーはどこで捕まえたんだね？」

「彼女の職場です。西三十九丁目の〈ダーロウ出版〉という業界紙の新聞社で、広告部門の責任者である副社長づきの秘書をしています。東九十四丁目のエレベーターのないアパートの最上階に両親と三人暮らし。同じアパートの下の階に、嫁いだ姉が住んでいます。ベッシーは高給取りで、週に四十五ドル稼いでいますが、全部貯めこんでいるんでしょう。父母は金に不自由していないので、娘の金を当てにする必要はない。にもかかわらず、彼女は映画に行くでもなく、去年のカレンダーみたいな服を着て、祖母から譲り受けた安物のイヤリングを除けばアクセサリーのひとつも身に着けていない。平日の夜や土曜の午後、日曜などの空いた時間は、割増しの賃金をもらうために時間外労働をするか、教会の礼拝に出席するか。彼女は馬車馬のように働く、青白い顔の、痩せっぽっちの子馬です。度を越した働き者で、辛抱強くて、不屈の精神の持ち主で、セックスアピールとか、男を釣りあげるとか、秋波を送るなんてこととはいっさい縁がない」

「彼女を連れてきたまえ」コルトの顔は真剣で落ちつき払っているが、瞳の奥には隠しきれない輝きがあった。そして、思いだしたように言い添えた。「ふたりのご婦人の指紋を採りそびれないように、ドアノブの準備ができているか確認してくれ」

ベッシー・ストルーバーは、シュルツが俗っぽい言葉で表現したとおり、肉体的魅力の乏しい女だった。髪も、目も、こざっぱりとした安物のビジネス用スーツも、靴も、ストッキングも、ハンドバッグも、繕われた手袋も、何もかも茶色で味もそっけもない。だが、肌は白く滑らかで美しいことにわたしは気づいた。おびえているが、警戒している様子はない。瞳はどこか虚ろで、全体として覇気が感じられない。それが普段どおりの状態なのか、それとも殺人事件に衝撃を受けているのか、わたしには判断がつかなかった。コルトに勧められて椅子に座る前に、彼女は不安げに室内を見まわした。

心外そうに黒い眉を吊りあげるシュルツを追いだしたあと、本部長はさっそく事情聴取を始めた。彼女の話はいたってシンプルだった。父親は文房具やオフィス用品の問屋をしていたが、すでに引退している。ベッシーはハイスクールを卒業してからずっと働いている。理由は働くのが好きだから。聖ミカエル及諸天使教会の礼拝には、生まれたときから定期的に通っていて、プラット秘書養成学校を卒業したとき、ビーズリー牧師から助手として働いてほしいとの申し出があった。

「それがわたしの最初の仕事です。三年ほどつとめました。その後、わたしはひどい疲労感に襲われるようになって、かかりつけの医者からは働きすぎだと言われました。それで長期の休暇をもらったのです。戻ってきたとき、ビーズリー牧師はすでに代わりの人を雇われていたので、わたしは別の仕事を探すしかありませんでした」

「なるほど。ソーンダース夫人があなたの代わりに働いていたのですね？」

「ええ、そうです」

「ソーンダース夫人とビーズリー牧師は、恋愛関係にあったと思いますか？」

ベッシー・ストルーバーの頰が紅潮した。

「そのような噂を聞いたことはあります。今朝の新聞の記事も読みました。でも、ビーズリー牧師は聖職者として高い志をお持ちですから、女にかかずらっている時間などありません」

他のどんな質問も、事件に新たな光明をもたらすことはなかった。ベッシー・ストルーバーは捜査に協力したいという強い思いで、すべての質問に率直かつ十全に答えた。しかし、ままあることだが、彼女の熱意が解決の糸口を与えてくれることはなかった。

彼女が去ると、作り笑いを浮かべたシュルツが戻ってきて報告を再開した。

「いまお会いになったのがベッシーで、二番目がエヴリン――つまりボートのなかで発見された女です。そしてこれから三番目の、別室で待機している女についてお話しします」

「エマ・ヒックスですね」わたしは記録を取るために確認した。

「まさしく。エマ・ヒックスが彼女の名前だ。では、いかにしてわたしはエマを見つけだしたか？まずは電話帳を調べることから始めました。彼女の名前は載っていなかった。そこで教会へ出向いて雑役夫を探しだし、バッジを見せたら効果てきめん。わたしがエマ・ヒックスに会いたいと言うと、何かあったのかと雑役夫は探りを入れてきましたが、何もないが至急会いたいと答えたら、すんなり住所を教えてくれました。エマはチューダーベッサン館と呼ばれるちっぽけな家に、おばとふたりで暮らしています。場所はフォレスト・ヒルズの外れ。エマいわく、フォレスト・ヒルズの住民は他地域よりも、いわゆる『紳士録』に載っている著名人の比例配分《プロラタ》だか均等割《パーキャピタ》だかが高いとか。本題に入ります。エマ・ヒックスは行き遅れのオールドミスです。でも、素晴らしい足首の持ち主だ。わたしに言わせれば、宝の持ち腐れですね。声だけ聞いたら結婚前の若い娘だと思うかも。彼女はオールドミスであるにもかかわらず、ビーズリー牧師の教会の日曜学校では幼児部の主任をつとめている」

コルトはうなずいた。

「純潔の乙女が幼児部を受け持つのは、日曜学校ではごく普通のことだとわたしは思うが」

「そんなものですか、本部長。ともかく、わたしはさらに調査を進め、エマ・ヒックスはコネティカット州のマーフィーズバーグという小さな町の生まれで、父親のジョエル・ヒックスは紳士用の服飾雑貨を扱う店を営んでいたことを突き止めました。彼女の曾祖父から祖父へ、祖父から父へと受け継がれてきたその店にまつわる輝かしい出来事を、きっとあなたもミス・ヒックスから聞かされますよ――少なくともわたしは聞かされました。〈ニューヨーク・ニューヘイブン&ハートフォード鉄道〉の駅舎から三ブロック離れた、目抜き通りに建つ店に、ある日、エイブラハム・リンカーン本人がふらりと現れて、シルクハットを買っていった。店のショーウィンドウには、そのシルクハットを手にしたリンカーン大統領の写真がいまも飾られていて、アメリカ国旗をあしらった額縁の下に小さな字で〝エイブが来店した日から変わらぬ信頼をいまも〟と綴られている。尊敬に値する一家ですよ。父親は毎年クリスマスになると貧しい新聞売りの少年に百個の帽子を贈り、母親はマーフィーズバーグ市民連盟の婦人団体の代表をつとめている。そしてエマはそんな奇特な両親の実の娘です」

シュルツが話を締めくくると――あるいはひと息ついただけかもしれないが――コルトは満面の笑顔で椅子に深くもたれかかった。

「ドアティ地区検事長がここにいればなあ、トニー。見よ、本物の刑事を。シュルツは情報を求めて出かけたら、手ぶらでは戻らない男だ」

「光栄です」シュルツがにやりと笑った。「必ず何かしら持ち帰りますよ、それが事件と関係があろうとなかろうと」

「どこにヒントが転がっているかわからないからね。ここにいるわたしの秘書のアンソニー・アボット君は、現代警察の日常をありのままに記録する、いわば伝記作家《サガ・マン》だ。ひょっとすると、一見取るに足らないこれらの事実が、実は事件とおおいに関係があったと、いつか彼が記すことになるかもしれない。たとえエマ・ヒックスが殺人犯ではなく、ただの雑貨屋の娘だったとしても。ところで、彼女はニューヨークで何をしているんだね？」

「マーフィーズバーグの父親の雑貨屋の向かいに、帽子のチェーン店がオープンしてからというもの、すっかり景気が悪くなったらしくて。ニューヨークに住むおじに勧められて、エマはこっちへ出てくることにしたそうです。おじの名前はジェレマイア・ビーコン。彼と妻のエイミーは、現在エマが住んでいるチューダーベッサン館の所有者です。ジェレマイアは痩せた小柄な男で、常に死を恐れているような顔をしています。そういうわけで一年余り前にエマはニューヨークへ移り住み、聖ミカエル及諸天使教会に通いはじめた。自宅近くの聖ルーク教会へ行かなかったのは、おじ夫婦が聖ミカエル及諸天使教会の信者だったからです。そこで彼女はビーズリーと出会った。教会の行事に参加するようになり、一年ほど前に秘書になったというわけです」

シュルツの余すところのない完璧な報告を称えるようにコルトは微笑んだ。

「上出来だ、シュルツ。さあ、ミス・エマ・ヒックスをここへ連れてきて、われわれだけで話をさせてくれたまえ」

だが、シュルツから授けられたエマ・ヒックスに関する予備知識はほとんど役に立たなかった。彼女は若干落ちつきに欠けるものの、鋭い洞察力と威厳を兼ね備えており、速射砲のようなおしゃべりに耳を傾ける価値はありそうだった。〈チョック・フル・オーナッツ・ショップ〉の窓の外にいるリスのようだとのちにコルトが評したとおり、とにかく彼女は一瞬たりともじっとしていなかった。痩せた青白い顔、分厚いレンズの複式跳ねあげ眼鏡、流行りの少年のようなボブカット。白い小さな手がそわそわと落ちつきなく動いていたのをわたしは記憶している。

「わかっているのよ」コルトの隣の椅子に腰を下ろすのももどかしく、エマ・ヒックスは早口でまくしたてた。「気の毒なビーズリー牧師とソーンダース夫人のことを訊きたいんでしょ」

「シュルツからお聞きになりましたか?」

「ええ、全部聞いたわ。ほんとによくしゃべる刑事さんだこと! あの話はもうたくさん。でも、お話しできることはすべて話すつもりよ。それで、わたしがまず言いたいのは、いつの世も追いかけるのは女で、男はそれを振りきるすべを知らないってこと」

元秘書はふんぞり返って腕組みをすると、眼鏡越しにからかうような目でコルトを見た。

「つまり、あなたはビーズリー牧師の肩を持つのですね。彼に非はないということですか?」

「ないに決まってるでしょう」満足げに喉を鳴らして言った。「あの人は被害者だもの。女たちの餌食になったようなものね。それはなぜか? 心根の優しい人だったからよ。彼は誰に対してもノーと言えなかった。信者はもちろん彼の家族も、女たちは寄ってたかって彼を苦しめ、死に追いやった。奥さんは四六時中、彼に文句を言っていたけど、きっと性分なんでしょうね。夫の仕事にはいっさい口を出さないような顔をして、その実、あれをしろこれをしろと小言ばかり。かわいそうにビーズリー牧師は痩せていく一方だった。いつだったか、夕べの祈りのあとで奥さんが言っていたのよ、夫が痩せて見栄えがよくなって嬉しいわって。ふん! ほんとは、妻が痩せていく夫を案じていることを、みんなに知らせたかっただけなのに」

日曜学校の幼児部主任は熱心にしゃべりつづけ、みるみるうちに話は横道にそれていった。コルトは自由に話をさせようと腹を決めているらしく、泰然として構えていた。

「ソーンダース夫人に関して言えば、自業自得ね。彼女が見た目だけが取り柄の盗っ人で、夫泥棒で、結婚詐欺師だってことは、みんな知っているわ。むしろビーズリー牧師が彼女の誘惑に抗っていたことのほうが、わたしには驚きだわ。だって、一マイル以内にいる女なら誰でもわかるもの、彼が惚れっぽい男だってことは」

重い腰を上げるようにゆっくりと、コルトはミス・ヒックスに質問を始めた。彼女が牧師の秘書をしていたことをコルトは念頭に置いていた。そう、彼女は秘書だったのだ。「あなたの目から見て、この一年、ビーズリー夫妻は幸せそうに見えましたか？」コルトがたずねると、エマ・ヒックスは笑った。

「一般的な既婚者と同じくらいには幸せだったんじゃないかしら」彼女らしい皮肉めいた見方だ。「あの夫婦はロマンティックなカップルではないけど、そもそも、エリザベスはロマンティックな性格かと彼女の友人にたずねたら、誰もそうだとは答えないでしょうね。わたしが秘書の仕事につく直前に、彼女は知り合いに言っていたそうよ。ビーズリー牧師がこの先、妻の選んだ不器量な女以外の秘書を雇うことはないって。だけど、わたしを選んだのは彼女じゃありませんからね、念のため。エリザベスは冷たくて、近寄りづらくて、堅苦しくて、かなりの野心家だとまわりのみんなから言われているわ。主教の妻になりたいんですって。それは彼女の夫の願いでもあった。彼は奥さんの尻に敷かれてるってわけではないけど、でも、ふたりが力を合わせて同じ目標を目指していたことはたしかよ」

「それから、これはごく最近の話なんだけど」彼女の口調がにわかに熱を帯びてきた。「あなたがたはもちろん知っているわよね？」

「ああ、いえ、知らないと思います」コルトは調子を合わせた。「よろしければ、お聞かせねがえま――」

「よろしければ？　いいに決まっているでしょう、そのためにここに来たんだもの。信者のあいだで噂されていたのよ、ふたりはどこか遠くへ行くつもりだって」

「まさか本気で駆け落ちを考えていたとでも？」コルトは鼻であしらった。

「さあ、どうかしら、ビーズリー牧師は布教のために常にあちこち飛びまわっていたから」

「行き先はヨーロッパですか？」

「いいえ、いつもインドとかタイとか、いわゆる辺鄙な場所よ。たぶん、次の旅が近づいていたんでしょうね。いつものように自分のデスクでカレンダーをめくりながら、日にちを指折り数えていたところを見ると――彼は何か企んでいたわ。俗に言う、女の勘ってやつよ――」

「ヒックスさん」コルトは話をさえぎった。「いまは実際に見聞きしたことを話してください」

ミス・ヒックスは一瞬視線を落とし、それから臆することなく言葉を続けた。

「一度、彼が電話で話しているのを聞いたわ。相手は旅行会社みたいだった。列車の切符と特別室の料金の話をしたあとで、ビザのことをたずねていたから」

「日程について何か言っていませんでしたか？」

「今月の中旬と言ったわ。それで、行き先の天気を気にしていた。それがどこの国なのかはわからないけど。実を言うと、彼はわたしが部屋にいることを知らなかったの。外で用事をすませて、予定より早く戻ってきたものだから」

「それはいつのことですか？」

「ちょうど一カ月くらい前ね」

「では、ヒックスさん、とても重要な質問をしますので、どうか慎重にお答えください。ビーズリーと彼の妻が、その旅行のことで言い争っているのを聞いたことはありますか？」

「それはないわ。最高機密だもの。彼女が知っていたとは思えない」

「旅行にはふたりで行くつもりだったのか、あるいはひとりなのか。先ほど切符の話が出ましたが、彼はふたり分と言ったのでしょうか？」

「いえ、ひとりよ」

「エラリー・チャドウィックをご存じですか？」

「もちろん。わたしたちの教会のお偉方のひとりですもの」

「彼について何か知っていますか？」

ミス・ヒックスはまばたきをして戸惑いの表情を浮かべた。

「あなたの言う何かというのは、彼がビーズリー夫人に思いを寄せていたことかしら？　それとも、株の取引で大損したこと？」驚くべき質問が彼女から返ってきた。

コルトはそのとおりだと言わんばかりに表情を変えなかった。

「チャドウィックについて聞かせてください」

「あら、話すことはそんなにないのよ。ビーズリー牧師と出会う何年か前に、エリザベスはふたりの男から求婚されていた。ひとりは弁護士のパウエル大佐で、もうひとりがチャドウィックさん。彼は財産目当てだって陰口を叩く人もいたけど。ビーズリーが女たらしだってことを暴露するためなら、チャドウィックは手段を選ばないだろうとさえ言われていたわ。エリザベスがビーズリーと別れて、自分と結婚してくれることを期待して」

「いやはや、実に興味深い」コルトが感嘆の声を上げた。「こんな小さな教会のなかで、これほどたくさんの噂話が囁かれているとは。ビーズリー夫人はチャドウィックを嫌っているのでしょうか？」

「まあ、そんなことはないわ。尊敬している部分もあるんじゃないかしら。エリザベスはあのとおり、感情を表に出す人ではないけれど。彼女が本気で愛した人は、パウエル大佐だけとも言われているのよ」

「では、なぜ婚約を破棄したのでしょう？」コルトはさらに探りを入れた。

エマ・ヒックスは微笑んだ。その目はバシリスク（伝説上の爬虫類動物。アフリカの砂漠に棲み、ひと睨みしただけで人を殺したという）のごとき強い光を放っている。

「パウエル大佐は無神論者なのよ。彼は何も信じない。モラルさえ信じていない。エリザベスはそれが我慢ならなかった」

この神経質で熱心な証人の口からあぶくのようにあふれでるゴシップに、コルトはすっかり魅せられているようだった。

「ビーズリー牧師とあなたの関係はどうだったのですか？」コルトは突然話題を変えた。

エマ・ヒックスの頬がさっと赤く染まった。

「どんな関係であるべきなのかしら？」彼女は巧みに受け流した。「わたしは彼のために精いっぱい働いて、彼はそれを評価してくれていた」

「たとえ彼にとっては不名誉なことでも、知っていることはすべて話してください、ヒックスさん。彼を殺した犯人を裁きにかけるために」

一瞬ひるんだように見えたが、彼女はすぐに腹をくくった。

「わたしは真実を話すためにここへ来たのよ」言葉を選ぶようにゆっくりと言った。「ビーズリー牧師には風変わりな習慣がいくつかあって、昔はよく祭服を脱いでしまうことがあったとか。ときには、ベストやカラーまで」

「別に驚くことじゃない」コルトはぼそりとつぶやいた。

「最近のことで言えば」エマ・ヒックスは低い声でせっかちに続けた。「彼はとてもびくびくしていたわ。誰かにあとをつけられていたのよ。わたしにはわかるの、エラリー・チャドウィックが彼とエヴリンのことを訊いてきたから。その後、別の日の朝に探偵が書斎を訪ねてきて、わたしに話を聞かせてほしいと言ってきたわ。もちろん断ったけど」

「ビーズリー牧師にその話をしましたか？」

「ええ、もちろんよ」

コルトはわたしを横目で見た。

「だから探偵たちはサングスター・テラスのあの家のことを知らなかったのか」

「それと、これは何か意味があることなのかどうかわからないけど」エマ・ヒックスが話を続けた。「ビーズリー牧師は株をたくさん持っていた。結婚してすぐにエリザベスから譲り受けたものを。それをここ数カ月のあいだに売り払ってしまったのよ」

「金に困っていたということですか？」

「ここ最近はそんなふうだったわ」

「ビーズリー夫人と牧師が、エヴリンのことで言い争っていたことはありませんか？」

あるわ、とミス・ヒックスは答えた。エヴリンをめぐる口論を彼女は二度耳にしたことがあった。エヴリン・ソーンダースこと美貌の聖歌隊隊員は、分別も慎みもなく公衆の面前で、妻にこそふさわしい眼差しをビーズリーに注いでいた。ミス・ヒックスいわく、実のところエヴリンは、自分と牧師が愛し合っていることをみんなに知らせたがっているようにさえ見えたという。

コルトはミス・ヒックスに心から感謝の意を伝えた。

「今日の午後二時に、牧師の書斎でもう一度お会いしたいのですが」

エマ・ヒックスはにっこり微笑んでコルトと握手を交わし、再会の約束をしたあと、わたしに軽く会釈をして部屋を出ていった。

コルトの表情は険しかった。

「ますます混沌としてきたな。犯人がふたりを殺したのは、軽はずみなカップルが列車に飛び乗るのを止めるには、それしか方法がなかったからかもしれない」

ヘンリー警部がドアを開け、小声でコルトに何事か伝えたあと、窓拭き屋に扮したままのフリント刑事を招き入れた。フリントの声は興奮でうわずっていた。

「本部長、ジェラルド・カーテンウッドのオフィスで不審な動きがあったので報告に参りました」

そのあとフリントによって語られた出来事が、今回の殺人事件と邪悪かつ密接な関わりがあることに疑問の余地はなかった。ジェラルド・カーテンウッドのオフィスの窓を洗いながら、フリントはふたつの驚くべき事実を発見し、それによって生まれた可能性が、たしかな手ごたえをもってわたしの頭のなかで躍動しはじめた。

フリントは自分の手柄を生き生きと、微に入り細を穿って披露した。

「〈ゼネラル・アクセプタンス銀行〉の裏手に当たる一階のオフィスの窓を入念に磨いていると、ジェラルド・カーテンウッドが出勤してきました。昨夜はあまり眠れなかったらしく、見るからに不機嫌で、出迎えた秘書に文句を言っているのがわかりました。郵便物に目を通すよう勧められても、それを脇へ押しやって見向きもしない。個人宛ての配当小切手がたくさん届いていることを知らされたときでさえ、無反応でした」

「事務所の所在地はどこですか？」たずねたのはわたしだった。

「ギャリー街六丁目です。彼が最初にしたのは、無線電報を送ることでした。メッセージは一字一句違わずに記憶しています。送り先はハストムーア、汽船〈ヴァンへイブン号〉。内容は『状況ますます悪化、打つ手なく一族困窮。上陸しだい面会乞う。愚鈍な警官の妨害なければ迎えに参上す。ジェラルド・カーテンウッド拝』」

コルトはにやりと笑ってわたしを見た。

「まるで盗聴されていることを知っているみたいじゃないか――なあ、トニー。ところで、ハストムーアとはコードネームで――」

「調べはついています、本部長！」フリントが張りきって言った。「かの有名な弁護士のアレクサンダー・パウエル大佐のコード名です。彼の乗った船がまもなく港に到着します」

「ほう！　あの家族は早くも守りを固めはじめたのか。おもしろい――というか意味深だ。まだ何かあるかね、フリント？」

窓拭きとしてわたしの記憶に刻まれることになったフリント刑事は、得意気な笑みを浮かべた。

「本部長、自分が耳にした電話でのやりとりを聞いたら、びっくりして目玉が飛びでますよ」

「ほう。聞かせてくれ」

「さっきの女がオフィスに入ってきて――」

「カーテンウッドの秘書のことですか?」

「そうです、アボットさん。それで、その秘書が息子から電話が入っていると告げました。カーテンウッドはすぐさま受話器を取ると、開口一番、『どうだ、息子よ、万事順調か?』と言いました。そのあと、どこからかけているのかとたずね、その答えを聞くと、『それでいい。ここからが重要だ。いいか、よく聞け、息子よ、一族の命運がかかっているからな。その包みを持ってタクシーに乗り、〈グランド・セントラル駅〉へ直行する。一番早いニューロシェル行きの列車に乗って、向こうへ着いたらタクシーを拾ってノース・アヴェニューのピンスキーという男のもとへ行く。そこは〈ボストン・ウエストチェスター鉄道駅〉からさほど離れていないし、ニューロシェル高校からも近い。店に着いたらピンスキーに頼んでただちにそれを洗ってもらうこと。きれいになったら、こっちから連絡するまで保管してもらうこと』。カーテンウッドが言ったのは、それで全部です」

「それで充分だ」コルトの表情は険しかった。

コルトがこちらを振り返って無言でうなずくのを見て、わたしは受話器に飛びつき、〈グランド・セントラル駅〉に電話をかけた。

「二分前に発車しました」わたしは返ってきた答えを復唱した。「急行だそうです――」

フリントが落胆のため声を漏らした。

「じゃあ、息子はその列車に乗ったのか」彼は悔しげにつぶやいた。「時間的には充分間に合ったはずなのに、でも、自分は追いかけられないし、こんな格好じゃ無理だ」

フリントの独り言を無視して、コルトは内線電話に手を伸ばした。

「ホランダー大尉につないでくれ」命じる声は低く、断固としていた。「アストリア・ノース・ビーチ警察航空基地だ。大至急頼む」

コルトの意図を理解したとき、わたしはぞくぞくするような興奮を覚えた。列車と飛行機を競争させようというのだ。不審な小包を先まわりして押収するために！　〝空の警察〟を指揮するホランダー大尉に、重大事件の捜査の一翼を担うという千載一遇のチャンスがついにめぐってきた。このビーズリー／ソーンダース事件以降、ニューヨーク市警の航空隊は八面六臂の働きを見せるとともに、その活躍は広く認められ、サッチャー・コルトを長とする体制が続くあいだ、航空部門は拡大の一途をたどることとなる。そもそも航空隊を設立したのはコルトではない。捜査に空の力を導入したことで称えられるべき人物は、元ニューヨーク市警察本部長のグローヴァー・A・ウェイレン（一九二八－一九三〇年在任。コルトの後任とされるエドワード・P・マルルーニーの前任者）である。しかし当初、パイロットはわずか十二名で、商務省長官の輸送許可を受けておらず、技術者もたったの二十四名しかいなかった。スキルの向上を図り、組織としての体制を整備したのがコルトであり、現在もそれが維持されている。

コルトは椅子の背にもたれ、受話器を耳に押し当てたまま、わたしに言った。

「ジェラルド・カーテンウッドのこの新たな策略は、彼を無実とする根拠のない前提を完全に否定するものだ。コペルニクスの地動説が、天国は天界の外にあるとする神話を根底から覆《くつがえ》したのと同じように」

「本部長、どうしてそんなふうに理路整然と話すことができるのですか？　ゆうべは一睡もしていないのに」フリントが唖然として言った。

だが、コルトの意識はすでに電話に引き戻されていた。

「もしもし。飛行場か？　市警本部長のコルトだ。ホランダー大尉を頼む」

一瞬の間を置いて、コルトは続けた。

「もしもし、大尉、ロング・アイランドからニューロシェルまでどのくらいで行ける？　……ほんとうかね？　……実は、列車と競争してほしいんだ。……そうか！　……よし！　では、聞いてくれ！」

コルトは歯切れのいい早口でホランダー大尉に事情を説明し、ジェラルド・カーテンウッドの息子が荷物を届ける店の所在地と、小包の中身は不明だが、ただちに洗濯する必要のあるものが入っていることを伝えた。

コルトは最後にこう締めくくった。

「少年と荷物を確保したら、車を拾うか、列車に乗るかしてニューヨークへ来てくれ。なんでもいいから一番速い方法で。飛行機は部下に乗って帰らせるといい。わたしは一時間半以内に牧師館へ行く。そこで、きみを待つとしよう」

自信に満ちた笑みを浮かべて、コルトは受話器を置いた。

三分後、ホランダー大尉は空の上にいた。旋回しながら高度を上げ、ヘルゲート橋上空を通過し、ニューロシェル行きの急行列車の追跡を開始した。

フリントは深々とため息を漏らした。

「ああ、自分もその飛行機に乗っていたらなあ」

「報告は電話でしたまえ」コルトが厳しく叱責した。「報告を後まわしにして、ここへ来るのは本末転倒だ。今日はもう帰っていいぞ、フリント」

かくしてフリント部長刑事は意気消沈し、本部長は原理原則に厳しい人だと思いながら部屋を出ていくことになった。入れ替わりに、別のドアからドアティ地区検事長が駆けこんできた。

「こいつは数年に一度の大事件だぞ、サッチャー！」人差し指でシャツの襟元を窮屈そうに引っぱりながら、挨拶もなしに言った。「新聞社が大騒ぎしてる」

コルトはやんちゃな弟を見守る兄のような笑みを浮かべた。

「手柄を立てれば、知事になれるぞ」愉快そうに言った。

「どういう意味だ？」ドアティは怪訝な顔でコルトを見た。

コルトはぐらかすように軽く手を振ると、記録したノートから今朝の出来事を要約して読みあげるようわたしに命じた。ジェラルド・カーテンウッドと著名な刑事弁護士のアレクサンダー・パウエル大佐は、大佐の乗る汽船〈ヴァンヘイブン号〉が帰港しだい面会予定である。それを聞いたドアティの興奮ぶりは、見知らぬエアデール（イギリス原産のテリア犬）が通りをやってくるのを見た番犬に勝るとも劣らないものだった。

「アレクサンダー・パウエル！」ドアティは甲高い声で名前を復唱した。「俺はあのフグ野郎と一緒にロースクールに通ったんだ。世間で言われるほど有能な弁護士じゃない。恐れるに足らない相手だ」

コルトの顔は真剣だった。

「厄介な存在になるぞ。あらゆる手を使って捜査を妨害するはずだ」

「ふん、恐れるに足らない相手だよ」ドアティは同じ台詞を繰り返した。

「なるほど、きみはそうだろう。しかし、パウエル大佐はやり手の弁護士だし、侮るべきではない。

彼は一筋縄ではいかない男だ。ときどき天才じゃないかと思うよ。二月にシカゴで勝訴した裁判を見てみたまえ。そして、このたびのベルリンの海事裁判でさらに箔をつけて、意気揚々と引き揚げてくるだろう。彼が乗った船はハリファックスとボストンに寄港したが、いまごろはすでに船を降りているはずだ。彼はこの数週間、新聞の一面を賑わわせてきた。おそらくドイツの法廷でも勝利を収めるだろう。われわれは速やかに事を運ばなければならない。だから、黙って最後まで話を聞きたまえ」

わたしはノートの続きを読みあげた。コルトがニューロシェルへ航空機を出動させたくだりに差しかかると、ドアティの突きでた青い目がさらに飛びでたように見えた。

「なんとね、こいつは驚きだ！　何が飛びだすか楽しみだな！」ドアティは赤ら顔をハンカチでぬぐった。「事件は解決したのも同然じゃないか？　そうと決まれば、さっそく――」

そのとき、イスラエル・ヘンリー警部が部屋に入ってきて、電話に出られるかとコルトにたずねた。牧師館にいるレンゲルの部下からだった。

コルトは相手の話にしばし耳を傾けたのち、迷うことなく言った。

「すぐにそっちへ行く」

ドアティに視線を戻したとき、コルトの目は興奮で輝いていた。

「殺害された男の腕時計と指輪が、ビーズリー夫人の整理ダンスから見つかったそうだ」

第十章　パウエル大佐の抗議

　ニール・マクマホンの運転する車に乗って、ティモシー・ビーズリー牧師の自宅へ向かった。交通渋滞で唯一足止めを食らった場所は、奇遇にも、ジェラルド・カーテンウッドが副頭取をつとめる〈ゼネラル・アクセプタンス銀行〉から半ブロックほど先へ進んだあたりだった。後部座席のコルトは、伝統と信用の礎の上に築かれた白い大理石の建物を振り返って、にやりと笑った。

「あれが」とコルトは言った。「二十世紀最大の成功を収めた神のひとつを祀る神殿だ。ときどき考えるんだ――五千年後の考古学者はいまのニューヨークをどう思うんだろうって。彼らはとんでもない思い違いをするかもしれない。一番立派な建物が祈りの場として使われていたと考えるのはごく自然なことだ。とすると、廃墟となった銀行は神殿の遺跡と見なされるにちがいない。それはあながち間違いではないが。現代人は教会で神に祈りを捧げるよりも、銀行の残高を増やすことに熱心だからね。実際、わたしにはああいう銀行はどれも神殿のように見える。窓口係が牧師になりかわって聖なる場所、すなわち金庫を守り、顧客という名の信者が連禱を唱和し、教理問答書を預金通帳という形で持ち歩く」

「それが今回の殺しとなんの関係があるんだ?」ドアティはいらだたしげにたずねた。

　ちょうどそのとき、ニールが大きくハンドルを切って左車線に入り、渋滞を抜けだすことに成功した。

「俺たちはいま事件の核心に迫ろうとしているんじゃないのか、サッチャー。ビーズリー夫人は寝室に被害者の遺留品を隠し持っていたんだろう？　彼女がソーンダースに嫌疑がかかるように仕向けたことも忘れちゃならない。ジェラルド・カーテンウッドはゆうべのアリバイについて嘘をついているし、パディ・カーテンウッドは解剖狂だ。そのうえジェラルドは、早急に洗濯を要するものを密かに街の外へ持ちだそうとした」

「きみはイザベル・ソーンダースや彼女の父親、それに猫のことを忘れているぞ」コルトは冷静に指摘した。

「思いだしたところで、答えは一緒さ」ドアティはかたくなに言い張った。「元凶はビーズリー夫人じゃないかと俺は思う。ゆうべの彼女の言動はまったく当てにならない。それに知ってのとおり、女ってのは男より危険な生きものだからね」

「それはどうかな」コルトは反論した。「そんなふうに言うのは詩人で、科学者じゃない」

ドアティは鼻を鳴らした。

「科学者だって似たようなことをあちこちで言ってるさ」負けじと言い返す。「ジョセフ・フィールズ判事によれば、女の犯罪者の平均体重は法を順守する女よりも重い。足は小さくて幅が狭く、ふくらはぎのわりに太ももが太く、頬骨は突きでている。ビーズリー夫人に当てはめてみるといい。さらに言えば、女の犯罪者は男の犯罪者よりも寿命が長く、病気などに対して抵抗力がある。平気で嘘をつき、処罰に耐え、肉体的にも精神的にも苦痛に鈍感であることは広く知られている」

コルトは含み笑いをした。

「それがすべて真実だとして、素人同然の犯罪学者が考えた机上の空論をもとに、ビーズリー夫人を逮捕したくないだろう?」

「いまのところはね」ドアティが答えた。「だが、俺の経験からして、犯罪学者なんてみんな素人に毛が生えたようなものさ。そいつの言うことをたまたま信じることにならなければね」

聖ミカエル及諸天使教会の前に車が到着し、コルトは答えを返す手間をまぬがれた。そこには驚くべき光景が広がっていた。病的に物見高い人々が道の両側を埋め尽くし、押し合いへし合いしている。警官がそのブロックのなかほどにロープを張り、教会と牧師館の前に群衆が入りこむのを防いでいる。押し寄せる人波を懸命に食い止めているが、形勢はよくない。この手の人々——何もすることがなく、犯罪や事故や災害の現場に出没し、より刺激的な見せものを求め、オフィスビルの建築工事を何時間でも飽かずに眺めている人々——に、わたしはいつも困惑させられる。空に群れ集まるハゲタカのごとく、流血もしくは暴力沙汰が発生した場所にさっと舞いおりるのだ。彼らは忍耐強くて頑固で、虚ろな目をしていて、緊急の用件で呼び戻される心配は明らかになさそうだ。

コルトは現場責任者の警部補を呼びつけ、必要であれば本部に応援を要請し、この恥ずべき馬鹿騒ぎをやめさせて、ただちに通りを一掃するようにと命じた。ドアティとわたしを引き連れて、コルトが褐色の石の階段をのぼっていくと、牧師館のドアが勢いよく開き、レンゲルが階段を駆けおりてきた。興奮と落胆が入り混じったような顔をしていた。

「問題が発生しました、本部長」

「どうした、レンゲル」

「三十分ほど前に、ジェラルド・カーテンウッドが弁護士と一緒に現れまして」

「パウエルか？」

「そうです。一時間前にヨーロッパから帰ってきたとかで。到着早々、警官をひとり残らずこの家から追いだそうとしました。きみたちにここにいる権利はない、令状を見せろ、そう言って捜索をやめさせたのです。われわれはなすすべもありません。説得を試みたのですが、弁護士を脅すわけにもいきませんし」

ドアティが咳払いをした。

「パウエルと話をつけよう。俺なら腹を割って話せるはずだ」

再び階段をのぼりかけたドアティを、コルトが制止した。

「なかへ入る前に状況を整理しておこう」潜めた声で言うと、レンゲルを振り返った。

「ビーズリー夫人はどこにいる？」

「ベッドで休んでいます。看護婦がつき添っていて、パウエル大佐以外は面会謝絶だそうです。パウエルには到着早々会ったくせに」レンゲルはいらだちをあらわにした。

「例の時計はどこだね？　それと指輪は？」

レンゲルは唇を歪めて笑みを浮かべた。

「パウエルが取り返そうとしたのですが、断固として渡しませんでした。これです」

絹のハンカチで包んだふたつの証拠品を、レンゲルはコルトの手のなかに置いた。

通りの向こう側にたむろするレポーターたちの物欲しげな視線を避けるため、コルトは玄関前の階段をのぼりきり、そこで包みをひとつずつ慎重に開いた。片方はホワイトゴールドの腕時計だった。シルバーの文字盤、夜光塗料を塗った数字、明るい茶の豚革のバンド、シルバーのバックル。コルトはそれを矯《た》めつ眇《すが》めつ眺めた。

「ビーズリー夫人はこの時計のことをなんと言っているんだ?」

「夫人とは話ができませんので」

コルトはドアティを見た。

「ビーズリーの手首の擦過傷を顕微鏡写真用カメラで撮影させたんだ。プリントした写真はまだ見ていないが、遺体の手首に残っていた痕は目に焼きついている。ビーズリーは死んだとき、この時計を身に着けていたにちがいない。さあ行こう」

鍵のかかっていない玄関のドアから、コルトを先頭に、ドアティ、わたし、そしてレンゲル警視がなかに入った。まっすぐ向かったのは、亡き牧師の肖像画が飾られている応接間だった。

「パウエル大佐を探してきます」レンゲルが言った。

だが、その必要はなかった。戸口に見知らぬ男が立っていた。小柄で、気が弱そうだが、物腰に品がある。髪と瞳は灰色で、声は驚くほど低く、口調は控えめだった。

「失礼ですが、みなさん、サッチャー・コルトさんはいらっしゃいますか?」

ドアティが本部長を示した。

「わたくしの主人であるパウエル大佐が、サッチャー・コルトさんとならお話しすると申しております。あなたが警察本部長のコルトさんなら、パウエル大佐はすぐにこちらへ参ります」

パウエル大佐の従者であるその小柄な男は、腰を折ってうやうやしくお辞儀をすると、上品かつ無駄のない身ごなしで踵を返し、踊るような足どりで廊下の向こうへ歩き去った。

「なんなんだ、いったい?」ドアティは息をあえがせて不快そうに額をぬぐった。

「大佐はあの男を手足のように使っているんですよ」レンゲルは憎々しげに言った。「ウォルター・ミーリングという名の鼻持ちならない小男です。本人が言うには、曾祖母は女王の侍女だったとか。それはともかく、自分の仕事にやたらと誇りを持っていて、腹心の秘書だと本人は言っています」

レンゲルはさらに何か言おうとして思いとどまった。パウエル大佐が意気揚々と部屋に入ってきたのだ。

「やあ、コルト本部長」快活に言うと、笑顔で前に進みでて、差しだされた手を握った。

アレクサンダー・パウエル大佐は、肩幅が広くて頑健そうな五十がらみの男だった。褐色に焼けた精悍な顔。入念に仕立てられたスーツに身を包み、清潔そうな、引きしまった外見は、スポーツ選手と見まごうほどだ。べっこう縁の眼鏡が唯一の肉体的弱点を示している。コルトに言わせれば、彼は現代ニューヨークでは珍しい二面性――壮健な精神と壮健な肉体――をあわせもつ、クロヒョウのごとき男だ。

ドアティは一緒にロースクールへ通った仲だと自慢していたが、コルトもパウエルとはニューヨークの老舗社交クラブ〈プレイヤーズ〉の会員として旧知の仲だった。ふたりには共通の趣味が多くある。パウエルはアートやコイン、敷物、そして書物の愛好家であるとともに、自称〝謎解きのエキスパート〟で、言語学者で、音楽家でもある。パウエルはニューヨーク一高い弁護料を請求し、そこで得た利益を絵画や書物やギリシャ彫刻の破片につぎこんでいる。ゆえに、彼のコレクションはお宝と呼べるくらいの価値がある一方で、当座の金に困ることもたびたびあった。愛蔵の陶器を二十五万ドルで買いとると言われ、破産寸前だったにもかかわらず、パウエルは立腹して断ったこともあるという。

「コルト君、また会えて嬉しいよ」パウエル大佐はよく通る声で言った。「しかし、こんな状況で再会することになるとは、誠に残念だ。きみを訪ねていこうと思っていたんだ、類まれな才能の持ち主と会う機会があったのでね。きみも知っているはずだ――アルゼンチンのフェルナンド・ペレス博士、斬新な手法を用いて名画の真贋を見分ける専門家だ。本物と信じられていた作品を隅々まで調べて、カンバスに残された巨匠たちの指紋を見つけだし、その指紋をもとに、聖母マリアや幼子イエス、嘆きの聖母像《ピエタ》、あるいは聖セバスティアヌスの贋作を言い当てることができるんだから、たいした男だよ！　わたしはペレスのことをきみと語り合いたかった。そう思って帰国したら――さっき船を降りたばかりなんだ――あろうことか、きみがわたしの友人家族を苦しめていると言うじゃないか。エリザベス・カーテンウッド・ビーズリーは最もつき合いが古くて、かけがえのない、素晴らしい友人の一人だ。彼女の兄弟もね。彼らを苦しめるとは、コルト！　きみともあろう者が、いったいどうしてしまったんだね？　ふたりの人間が殺害されたのは事実だし、謎の多い厄介な事件であることは認めよう。ニューヨークのような大都市でこの手の犯罪が発生したとき、警察が世間に対してメンツを保たねばならないことも理解できる。しかし、悲しみに打ちひしがれる未亡人を痛めつけ、強制的に家宅捜索を行い、容赦ない尋問で責めたて、身辺をこそこそ嗅ぎまわり、おまけに彼女の自宅を警官であふれ返らせるとは、いったいどういう了見だね！　異端審問まがいのことが許される時代じゃないことは、百も承知のはずだ。誰かに嫌疑をかけるには、それなりの根拠がなければならない。こんなふうに権力に物を言わせるなんて言語道断。いったい何をやっているのかね、ドアティ君。きみはいまも地区検事長なんだろう？　法律を学んだきみなら重々承知しているはずだ、ここで行われていることはすべて違法だということは。だから、わたしがやめさせたんだ」

巧みに抑揚をつけながら、パウエル大佐は一気にまくしたてた。声は怒りに震えつつも、完璧にコントロールされていた。

「座って話しませんか？」コルトが片頬だけを歪める奇妙な笑みを浮かべてたずねた。怒りに呑まれて自分を見失いそうになるのをこらえているときの表情だ。

「いいとも」

「では、ビーズリー夫人は、弁護士を雇う必要性を感じているということですね？」

「そういう状況に追いこまれたのさ。残念ながら追いこんだのはきみだよ、コルト。それに、同僚《コンフレア》のドアティ検事長も同罪だ。被害者の家族に事情を訊くのは理解できる。気の毒なソーンダース夫人の家族も含めて。だが、パディ・カーテンウッドがナイフで遊ぶのが好きなことを教会の雑役夫に無理やり認めさせたり、悲嘆に暮れる未亡人のタンスを引っかきまわしたり、神聖な追悼の場として尊重されるべき自宅に警官がずかずかと上がりこんだりするのは、いくらなんでも度を越している。正当な理由があるわけでもないのに。言いがかりもいいところだ。彼らを犯人扱いする根拠がどこにあるというんだ」

「あなたがなんと言おうと」コルトは言い返した。「警察はビーズリー夫人から事情を訊かなければならないし、家宅捜索も続けなければならない」

パウエルは肩をすくめた。

「裁判所の令状がないかぎり、そんな言い分が通用しないことは知っているだろう。わたしは断固として闘うつもりだし、勝ち目は充分にある。ビーズリー夫人の心と身体が充分に回復したら、そのときは進んで質問に答えるだろう。それは弟たちにも言えることだ。場合によっては、きみが見たい場所を見ることもできるかもしれない。だが、惨《むご》たらしく殺害された気の毒なビーズリー牧師の遺体を墓に収めるまでは、そして遺された家族がこの試練から立ち直る機会を与えられるまでは、わたしは盾となって、当局による迫害行為から彼らを守るつもりだ」

しばしの沈黙があり、それを破ったのはドアティだった。ぎょろりと突きでた青い目から青い火花を飛び散らせながら、ライバルを睨みつけ、がなりたてた。

「おい、パウエル、これだけは言っておくぞ。おまえがなんと言おうと、俺は裁判所に令状を取りにいく。それを止めるすべがないことくらい、おまえだってわかっているはずだ。いくら妨害工作を講じようと、捜査を遅らせるのが関の山だ。そもそも、おまえの依頼人が無実なら、捜査を遅らせる必要がどこにある?」

パウエル大佐は憐れむような笑みを浮かべた。

「遅らせることで、どんな不都合があるというんだね?」巧みに質問をかわした。「わたしの依頼人は無実だ。彼らを罪人扱いするなら、適切な手続きを踏みたまえ。裁判所に起訴状を提出し、仮に大陪審が起訴に値すると判断すれば、法廷で争うことになるだろう。彼らをそんな目に遭わせたくはないが」

「彼らとは、家族全員のことですか?」コルトが穏やかにたずねた。

「全員だよ。きみは家族全員を尋問しただろう。そして彼らは率直かつ十全に答えた」

「連中は嘘をつきやがった」ドアティは腹立ちまぎれに言って、コルトの目配せに気づくことなく言葉を継いだ。

「ジェラルド・カーテンウッドは、ゆうべラジオを聴いていたと言ったが——」

パウエル大佐は鼻で笑った。

「そのくらいにしておきたまえ、ドアティ。カーテンウッド氏は極めて多忙な男だ。ラジオなんかに気を取られているひまはない。仮にわたしが、彼はゆうべラジオを聴いていなかったと言ったら？彼の妻が蓄音機《ビクトローラ》をかけていて、彼が聞いたのはそれだと言ったら？　そんなちっぽけな勘違いをもとに、ふたりの人間を殺害した嫌疑をかけるなんて、あまりに性急だしお粗末すぎる。だから迫害だとわたしは言ったんだ。新聞で叩かれるのがいやなんだろう。それで容疑者が必要なんだ」

コルトは目を閉じた。

「そういうことなら、カーテンウッド氏はビクトローラで音楽劇を聴いていたのでしょう」コルトは皮肉っぽくつぶやいた。「実に興味深いですね、大佐。あるいは、巧妙と言うべきか。あなたはきっと、われわれのどんな些細な疑問にも答えてくださるんでしょうね」

「とりあえず、きみをひどく悩ませている腕時計と指輪の問題については答えられるよ。きみの部下がその画期的な発見について電話で報告するのを聞いたものでね。ビーズリー夫人の整理ダンスから発見された腕時計は、彼女が夫の誕生日プレゼントとして買ったものだ。二週間前に購入して、来週渡すつもりだった。結局、彼がその時計を身に着けることはなかったが。彼の腕時計がなくなったのなら、それは以前から使っていたものだ」

「ビーズリー夫人は以前から使っていた時計の製造番号を控えているでしょうか？」

「彼女が質問に答えられるようになったら、教えてくれるだろう」

「では、指輪のほうは？」

「ビーズリーは洗面所で髭を剃っているとき、指輪を外していた。棚の上に置き忘れていたのをビーズリー夫人が見つけて、なくさないようにしまっておいたんだ」

「彼がべつの指輪をはめることはあったのでしょうか？」

「さあ、どうかな。あったのかもしれない。今度ビーズリー夫人と話をするとき、訊いてみるとしよう。で、きみに知らせるよ」

「昨夜、ジェラルド・カーテンウッド氏にかかってきた電話について何か知りませんか？　サングスター・テラス一三番からかけたものなのですが」

「知らないね、まったく何も聞いていない」

ドアティはパウエル大佐に憎々しげな一瞥をくれたあと、腕時計に目を落とした。

「ちょっといいか、コルト」声を落として言った。「いまなら間に合う。裁判所が閉まるまでまだ二時間ある。この機会を逃す手はない」

地区検事長はパウエル大佐をひと睨みしたあと、のっそりと立ちあがった。ドアの前でコルトを振り返り、「二時間で戻る！」と鼻息荒く宣言して、その声をかき消すほどの大音量でドアを閉めた。

コルトはパウエル大佐に微笑みかけた。

「ところで、大佐、些細なことだが、ずっと気になっている問題がひとつあります。よければ説明していただけないでしょうか」

「どんな問題だね？」

「ソーンダース夫人とビーズリーが不倫関係にあったことを、カーテンウッド家の人々は誰ひとり認めようとしない。親密な関係が長く続いていたことは隠しようのない事実なのに。なぜそんな嘘をつくのです？」

パウエルは重々しくうなずいた。

「たしかにそれは問題だ。わたしとしては、ある種の親密な関係が存在したと言って構わないと思っている。もっとも、きみがこの発言を証拠として引き合いに出しても、わたしは否定するけどね。さらに言えば、わたしは彼らの関係を知っていたが、ビーズリー夫人は知らなかったし、家族はそのことを彼女に隠していた。そして今回の事件が起きたいま、彼らの望みは一族の誇りを守ることだ。きみがどんなに決定的な証拠を突きつけようと、絶対に認めない。彼らの態度は一貫している。変えようとしても無駄だ」

「なるほど」コルトはため息をついた。「もうひとつ知りたいことがあるのですが、これについてはあなたの助けは得られないでしょうね」

「なんだね？」

「ビーズリー夫人はゆうべ夫の帰りを待つあいだ、縫いものをしていたと言いました。何を縫っていたか知りませんか？　実物を見せていただくことはできないでしょうか？」

パウエルは怒りで目を細めた。

「まだ彼女を疑っているのか？　彼女が何を縫っていたのかは知らん。だが、エリザベス・カーテンウッドが世界一気高い女性のひとりであることは、わたしが保証する。彼女を疑う権利はきみにはない。彼女が縫いものをしていたと言ったのなら、それは真実だ」

コルトは渋い顔で首を横に振った。

「少なくとも、彼女の弁護士を選ぶ目に間違いはないようだ。ところで、大佐、家族が静かに喪に服すことができるよう、あなたが盾になっているあいだも、この家から警察官を引き揚げるわけにはいかないことはご理解いただけるでしょうね」

「きみにそんな法的権利があるとは到底思えないがね」

「あなたの言い分をすべて受け入れたとしても、さらには、あなたの立場から見たとしても、わたしが教会やビーズリーの書斎を見てまわる分には、なんの問題もありませんよね？」

「まったくないね。教会でも書斎でも心ゆくまで見てまわるといい。薄暗くて陰気な場所だよ、暑い夏の午後であっても。しかし、まあ、好きにしたまえ」

コルトが立ちあがり、わたしもあとに続いた。

「そうそう」大佐が言い添えた。「この家と教会のあいだには、短い橋が架かっていて、その橋を通って直接牧師の書斎に行けるんだ。こっちだ。案内しよう」

静まり返った廊下を進み、階段の奥のドアの前で立ち止まった。大佐が持っていたキーで鍵を開けると、ため息橋《ブリッジ・オブ・サイ》（十六世紀に架けられたベネチアのアーチ橋。かつて宮殿から牢獄へ向かう囚人がその橋を渡った）のミニチュア版のような狭くて短い通路が現れた。

「向こう端まで行くと、別のドアがあって、そのドアの向こうがビーズリーの書斎だ。わたしはここで失礼する。せいぜい頑張りたまえ」

大佐は笑顔で短い一瞥をくれたあと、閉めたドアの向こうに姿を消した。

コルトは無言のまま橋を渡りきった。突き当りのドアを開いて短い階段を下りると、そこは小さな正方形の部屋だった。一方の窓から手入れのされていない狭い庭が見える。鉛枠で小さく仕切られたガラス扉の、古めかしいマホガニーの書棚がずらりと並び、壁はほとんど見えない。オークのロールトップ・デスクは、暗い色調で統一された作りつけの家具のなかで明らかに浮いている。デスクの上は雑然としていた。書類の山、未返信の文書が入った複数のトレイ、案内状の束、聖公会祈禱書。その中央に未開封の手紙がきっちりそろえて積み重ねられていた。宛名の人物に決して読まれることのないそれらの手紙は、彼の人生がいまも続いているかのような錯覚をもたらす。部屋の戸口に、背の高いアイルランド人の警察官、マイケル・マリンズが立っていた。敬虔なカトリック教徒であるマリンズが、教派の異なる牧師の私室にいるのは、なんとも奇妙で場違いに思えた。本部長の姿を見ると、マリンズは敬礼をして、すぐに報告を始めた。

「コルト本部長、本日、午前と午後に、ひとりの婦人が訪ねてきました。死亡した男のタイプ係だと言ってこの部屋に入ろうとしましたが、自分はそれを認めず、外で待つように指示しました。女は最初こそ指示に従ったものの、たびたびやってきてはドアを叩き、なかへ入れろと言ってきます。むろん入れるつもりはありませんが」

「その女はヒックスという名前では？」

「そうです」

「では、彼女にはもうしばらく待ってもらおう。雑役夫を見かけなかったか？」

「彼も部屋に入りたがっていますが、追い返しました。チャドウィックという男と一緒に向こうにいます。その紳士も部屋に入りたがっていますが、断固として拒否します。命令を遵守するのが自分の使命ですから」

「素晴らしい。警察官の鑑《かがみ》となる立派な仕事ぶりだ。彼らにももう少し辛抱願うとして」

コルトはわたしを振り返って言葉を続けた。

「チャドウィックについてはいくつか報告が入っている。地元紙の記者を訪ねてまわって、この教会の名前を新聞に載せないよう働きかけるのに一日の大半を費やす——チャドウィックはそういうタイプの男だ」

コルトはデスクの前に立つと、家具や調度品、本や写真、書類など、ひとつひとつのものに目をとめながら、ゆっくりと室内を見まわした。その部屋は午前中いっぱいをかけて腕利きの捜査員が隅々まで調べたが、コルトが価値ありと見なすものは発見されなかった。そこへ今度は本部長が自ら乗りこんできた。コルトは手紙を一通ずつ手に取って眺め、殺された男に届いた最後の一通で手を止めた。そして一瞬、良心の呵責を感じたようにわたしを一瞥したあと、慎重に封を開けて手紙に目を通した。

「空振りだ」小さなため息をつくと、デスクの反対側へまわって椅子に腰を下ろした。

次にコルトは、ペーパーウェイトの下の書類の山に取りかかった。本部長に見せる価値ありと考えて、捜査員がよけておいたものだ。請求書、領収書、招待状、結婚の報告などを手際よく確認し、それが終わると一枚の便箋を手に取った。そこに書きつけられた小さな美しい文字にざっと目を通し、コルトはわたしをちらりと見た。

「これはエヴリンが書いたものだと思う。判読するのは難しいが――デモティック――古代エジプトの速記法のようだ。彼女がどんな芸事を嗜《たしな》んでいたにせよ、書家を目指していたわけではあるまい。さて、何が書いてあるのか――」と言ってコルトは読みあげはじめた。

幾久しくわれわれは、瞳に燃ゆる炎をひた隠し
人目を忍んで見つめ合わねばならぬのか
あまねく知らせよう、われらが愛を
いったい誰に留められよう

どんな悲しみも和らげる甘やかな抱擁を
癒しの剣《つるぎ》を
ただひたすらに願うは、ともに生きること
それが叶わぬなら、ともに死ぬこと

コルトは暗い顔でわたしを見た。

「ずいぶん前にこの古い詩を聞いたことがある。ギリシャの詩人、パウルス・シレンティアリウスが作ったものだ。エヴリンはこの詩をどこで知ったのか。娘が学校で習ったのを家に持ち帰ったとしか思えない。これは記憶に留めるに値する問題だ」

次にコルトはひとつかみの小さな写真を手に取った。ビーズリー牧師の写真が数枚と、エヴリン・ソーンダースの写真が数枚。用途は考えるまでもない。その写りの悪い肖像写真は、パスポートに貼るためにかび臭い小さな写真屋で撮影されたものにちがいない。コルトはそれを先ほどの詩を綴った便箋と一緒にポケットにしまった。

「あとでゆっくり検討しよう」

コルトは立ちあがって、壁の写真を一枚ずつ眺めた。彼がしばし足を止めたのは、フランスの田舎道と思しきカラー写真の前だった。木造の家屋、古風な趣のある切妻、薄暗いアーチ道。おそらくノルマンディ地方のどこかだろう。それからコルトは大きな油絵に移動した。ドレスデン美術館所蔵〈システィーナの聖母〉の複製画だ。その絵の前に立つと、コルトはにやりとした。

「トニー」もったいぶった口調で言った。「このたびの捜査における警察の問題点は、ただ見ているだけで観察していないことだ（アーサー・コナンドイル作〈シャーロック・ホームズ〉シリーズの短編「ボヘミアの醜聞」のなかで、ホームズがワトソンに言う台詞）」

「その台詞、子どものころにどこかで読んだような気がします」

「わたしもだ。そしてそれはいまも変わらぬ真理でもある。この絵をよく見てごらん」

「〈システィーナの聖母〉ですね。世界で最も有名な絵画のひとつだ」

「そう。きみはこの作品を何度も見たことがある。少なく見積もっても千回は見ているはずだ。ラファエロが完成させてから、何百万もの人々が目にしてきた。だが、観察した人はほとんどいない」

「何を観察するのです？」

「画家が犯したある種の奇妙な間違いをさ。でたらめと言うか、控えめに言っても、稀に見る凡ミスだ。聖シクストゥスの手を見てごらん。白い法衣に金色の上祭服をはおり、雲の上にひざまずいて、聖母マリアと幼子イエスを崇めている。その聖人の突きだされた手を見たまえ。前景からきみのほうをまっすぐに指差しているだろう？」

「わかりますが——それがどうしたと言うんです？」

「指を数えてみたまえ」

「一、二、三、四、五——六！　なんと、六本ある！」

「そうだ、あの手には六本の指がある。聖人シクストゥスのシンボルだ。人々は六本の指を見ているが、実際には五本しか見えていない。われわれがいま直面している問題はそれなんだよ、トニー。今回の殺人事件の手がかりは、われわれの目の前にあるとわたしは確信している。まだそれが見えていないんだ」

　コルトは話を続けながら、部屋の反対側に飾られた額入り写真につかつかと歩み寄った。休日を楽しむ人々を写したものだ。男女ともコートや手袋を身に着けているので、秋のピクニックへ出かけたときの写真と考えて間違いない。女性たちの服装からして、撮影したのは五年くらい前だろう。ビーズリー夫妻は中央に写っていた。夫人は襟と袖口に毛皮のついた独特なデザインの丈の長いコートを着ている。しかし、コルトは牧師夫妻には目もくれず、写真の隅をじっと見つめ、ガラスの上から若い娘の顔を指差した。

「見てごらん、トニー、きれいな子だ。彼女は美しい――だけではなく、奇妙な二面性を持っている」

「二面性？」わたしはおうむ返しにたずねた。「別の顔があるということですか？」

「彼女がわからないのかね？」謎めいた笑みを浮かべてコルトが言った。

わたしは写真を見直した。チャーミングで気立ての良さそうな顔に見覚えはあるが、どこで見かけたのか思いだせなかった。

「トニー、またしてもきみは見ているだけで、観察していないぞ――そのイヤリングを見たまえ」

コルトはわたしをその場に残したまま、階段を二段上がって橋を渡り、牧師館へ続くドアを開け、レンゲル警視を呼んだ。

「きみの部下に頼みたいことがあるんだ。極めて重大な任務だ」そこでコルトが声を落としたため、任務の中身について、わたしは蚊帳の外に置かれることになった。

コルトは書斎に戻ってきてマリンズにたずねた。「この部屋に入りたがっていた人たちはいまどこにいるのかね？」

角のドラッグストアのソーダ・ファウンテンにいるとマリンズが答えた。

「ここはいいから、ひと休みしてくるといい、マリンズ」とコルトは言った。そして満面の笑みで感謝の意を述べるマリンズに、つけ加えて言った。

「外へ出たら、本部から派遣されたウィリアムズという名の指紋係と、殺人課の刑事を探してほしい。教会の前に来ているはずだ。彼らとはここで落ち合う約束をしているんだが、呼びにいくまで玄関で待機するように言ってくれ。それと、外で指揮を執っている警部補に、航空隊のホランダー大尉が少年と箱を携えて到着したら、ただちにわたしのところへ案内するよう伝えてくれ」

マリンズが敬礼すると、コルトとわたしは書斎の別のドアを通って、聖ミカエル及諸天使教会へ足を踏み入れた。

第十一章　教会堂の幽霊

　そこは身廊と側廊から成るバシリカ式のシンプルな箱型の教会堂だった。六月の晴れた昼日中だというのに、教会内はどこもひんやりとして薄暗い。ステンドグラスの高窓から陽が射しこむのは朝の早い時刻だけで、すでに気の早い黄昏の気配があった。無人の祭壇、房飾りのある青いリボンをかけた聖書台、開いたままの聖書、扉と祈禱台のついた古びた信者席が三列。いまこの瞬間にも、夕方の祈りが始まりそうだ。コルトは内陣の手すりのそばで立ち止まると、（そこが非国教徒の教会であっても、畏敬の念を感じているのだろう）声を落として言った。

「実に簡素で、心を揺さぶる場所だ。まっすぐな心と、揺るぎのない信仰心を持つ聖職者――ルソーが書いたサヴォワの助任司祭（フランスの思想家ジャン・ジャック・ルソーによる教育論『エミール』の「サヴォワの助任司祭の告白」の章は、ルソー思想の白眉と評される）のような聖職者のために作られたものだ。見てごらん、トニー、そして前の日曜日を想像してごらん。この説教台の椅子にビーズリー牧師が座っているところを」

　話しながらコルトは祭壇に上がって聖書台の前に立った。開いたままの聖書から数枚の紙を手に取り、興味深そうに眺めた。

「三日前の朝に、ビーズリー牧師が行った説教のメモだ」コルトがつぶやいた。「さて、トニー、きみがまだ想像のなかで日曜の礼拝に出席しているのなら、ビーズリー牧師は聖霊にまつわる説教をするつもりだ。テーマは、つましい日々の暮らしに顕現する聖霊について。このメモによると、引用するのは聖アンブロシウスのラテン語の聖歌と、五百年近く前に死んだライン川のプロセイン人、トマス・ア・ケンピス――ビーズリー夫人お気に入りの作家だ。牧師はトマスの著作から次の言葉を引いている」

煙を出さずに焔《ほのお》が上がることはない。それと同じく、ある人々の願いは天上に向かって燃えあがるが、彼らは、肉による情念の誘惑からまだ解放されきってはいないのだ（『キリストにならいて』大沢章・呉茂一訳、岩波文庫）。

「なんとも時宜を得た文章じゃないか、トニー！　牧師は、現世で自分に残された時間が尽きかけていることを知らない。そしていま、彼の書いたメモが警察本部長のポケットのなかにあることも知らない。この哀愁漂う信者席に座った人々のなかに、来たるべき運命を予期していた者はいたのだろうか。目下、われわれが関心を寄せている人々の多くは、この礼拝に参列していたにちがいない。エヴリンは聖歌隊席に、夫のソーンダースと娘はたぶんずっと後ろの席にいた。ビーズリー夫人はもっと前、しかしあまり目立ちすぎないあたりに座り、隣にはパディがいた。パディはコートのポケットにおもちゃのナイフを忍ばせ、牧師の話が長すぎたり、熱が入りすぎたりしたら、撫でたりいじったりしただろう。さらに前方の席には弟のジェラルドとその家族もいたはずだ。他にも誰かいただろうか」

コルトの端正で研ぎ澄まされた横顔をわたしは見ていた。彼の目は何かを探し求めるように虚空を見据えていた。

「挙動不審の小男はどうでしょう？　おどおどしていて落ちつきのない、材木を買ったり電報を送ったりした男は？」

「いたかもしれないな」

　コルトがそう言ったとき、教会の正面のドアが開き、三人の人影が現れた。室内の暗さにすでに慣れていたわたしの目は、エマ・ヒックスの上品ぶった自信満々の足どりをすぐさま見てとった。しかし、彼女のあとについて身廊を歩いてくるふたりの男に見覚えはなかった。やたらともったいぶった態度でエマはコルトに挨拶し、わたしにおざなりな一瞥をくれた。

「コルトさん、わたしたちの教会の教区委員長を紹介させてちょうだい、エラリー・チャドウィックさんよ」

　チャドウィックは挨拶もそこそこに、教会と牧師を力強く弁護しはじめた。コルトはとめどなくしゃべりつづける教区委員長を黙らせるべく、すべての教会と聖職者に対して最大級の敬意と好意を持っていること、自分がここにいるのは神に誓った職務を全うするためであることを断言した。いらだたしげに聞いていたチャドウィックは、今度は新聞社に圧力をかけてほしいと訴えはじめた。ビーズリー夫人と一家の名誉を守るため、おぞましい醜聞をこれ以上まき散らさないでほしいという。コルトが我慢強く耳を傾けるあいだ、わたしはその男を観察する機会を得た。エラリー・チャドウィックは背の低い、骨ばった馬面の男だった。その顔つきや声、品のない無骨な態度から、どんなに公正な目を持つ人でも、チャドウィックのことを独立独歩の成りあがり者として心に留めるだろう。のちにこの人物評を読んだコルトは、わたしの意見に賛同してくれなかったが。

「それを言うなら、山羊面だよ、トニー。馬は心にけがれや偽りのない純真な生きものだ。一方、エラリー・チャドウィックは、あの態度や物言いからして間違いなく山羊に分類されるタイプだ。多くのまっとうな組織や社会に不幸にも存在する偽善者であり、マーク・トウェインの〝ストマック・クラブでの講演〟の直筆原稿を廃棄する前に、自分のためにこっそりコピーを取っておくような人間だ。そういう輩《やから》とチャドウィックには他にも共通点がある。日和見主義の政治屋の金づるであり、自ら戦場に赴くことはないが、自由の女神像やナイアガラの滝やアメリカ国旗やエイブラハム・リンカーンを演説のなかに登場させるのが大好きな、見かけ倒しの愛国者だ」

わたしは会ってまもなくチャドウィックに不信感を抱いた。あまりに饒舌すぎるのだ。あとで知ったことだが、彼はピアノの製造業者で、かつてロータス・クラブ（ニューヨークの老舗社交クラブ）の軽食堂《グリル》で名演奏家《ヴァーチュオーソ》を激昂させて公衆の面前で殴られたことがあるという。見た目は貧相で、態度は好戦的、金は有り余るほどあるので、教会の財政的支援者という栄誉をカーテンウッド家と分け合っている。

長広舌を振るうチャドウィックのかたわらに、気の弱そうな男が遠慮がちに立っていた。チャドウィックよりもさらに背が低く、陰気で、害のなさそうな雰囲気を漂わせていた。視線は概ね説教台前の大理石の敷石に注がれていたが、ときどきコルトを盗み見て、慌てて目を逸らす様子は、白髪頭の内気な少年といったところだ。雑役夫のホートンにちがいない。

「チャドウィックさん」教区委員長の熱弁をさえぎってコルトが言った。「わたしの仕事はふたりを殺害した犯人を見つけだすことです。事件について何か知りませんか?」

「俺が?」

「あなたがです」

「いや、知らないね」

「ビーズリー牧師のことはよくご存じでしたか？」

「ここ数年、彼は俺の心の支えだった」

「そして友人でもあった？」

「もちろん」

「身の危険を感じていると打ち明けられたことは？」

「ないね」

「彼がソーンダース夫人と親密な関係にあったことをご存じですか？」

チャドウィックはかっとなって声を荒げた。

「第一に、こんなところでする話じゃ――」

「ご心配なく。そうした関係にあったことを警察はすでに把握していますし、ここの書斎で家族会議が開かれたこともわかっています。何かつけ加えることはありますか？」

チャドウィックは腕を組み、挑むように仁王立ちしていた。

「ホートンから聞いたよ、今朝、警察でずいぶん手荒な扱いを受けたって――」

「手荒ってのは言いすぎかもしれんが、でも、ありゃ脅しだ！」雑役夫は口をはさみつつ、しきりにコルトの顔色をうかがっていた。

「この男が言ったことは事実だと認めるよ。たしかに俺は、牧師が教会の名を汚すようなまねをしていると聞いた。それで、陰であれこれ言っても埒が明かないから本人に会って確かめたのさ」

コルトの表情が険しさを増した。

「だが、あなたがまっさきにしたのは、探偵を雇って自らの心の支えに尾行をつけることだ」ずばりと指摘した。「その後、これでもかとばかりに彼に証拠を突きつけた――夫人の面前で！」

「教区委員長として当然のことをしたまでだ。あんたにとやかく言われる筋合いはない」チャドウィックはいらだちをあらわに言い返した。その顔は傲慢で自信に満ちていた。

「パウエル大佐と話されましたか？」コルトは話題を変えた。

「ああ、話したとも」

パウエル大佐の入れ知恵によって、チャドウィックが捜査に協力的でないことは明らかだった。だが、落胆して引きさがるようなコルトではない。

「事件とは別に解き明かしたい謎がありまして」コルトは食いさがった。「あなたなら力になってくださるのではないかと」

「なんなりとどうぞ」

「この教会に幽霊が出るという話を近所で聞きましてね」

「なんだって？　あんたいま、幽霊が出ると言ったのか？」

「ええ、言いました」

「くだらん。そいつは昔からある手あかのついた与太話じゃ――」

「昔の話は結構。あなたはこの話を聞いたことがありますか？」

「ない！」

チャドウィックは力をこめて断言すると、コルトを睨みつけた。コルトは素知らぬ顔で雑役夫に視線を移した。

「ホートン！」

「なんでしょう？」

「きみはその与太話を聞いたことがあるかね？」

ホートンはポケットに両手を突っこんで居心地悪そうに足を踏みかえた。

「わしはお化けなんざ、信じやしません」

コルトは雑役夫に一歩近づいた。

「きみは警察本部で取り調べを受けたときに言っただろう。この半年以内にハイスクールの女学生たちが、いまわれわれの足の下にある地下のホールで劇のリハーサルをしていたときに幽霊を見たという話をしていたと、礼拝に来ていた大勢の信者がそれを聞いていたと、きみはそう言ったんじゃないのかね？　これはうちの刑事たちが今朝聞いたばかりの話だぞ」

チャドウィックが唇を歪めて笑った。

「ああ、その話か！」鼻で笑いながら言った。「いま思いだしたよ。あえて記憶に留めておくような話じゃないんでね」

「わしもいま思いだしました」ホートンが慌てて言って、チャドウィックをちらりと見た。警察の取り調べのあと、教区委員長からも厳しい尋問を受けたのは明らかだった。

「もっと早く思いだしていただけなくて残念です」コルトは辛辣に言った。「あなたの記憶がこの先、警察の役に立つことを期待しています。で、チャドウィックさん、幽霊について他にどんなことを思いだされましたか？」

「わたしに話させてちょうだい、コルトさん」エマ・ヒックスが横から口をはさんだ。「あれは若い人たちにありがちな悪ふざけ、なんの意味もない作り話なのよ。真に受けることないわ。知ってのとおり、そういうのって──」

「簡潔にお願いします。何があったのですか、ヒックスさん？」

「実際はなんでもなかったのよ。話を聞いてしばらくのあいだ、みんなが怖がっていたのは事実だけど。ある晩七時ころ、地下のホールから階段をのぼってきたふたりの女学生のうち、ひとりが本を忘れたことに気づいて、教会堂のドアを開けた。そして彼女は悲鳴を上げたのよ、コルトさん。わたしは書斎にいて、ドアを閉めていたけれど、それでも聞こえたわ。それくらい甲高い悲鳴だった。わたしは背筋がぞっとして──」

「その子は何を見たのです？」コルトがさえぎった。

「幽霊を見たと本人は言ったわ」

「どんな幽霊です？　若者か──年寄りか──」

「そんなことどうだっていいだろう」チャドウィックが声を荒げた。「その愚かな小娘は何も見ていなかったとわかったんだから」

コルトはチャドウィックに鋭い一瞥をくれたあと、エマ・ヒックスに視線を戻した。

「わりと若い幽霊らしいわ、メイジーによれば。その数日後に、別のふたりの少女も似たような幽霊を見たと言っていたわ。さらに一週間ほどあとの夜遅くに、別の人が──今度は年配の女性よ。同じような幽霊が庭から教会堂に入っていくのを見たんですって。もちろん、夜の教会は鍵がかかっているわけだけど」

「ほら話ってのはそうやって広がるものだろう」チャドウィックがせせら笑った。「こんなくだらない話に時間を費やすなんてどうかしてる」

　コルトはチャドウィックの顔をまともに見た。

「先ほど申しあげたとおり、チャドウィックさん、わたしは実際的な見地からこの問題に興味を持っているのです。こうした事例は過去にもある。およそ三十年前のロンドン、テムズ川沿いのチェーンウォーク界隈で同様の噂が広まった。舞台はチェルシー・オールド教会——十三世紀に建立された由緒ある教会で、噂によると、著名な人文学者で大法官でもあったサー・トマス・モアの亡霊が、その教会の礼拝堂に——いまも彼の名で呼ばれる礼拝堂に——頻繁に出没するという。信頼できる人々の証言によると、サー・トマスは南壁の聖人像の陰から姿を現し、内陣を横切って、反対側の壁に吸いこまれたらしい。しかもその亡霊には頭がなかった。決定的な証拠だ。なぜならサー・トマスは、知ってのとおり、斧で首を切り落とされて処刑されたからだ」

「なんて恐ろしい。身の毛がよだつとはまさにこのことね」エマ・ヒックスの声はかすれていた。

「ニューヨーク市警の本部長ともあろう人が、そんな戯言を信じるのか？」チャドウィックが嫌味たっぷりに言った。

　コルトは動じることなく微笑んだ。

「ええ、チェルシーの話は全面的に信じますよ。著名な女性画家たちがそう証言しているんですから。教会の内陣に絵を描いているときに目撃したそうです」

「ふん、馬鹿馬鹿しい」チャドウィックは吐き捨てるように言って、ぎこちなく視線をめぐらせた。

「種明かしをすると」コルトが説明した。「彼らが見た幽霊はその教会の牧師で、一方の壁のドアから出てきた牧師が、反対側にある聖具室に入っていくところだった。頭にケープをかぶって暗がりのなかを歩く姿は、あたかも幽霊のように見えたのだろう」

「まあ、なんてスリリングなのかしら！　驚きの真相ってわけね」エマ・ヒックスが感嘆の声を上げた。

「で――他にもまだ知りたいことがあるのか？」チャドウィックがせっかちにたずねた。

「そんなに急かさないでください。まだ聖ミカエル及諸天使教会の幽霊の話が終わったところですよ」

コルトは改めてチャドウィックに向き直った。

「聞くところによると、この教会には秘密のポストがあって――あるいは家具の隙間とか、建物の凹みとか、人目につかない奥まった場所とかかもしれませんが――ビーズリー牧師とエヴリン・ソーンダースが手紙の受け渡しに使っていたそうです」

チャドウィックはくるりと背を向けて、身廊を行ったり来たりはじめた。

「くだらん！　タブロイド紙のでっちあげだ。そんなもの存在するわけがない！」

大声でわめき散らしたあと、コルトの前に立つと、彼の肩の上に両手を置いた。

「だとしたらなんだと言うんだ？　どうしてこの教会を巻きこもうとする？　俺たちはなんの関係もないし、ここは俺たちの教会なんだぞ――」

コルトは後ろへ身を引いた。

「お気持ちはわかります。しかし、これがわたしの仕事ですから、うやむやにはできません」

チャドウィックは大げさに鼻を鳴らした。

「いちいちごもっともだよ、コルトさん。好きにすればいい！」

チャドウィックは近くの信者席に腰を下ろし、祈りを捧げるように目を閉じた。その瞬間、わたしは彼を少しだけ好ましく思った。われわれはチャドウィックを残してその場を離れ、エマ・ヒックスが重い足を引きずるようにしてあとをついてきた。身廊の端でコルトは立ち止まり、低い声で言った。

「おそらく幽霊は、手紙を置きにきた、もしくは手紙を取りにきたエヴリン・ソーンダースだ。もしくは、ふたりを密かに見張っていた人物かもしれない。ポストはどこかこの近くにある。探せば見つかるはずだ。女子学生たちはどのドアから幽霊を見たのですか、ヒックスさん」

「あのまんなかのドアよ」

コルトは身廊を大股で歩き、緑の粗羅紗《ベイズ》張りに飾り鋲を打ちつけたスウィングドアの前で立ち止まった。

「では、彼女たちがこのドアを開けたとき、どこに幽霊が見えたのでしょう」

エマ・ヒックスは眉をひそめた。

「そうねえ、正確な場所はわからないけど、たぶん、こっちのほうだと思うわ」

彼女は早足で身廊を引き返し、途中で右に曲がって教会の東壁のほうへ足を向けた。

「メイジーが言っていたのはこのあたりよ」低く抑えた声で叫んだ。

「結構！　では、しばらく書斎でお待ちください。きみもだ、ホートン」示された場所へ足早に向かいながら、コルトが言った。エマ・ヒックスは不満そうに顔をしかめたが、何も言わずに教会から出ていった。通りすがりに、彼女がチャドウィックの肩に触れるのが見えた。ひと呼吸置いて、チャドウィックは「アーメン」と言って立ちあがり、エマ・ヒックスと雑役夫に続いて書斎へ向かった。

「見たよ」わたしが肩に触れると、コルトは小声で言った。「今後のために覚えておこう」

わたしは説教台のほうをちらりと見た。教会堂内の夕暮れは刻々と深まり、もはや奥の壁は闇に包まれていた。たとえ誰かがこっちを見ていたとしてもわからないだろう。しかし、コルトはまったく気にかけていない様子だった。

「もしわたしが牧師だったら」とコルトがつぶやいた。「どこに手紙を隠すだろう。まるで〝ホット・アンド・コールド〟（宝探しに似たゲーム。宝を探すプレーヤーに、他の参加者が「ホット〔近い〕」「コールド〔遠い〕」と声をかけ、隠したものを見つけさせるゲーム）みたいだな、トニー。だけど、ここにはヒントをくれる人はいない。宝物を隠していたふたりは、先にゲームを下りてしまったからね。さあ、どこだ、どこだ？」

　芝居じみた問いかけに、わたしが応じかねていると、コルトはくるりと背を向けて窓辺に向かって歩きだした。説教台の前で弧を描く内陣の手すりに沿って進み、色鮮やかなステンドグラスの窓の前で立ち止まった。そこから一歩ずつ、慎重に後戻りしはじめた。壁や床に目を凝らし、丹念に調べながら。わたしは少し離れた場所に立ったまま、固唾を呑んで見守っていた。そしてついに、コルトの冷静だが勝ち誇った声が静寂《しじま》に響いた。

「あったぞ、トニー」

　コルトはそう告げると同時に、人を寄せつけない雰囲気を解除した。わたしは彼のかたわらに飛んでいった。漆喰の壁に四角い凹みがあって、そこに買い物かごのような雑な作りの木箱がはめこまれていた。なかは古びた本でいっぱいだった。どの本も型押しされた黒の表装で、ページのてっぺんが深紅色に塗られている。

「賛美歌集だ」とコルトが言った。「相当古いし、手あかがついてぼろぼろだが、それでもここに保管してあるのだろう。日曜日の礼拝に、びっくりするほど大勢の信者が集まった場合に備えて。長らく使われた形跡はない。分厚いほこりが積もっている。ここを見たまえ！　積み重ねた本の後ろにちょっとした隙間がある。意識して探している人でなければ、誰も気づかないだろう。手を触れちゃいけないよ、トニー――だが、ちょっと見てみよう」

コルトはポケットから懐中電灯を引っぱりだし、その白い光で、積み重ねられた本のあいだの暗がりや、木箱の隙間を慎重に照らした。すると奥のほうに、白いものがちらりと見えた。コルトの目も同じものをとらえていた。

「あれは手紙だな」コルトがつぶやいた。

ポケット・ペンシルと万年筆を柄の長いフォークかトングのように巧みに操って、コルトは手紙をつまみあげ、まわりのものに触れることなく引っぱりだすことに成功した。それはなんの変哲もない白い封筒だった。宛名には〝ティモシー・ビーズリー牧師へ〟とある。わたしが保管している証拠書類に照らして、その手書きの文字がソーンダース夫人のものであることは明らかだった。

コルトは近くの窓辺へ移動して、その封筒を光に透かして見た。それからにおいを嗅いだ。「いったん開封したあと、もう一度封をしてあるな」

コルトが封を開け、エヴリン・ソーンダースが最後に書いたと思われるメッセージをふたりで読んだ。

愛しいあなた――やっと覚悟を決めました。いまあなたに電話をして、これから家を出て、あなたのお便りに書いてあったとおり、今夜八時にあの家へ参ります。でも、念のため、この手紙をしたためておきます。あの人たちの監視が続くなか、これはほんとうに賢明な判断だと思われますか？　あなたが決めたことは、それがどんなことであれ、あたしの意思であり、あたしの最終決断です。だけど、あなたはいつもあたしを励ましてくれたわよね。どんなに馬鹿らしくて子どもじみた考えでも、心からの正直な思いなら——嘘偽りのない、役に立ちたい、賢くありたいという思いから生まれたものなら——言葉にすべきだと。あなたのお便りを読んで、あたしの心は激しく揺れ動いています。今回のことはあなたが手を引き、導いてくれたことではあるけれど、神様があたしたちのために定められたゴールなのかもしれないけれど。だって、あたしたちは尾行されているのよ。そのために雇われたプロの探偵に。あたしが心配なのは自分ではなくあなたのことです。あの人たちが騒ぎだせば、あたしたちは一生消えない汚名を着せられることになるでしょう。その一方で、これが最善の策だと思うこともあります。しばらくはつらい思いをするけれど、結局は全員にとってこれが一番いい方法なのかもしれない。今夜、百二十五丁目の駅ではなく、あの家で落ち合おうとあなたから言われたとき、心臓が跳ねあがるくらい嬉しかった。それと同時に、不安がこみあげてきました。おかしい《ファニー》でしょう？　そういえば、本来の意味以外でおかしい《ファニー》という言葉を使ってはいけないとあなたに注意されたことがあったわね。いまは〝おもしろい〟という意味ではなく、〝奇妙〟という意味で使いました。あたしが感じている不安は漠然とした予感みたいなものです。あの人たちはあたしたちを憎んでいる。それで、この数週間、あたしがひどくおびえていたことはあなたも知っているでしょう。地獄の底から湧きあがるような強烈な憎しみを感じるの。あたしとすれ違うとき、あの人たちの目のなかにそれはある。あたしはとても怖くて——自分の愚かさを改めて示すことになってしまうけれど——手紙を書いたのは、あなたではないかもしれないとさえ思ったのよ。あの人たちが仕組んだ罠かもしれないと。それがあなたに電話をかけたほんとうの理由です。すごく心細くて、四六時中見張られている気がして、いっときも気が休まることがなかった。それも今日で終わり。今夜、あたしたちは新たな人生の旅に出る。こうして自分の胸の内を残らず書き記していると時間を忘れてしまいそうよ、ダーリン。でも、もうじきあたしは胸いっぱいの愛と荷物を携えてあなたのもとへ参ります。イザベルが食卓を整えてくれたし、ジャガイモは焼けているけれど、あたしは今夜八時に再びあなたの腕のなかにいるでしょう。愛をこめて。

エヴリン――あなたのエヴリンより

哀れを誘う手紙を折りたたんで封筒にしまうと、コルトは落胆した目でわたしを見た。目指すゴールにまた一歩近づいたしるしだ。

「待ちたまえ、トニー。この賛美歌集の棚をもう一度よく見てみたい。重要な何かを見逃している気がするんだ」

コルトが壁の凹みから慎重に棚を取りだすのをわたしは見ていた。そろりそろりと信者席まで運び、赤いクッション張りの座面の上に置くと、片手でほこりを軽く払った。そして次の瞬間、コルトは抑えた喜びの声を上げた。

「わかったぞ。こいつは指紋だらけなんだ。入り口で待機しているウィリアムズを呼んでくれ。シュルツ刑事と一緒にいるはずだ」

わたしは彼らを教会堂内へ呼びこんだ。ウィリアムズは例のごとく、事件解決の鍵を握る最重要人物になった気分で、すっかり興奮していた。一方、シュルツ刑事は輝く瞳に懸念の色を宿していた。コルトが手短に状況を説明すると、さっそくウィリアムズは細心の注意を要する仕事に取りかかった。

わたしはいつものように魔術めいた技法に魅せられて、彼の手元をじっと見ていた。

ウィリアムズは確実かつ迅速に作業を進めていく。金色の微細なアルミニウム粉――液化してラジエーターの塗装に使うのと同じ物質――をコルトに指示された場所に振りかけると、ほどなく棚の底板と賛美歌集二冊の表紙のあちこちに金粉の小さな塊ができた。その隆線、すなわち指紋が現れたのは、ウィリアムズが注意深く金粉を撒いた場所ではなく、そこから少し離れたところだった。ちなみに、ウィリアムズはその高価なアルミニウム粉を好んで使用するが――指紋を採取する対象の質や色によって粉の色は異なる――必要に迫られて粗末な道具で作業を行うこともある。わたしはかつて、ウィリアムズが葉巻の灰を新聞紙ではさみ、その上で鉛筆を転がして粉々に砕いたものを即席の試薬に使って、一組の鮮明な指紋を検出するのを目にしたことがある。最終的には、その証拠をもとに麻薬組織の悪党三人を電気椅子送りにしたのだ。

しかし聖ミカエル及諸天使教会には、お気に入りのアルミニウムの金粉を持ちこんでいたので、ウィリアムズはその光り輝く粉を本棚や賛美歌集の上にたっぷりと振りかけた。鉛筆で本棚の底板の端をコツコツとリズミカルに叩くと、微細な粉は少しずつ広がっていく。強く叩きすぎれば粉は広がらないし、弱すぎれば四方八方に散ってしまう。長年の経験で培った熟練の技で、ウィリアムズは意のままに粉を動かすことができる。

粉がまんべんなく行きわたると、ウィリアムズは膝をついて、本棚の底板に一定の強さで息を吹きかけた。余分な粉が吹き飛ばされ、金色に輝く隆線がくっきりと浮かびあがった。

次なる仕事は、検出した指紋を警察の記録カードに転写することだ。ウィリアムズはこの作業に、最もシンプルにして最良の媒体として専門家のあいだで知られているコダック・フィルム・トランスファーを用いる。コダックの最少カメラに合うそのロール・フィルムがウィリアムズの好みだ。フィルムは事前にチオ硫酸ナトリウム液、通称〝ハイポ〟に浸して表面の黄色い染料を取り除いたあと、冷水を何度も変えながらハイポをきれいに洗い流し、指紋鑑識課の規格に合わせて三インチほどの長さに切断しておく。

ウィリアムズは人差し指の指紋の上にフィルムを乗せ、金色の隆線や目に見えない微細な渦巻き紋様をフィルムの表面のゼラチンで覆った。自分の指紋が付着しないように白い紙をかぶせ、上から手でぐっと抑えるとフィルムに指紋が転写されているという按配だ。五分ほどのあいだに同様の指紋を一ダースほど採取したあと、ウィリアムズは道具を片づけながら、コルトに言った。

「今朝、本部に持ちこまれた指紋はすべて現像しました。あなたのオフィスと自宅のドアノブから採取したもの、二体の死体から採取したもの、それとサングスター・テラスで採取したおびただしい数の指紋も。あの家はビーズリーとソーンダース夫人の指紋だらけでした――他の人間のものもいくつかありましたが。目下、鋭意照合中です」

指紋の専門家が帰ると、コルトは再び教会のなかをぶらぶらしはじめた。目的もなく歩きまわっているように見えたが、このときの捜索が彼の目指すゴールをいかに明確に決定づけたかを、わたしはあとで知ることになる。コルトの疑念の針路を変えたのは、ほんの小さな手がかりだった。新たな針路はまだ漠然としていたものの、最終的にはコルトを悲劇的な怪事件の真相へと導くことになるのだった。コルトは教会堂の端から端までゆっくりと歩き、正面入り口近くの目立たないドアにたどりついた。ドアを開けると、曲がりくねった階段が地階へ続いていて、階段の下には大ホールとそれを取り囲むたくさんの小部屋があった。ステージとオークの椅子を備えたホールは、信者が信仰とは直接関係のない活動をする場として使用されているらしかった。それぞれの小部屋には椅子と机が置いてある。コルトはドアをひとつずつ開けてまわり、色鮮やかな大きな絵画が所狭しと飾られた部屋で足を止めた。描かれているのは「ノアの方舟」や「ヤコブのはしご」といった聖書の代表的な場面ばかりだ。コルトは室内を隅々まで注意深く見てまわったあと、ハンカチで覆った手で小さな白い壺をつかみ、上着のポケットに慎重に滑りこませた。わたしを振り返った彼の目には勝利の輝きがあった。

「トニー、探していたものを見つけたよ。戻ろう」

われわれが上階に戻ったとき、教会の前がにわかに騒がしくなった。と思いきや、中央のドアが開き、長方形の陽射しを背にふたりの人間が姿を現した。ひとりは制服を着た警察官で、航空隊のホランダー大尉にちがいなかった。大尉と一緒にいる十代半ばの少年は、教会に足を踏み入れるとき、ごく自然に帽子をぬいだ。ふたりは早足で側廊を進んでくる。近づくにつれて、大尉が箱を脇に抱えているのがわかった。敬礼をしたあと、大尉はその箱をコルトに手渡した。

説教台の前でコルトは箱を開けた。全員が固唾を呑んで見守るなか、コルトは慌てることなく落ちついた手つきで蓋を持ちあげ、ティッシュペーパーの分厚い層をかき分けた。底のほうから引っぱりだされたのは、婦人用の外套だった。暗褐色の丈の長いコートで、襟元や袖口に毛皮があしらわれている。牧師の書斎に飾られていた集合写真のなかで、ビーズリー夫人が着ていたコートであることは一目瞭然だった。

「これがニューロシェルのクリーニング屋に一刻も早く洗わせたかったものなのかね?」コルトは鋭い一瞥とともにカーテンウッド少年にたずねた。少年は返事をしなかったが、すでにコルトは答えを必要としていなかった。

その場にいる全員の目がコートの裾に釘づけになっていた。ビーズリー夫人のコートの裾には広範囲にわたって、乾いた赤い液体がべったりと染みついていた。明らかにそれは血痕だった。

第十二章　目撃者

コルトは血のついたコートをゆっくり折りたたんで箱に戻し、主婦さながらの丁寧さで、コートの上に敷きつめたティッシュペーパーを平らにならすと、無言のまま箱の蓋を閉じた。この決定的とも言える証拠を前にして、心のなかはわたしと同じくらい興奮で沸きたっているはずなのに、コルトの外見や態度からそれをうかがい知ることはできなかった。それどころか、顔を上げてわたしを見たとき、コルトの憂いを帯びた褐色の瞳には、新たな翳りが加わったように見えた。

「トニー、レンゲル警視を呼んできてくれないか。牧師館の応接間にいるはずだ」

わたしは内心の動揺が顔に表れないように注意しながら、書斎を通って牧師館へ向かった。書斎では、チャドウィックとミス・ヒックスと雑役夫が、鼻を突き合せてひそひそ話をしていた。わたしが入っていくと、彼らの低い声はぴたりとやんだが、わたしが短い階段をのぼってドアを開け、牧師館へ続く橋に足を踏みだしたとき、堰を切ったように再び話しはじめ、彼らのくぐもった声が聞こえてきた。

レンゲルは待機命令に業を煮やし、不機嫌な顔で殺人課の刑事ふたりと立ち話をしていた。教会で本部長が呼んでいることを伝えると、レンゲルは「ドアティはまだ令状を持ち帰っていないのか？」とわたしにたずねた。

わたしはドアティから連絡はないと答えたあと、何も言わずに黙って一緒に来るよう小声で伝えた。書斎の三人は、われわれが足早に通りすぎるのを興味深そうに眺めていた。わたしは書斎を出るとドアをしっかり閉め、教会へと足を急がせた。

コルトは先ほどと変わらず説教台のそばに立っていた。例の箱はかたわらの手すりの上に置いてある。わたしがレンゲル警視を連れて戻ってくるまで、沈黙を守っていたらしい。

「レンゲル、きみにも聞いてほしい」と言ってコルトは航空隊の大尉を振り返った。

「では、ホランダー。何があったか聞かせてくれ」

大尉の説明は、簡潔にして要点を的確にとらえたものだった。

「指令を受けてから三分以内に基地を発ち、向かい風をものともせずに予定どおりアーモンク飛行場に到着、事前に地上部隊のビリングスリー軍曹が、ニューロシェルの警察署長に電話で応援を要請していたため、飛行場には署長が自家用車で出迎えにきていました。輸送機を基地へ送り返したあと、署長の案内でピンスキーの〈染色とクリーニングの店〉を訪ねたところ、小柄な染物師がびくびくしながら応対に現れたので、わたしは彼にこれからすべきことを言って聞かせました――すなわち、まもなく箱を持った少年が店に現れること、少年の話を最後まで聞いたうえで、その先はわれわれに任せること。店の奥はカーテンで仕切られていたため、そこで待機していると、三十分後、少年が現れました。そこにある箱を大事そうに抱えて。彼はそれをカウンターの上に置くと、自分のことを覚えているかとピンスキーにたずねました。ピンスキーは覚えていた。カーテンウッド家はニューロシェルに親戚がいて、頻繁に会いにきているようです。それでピンスキーは、ああ、覚えているとも、と答え、少年は安堵した様子で用件を話しはじめました。ここに洗ってほしいものがある、いますぐ洗って、必要になるまで預かってもらいたい、父からそうことづかってきた、そのコートは、僕のおばがニューロシェルの親戚から借りたものなのだが、うっかり汚してしまったので、新品と変わらないくらいきれいにしてほしい、そうすれば、借りた親戚に知られずにすむ、だから、このことは誰にも言わないでもらいたい。少年が話しおえると、ピンスキーはわかったと答えました。決して他言はしない、と。そこでわたしが出ていって、箱を確保し、少年とともに車に乗せてニューヨークへ出発しました。道中、いろいろと話しかけてみたのですが、かたくなに口を開こうとしません。この子の身に起きたことを考えれば、なかなかいい根性をしていますよ」

ホランダー大尉が経緯を説明するあいだ、少年は帽子を手に持ったままおとなしく話を聞いていた。顔は青白く、瞳は強い光を放っていたが、大尉の賛辞を聞いたとたん、自制心のたがが外れて唇が小刻みに震えはじめた。少年はこぼれ落ちそうになる涙を必死にこらえていた。

コルトは興味深そうに少年を見ていた。

「いくつだね、きみは？」

「十五です」

「名前を教えてくれないか？」

「ジェラルド・カーテンウッド・ジュニア」答える声は誇らしげだった。

「箱の中身が何か知っていたのかい？」

「いいえ」

「そのコートの持ち主は？」

「知りません」

「なるほど。では、きみがピンスキーにした話はなんだったのかね？」

「わかりません」

「きみを使いに出したのは誰だい？」

少年は口ごもり、足元に視線を落とした。が、すぐに顔を上げてコルトを睨みつけた。

「答えるつもりはない？」

「父がこの場にいないかぎり、答えられません」

コルトが微笑んだ。少年の度胸に感心していた。

「きみが真実を話すことを、お父さんは望んでいないと思うのかい？」

「もちろん、望んでいるに決まってるさ！」

「では、なぜきみが真実を話すのに、お父さんがこの場にいる必要があるんだね？」

ジェラルド・ジュニアの頬がかっと赤くなった。

「なぜなら、僕の父はあなたと同じくらい頭がいいからです。でも、僕は違う」

コルトは含み笑いをした。

「それが誰のコートか明かすつもりはないんだね？」

「僕は何も話しません。父をここへ連れてこないかぎり。父の言うことが絶対だから」

「わかった、ジェラルド。では、こうしよう」コルトは譲歩案を示した。「きみは牧師館へ行く。そこにパウエル大佐がいるから、きみはいま聞いた話を大佐にするんだ。きみがピンスキーの店に行くと警察官が待っていたこと、わたしがここでコートを箱から取りだして、それを見たこと、そのコートはいまもわたしの手元にあること。何もかも話すんだ、ジェラルド、さあ、急いで」

少年は瞳を輝かせてコルトを見た。

「おっしゃるとおりにします」ジェラルドは教会堂を飛びだし、時を移さず、書斎のドアを乱暴に閉める音が聞こえてきた。

「さあ、じきに大騒ぎが始まるぞ。レンゲル、このコートについて大至急調べてもらいたい。〈ロード&テイラー〉のラベルがついているから、そこで買ったのだろう。店へ行って、これがビーズリー夫人の持ちものであるという確証を得てくれ。腕利きの仕立屋が二度修理した痕跡がある。購入した店で直したはずだから、その点をしっかり確認すること。それがすんだら、鑑識課にコートの染みを分析させて、人間の血液であることを立証するんだ。早く行きたまえ。いまこの瞬間にもパウエルが駆けこんでくるぞ」

「外に車があるので、それで行ってきます」レンゲルは小走りで出口へ向かい、ドアを開けたところで、猫背で樽のような体型の地区検事長と衝突しそうになった。ドアティの足どりは重く、疲労の色を濃くにじませていた。飛びでた目を白黒させながら、やっとのことで信者席の最前列にたどりつくと、息を切らせて腰を下ろし、しょぼくれた顔でコルトを見あげた。

「だいぶお疲れのようだが」コルトはドアティの様子をうかがいながら言った。「令状は取れたのか?」

ドアティはうめき声を漏らした。

「ここが教会じゃなかったら、いまの気分をぶちまけているところだ」

「取れなかったのか?」

「ああ——だめだ。とんだ見こみちがいだよ。審議にはかけられたんだが」

「しかし、判事は令状を出さないわけにはいかないだろう」

「そりゃそうだ」ドアティが腹立たしげに言い返した。「判事だってそれくらい百も承知さ。だけど、明日の朝まで引き延ばすつもりだ。判事の同僚がジェラルドの銀行の取締役でね」

「そして、きみはその判事に捜査令状を請求したというわけか」

ドアティは両手を投げだした。

「もう何も言わないでくれ！　全部あとでわかったことなんだ。なあ、コルト、本部長の座はさぞかし居心地がいいだろうな。何をするにも、きみがボスなんだから。この男にこれをさせるときみが言えば、彼はそれをする。いやだと言えば、職を失うことになるからね。だが、きみと違って俺は望みを叶えるために、いちいち判事や陪審に根拠を示したり懇願したりしなけりゃならないんだ」

ドアティは赤ら顔を手でぬぐった。

「それに比べれば、おもてに集まっている新聞記者たちは話のわかる連中だよ」

「ああ、それで帰りが遅かったのか」

「だって聞いてくれよ」ドアティは憤然として言った。「アレクサンダー・パウエルが、号外の一面をでたらめな作り話で埋め尽くそうとしていたんだぞ。この俺が悲嘆に暮れる未亡人をとっつかまえて、情け容赦なく尋問したと言うんだ。俺はとんでもない冷血漢で、子どもがベッドのなかで思いだしたら怖くて震えあがるような、血の通わない化けもの扱いさ。そんなふうに書きたてられるのを見過ごすわけにはいかんだろう？　あの記者は仕事が早い。だが、人生ってのはそんなに生き急ぐものじゃない」ドアティは教訓めいた言葉をつけ加え、さらに語を継いだ。「そしてパウエルは今回の苦い経験から思い知るだろうよ、依頼人に仮病を使わせたところで、俺を捜査から外すのは無理だってことを」

コルトもまた苦い経験から同じことを思い知ったのではないかとわたしは思ったが、彼は静かに微笑んでいるだけだった。コルトはマール・K・ドアティに対して概ね好意を抱いている。なぜならドアティは、単純なものを愛するコルトの心をくすぐるからだ。ドアティほど自制心に欠ける単細胞な人間をわたしは知らない。コルトが美食に人生の喜びを見いだすのに対して、ドアティは常に大食いである。公人としての立場にあるとき、ドアティは骨身を惜しまぬ精力的な働き者で、おっちょこちょいな面も多分にあるが、不正を許さない高潔の士だ。しかし、ひとたび独り身の生活に目を向けてみると、並はずれた大食漢であり、底なしの大酒飲みである。コーラスガールに気安く声をかけ、ダンスをしながら陽気にはしゃぐ姿は、ボールにじゃれて遊ぶ子犬さながら。ドアティの赤い巻き毛や、肉づきのいい頬や、飛びだしそうな青い目や、耳障りな高笑いは、鼻持ちならない政治家を思わせるが、根は悪人ではない。相手が誰であれ本気で敵意を抱いたことはないし、その気になれば人に優しくすることもできる。自分とは正反対のタイプに惹かれるという世の習いに従って、コルトとドアティは忍耐のいる厄介な友情を長く保ちつづけてきた。

そしていま警察本部長は、地区検事長の丸めた肩を励ますように叩いた。

「元気を出すんだ。ほら、顔を上げて。これからちょっとした見ものが始まるぞ。教会の信者席からめったに見られるものじゃない」

それが合図だったかのように、書斎のドアが開き、パウエル大佐が教会堂のなかへ突き進んできた。

パウエルの姿を見たとき、ドアティが大きく息を吸いこむ音が聞こえた。

「コルト」大佐のよく通る声が機関銃の掃射音のように高い天井に響き渡った。「いったいどういうつもりだ？　弱い者いじめもたいがいにしたまえ。明日にはニューヨークじゅうに知れ渡らせてやるからな、警察本部長ともあろう人間が、年端もいかぬ子どもに厳しい尋問を行ったことを」

コルトは大きくうなずいた。

「なるほど、今度はわたしの番だね。気の毒なドアティを新聞の一面で徹底的に叩いたあと、きみは新たな生贄《いけにえ》を必要としているわけだ。ということは、あの一家が、目下、窮地に立たされていることを認めるつもりはないんだね？」

いまにも怒りを爆発させそうに見えたパウエル大佐が、はたとわれに返って平静さを取り戻し、片手を信者席の手すりの上に置くと、自信たっぷりに反論しはじめた。

「コルト本部長、再三言っているとおり、きみの見立ては端《はな》から間違っている。きみが起訴しようとしているのは無実の女性だ。そのうえ今度はコートを見つけたからといって、駆けだしの警官みたいに、それがビーズリー夫人のものだと根拠もなく決めつけ、そこに何かの染みを見つけたら血痕と決めつけ、さらにコートが街の外に持ちだされたからといって、誰かが何かを隠そうとしていると邪推する始末だ」

「そいつはほんとうなのか？」ドアティが出しぬけに言った。「コルト、俺はそんな話ひと言も聞いてないぞ！」

「きみは黙って見物していたまえ」コルトが忠告した。「きみにはその権利があるんだ」

そして、不思議そうに大佐を見た。

「夫を殺害された夫人のコートが発見された。そのコートには血痕がついていて、速やかに洗い落とすべく秘密裏に市外のクリーニング屋に持ちこまれたところだった。おまけに、洗濯を頼まれたクリーニング屋は口止めされていた。これだけの事実がそろっているうえに、先ほどあなたが皮肉たっぷりに言ったように、わたしは警察官だ。法と秩序を司《つかさど》る者として、いったいどうしろと言うんです？　すべては偶然のなせる業だと開き直るつもりですか？」

「まさしく」パウエル大佐が悪びれもなく言った。「偶然と、ごく自然な成り行きによるものだと説明できる。きみは説明を求めず、わたしに事情を訊こうともしない。大の大人がひとりの少年を部屋の隅に追いつめ、言葉や態度で脅し、あることないこと訊きだそうとするとは。きみのような社会的地位や立場にある者にあるまじき行為だ！　そんなことをしたって得るものなど何もないのに」

「では、ビーズリー夫人はそのコートについて、どう説明するのですか？」

「説明などないさ」パウエル大佐は平然と認めた。「彼女が不利な状況に置かれていることはまぎれもない事実だ。だからこそ彼女の弟は、汚れを洗い落とすことで、姉が厄介事に巻きこまれるのを防ごうとした。第一に、それは古いコートだ。手に入れたのは五年前。昨日のようにひときわ蒸し暑い夜に、どうして彼女は古いコートを着る必要があるのかね、本部長？」

コルトは薄く笑った。

「正体を隠すため、というのは理由のひとつになるでしょうね。それに加えて昨夜は、雷を伴う嵐が来る恐れがあった」

「昨夜は外出しなかったと彼女は言ったはずだ」

「昨夜十一時半ころに訪ねてきた人はいないとも夫人は言った。だが、付近を巡回していた警官の意見は違う」ドアティが口をはさんだ。

「その警官が正直者であることに疑問の余地はないとしても、思い違いをしているとしか思えないね」パウエル大佐は断固として譲らなかった。

「ねえ、大佐、こんな話をするためにここへ来たのですか？」コルトがたずねた。「裏庭の塀越しに噂話に興じる主婦じゃあるまいし。地区検事長もわたしも仕事があるんですよ。それに、カーテンウッド家の顧問弁護士をされているなら、あなただってすべきことがあるはずだ」

パウエルは機嫌を取るように笑みを浮かべた。

「わたしがここへ来たのは言い争いをするためではない。目的はまったく別のところにある。まず理解してもらいたいのは、わたしのクライアントもわたしも、この不可解な、まったくもって当惑せざるを得ない事件の解決を心から願っていて、その気持ちはきみたちふたりに勝るとも劣らないということだ」

「わたしはさほど当惑していないし、不可解だとも思っていませんよ」コルトは言葉尻をとらえて皮肉っぽく言った。「犯行の細かな部分はむしろ杜撰《ずさん》で、詰めが甘い。罪を犯した男もしくは女を、裁きにかける見こみは充分にある」

「それでなくても」パウエル大佐は話を続けた。「クライアントを守るためには、この殺人事件の謎を自ら解き明かす必要があるとわたしは考えている。無実の罪を着せられるのを黙って見過ごすわけにはいかないからね。つまり、コルト、きみに協力する用意があるということだ」

「そういうことなら」ドアティが立ちあがって要求した。「いますぐ家宅捜索を許可しろ」

「それなんだよ、わたしがここへ来た目的は。きみが裁判所の令状をまだ手に入れていないことはわかっている。うまくいけば明日の朝には入手できる可能性があることも。あの気の毒な家族には隠しごとなどひとつもない。ビーズリー夫人から事情を訊くのは、今日は無理だ。カーテンウッド氏もしかり。主治医から静養を命じられているのでね。もともと丈夫なほうではないし、この騒動で精神的にかなり参っている。だが、家のなかの捜索は認めよう。ビーズリー牧師の寝室を含めてすべての部屋の立ち入りを許可する――ただし、ビーズリー夫人の寝室を除いて。夫人は明日には三階に移る。いまその準備をしているところだ。そのあとなら夫人の部屋も捜索して構わない」

ドアティは鼻で笑った。

「世評に耐えられなくなったんだろう、パウエル。今日の号外で俺の見解が発表されれば、きみの仲間はますます窮地に追いこまれることになるぞ。よし、俺は四十八時間近く眠っていないが、さっそく牧師館の捜索に取りかかるとしよう。用意はいいか、サッチャー？」

コルトはひと呼吸置いて、パウエル大佐に向き直った。

「捜索を始める前に、地区検事長と少しばかり打ち合わせをしても構いませんか？　いくつか検討したいことがあるもので――われわれだけで」

「もちろん、構わんさ。牧師館へ来たときは、なんなりと言ってくれたまえ」

パウエル大佐はうやうやしく一礼をして立ち去った。

「おい、サッチャー」ドアティがじれったそうに急きたてた。「なんですぐに始めない？　パウエルの気が変わったらどうする？　俺たちの要求が通ったんだぞ。いまがチャンスだ」

コルトは首を横に振った。

「あの古狐のパウエルが捜索を許可したということは、何も残っていないってことだ。警察に協力するふりをしているだけさ、世間の批判をかわすために。今日の夕刊に、あの男を批判する記事を載せたのはお手柄だった。きみはその手のことが得意だからね。今回は効果てきめんだったよ。だが、みすみす時間を無駄にすることはない」

「家宅捜索に興味はないってことか？」

「ないね、現時点では。それよりはるかに重要な、訪ねるべき場所がいくつかあるんだ」

「例えば？」

「まずは、レイム・マンズ・コートだ。ソーンダース家の暮らしぶりを確かめておく必要がある。それと、あの緋色のドアの、得体の知れない小さな家、サングスター・テラス一三番もう一度見ておきたい」

ドアティは見るからに不服そうだった。

「あそこに得るものがあるとは思えない。たしかに俺は、この先二十四時間はきみの指示に従うと約束した。だが、いま手元にあるこのコートが、きみの言うとおりのものだとしたら、裁判に持ちむだけの証拠がそろったと考えていいいんじゃないか」

「証拠はそろいつつあるが、まだ充分じゃない。焦りは禁物だぞ、ドアティ。落とし穴がまだたくさんあるんだ。そのうちのいくつかは、われわれの想像よりも遥かに深いかもしれない」

教会を出るとき、ドアティが漏らしたため息には、批判と抗議と忍従が入り混じっていた。マクマホンの運転するコルトの車が、正面玄関の前に横づけされた。通りに集まっていた野次馬は警察によって追い払われていた。すでに午後も遅く、暗くなるまでにはまだ数時間あるが、西の空では多彩な色の競演が始まっていた。コルトは牧師館の入り口前の階段に立っていた警官を呼び寄せた。

「パウエル大佐に伝えてくれ。のちほど連絡を差しあげますと地区検事長と警察本部長が言っていたと」

「ざまあみろってんだ」ドアティは前向きな男だ。「パウエルのやつ、きっと気を揉むだろうな、俺たちが何か企んでいるんじゃないかとやきもきするはずだ」まるで自らの作戦を決行しようとしているみたいに、わたしを見てにやりと笑った。

レイム・マンズ・コート二四号室への道すがら、ドアティは太鼓腹の上で手を組み、コルトにたずねた。

「血のついたコート、腕時計と指輪、でっちあげのアリバイ、さらに、牧師とあの女の不倫関係についてしらを切りつづけていること。ビーズリー夫人に不利な証拠がこれだけそろっているのに、それでもまだ穴だらけだと言うのか、コルト？」

「陪審員の立場から見れば、そう断言できるよ。きみは安っぽい三文小説まがいの事件を陪審に提出する。一方パウエル大佐は、きみが召喚した証人に反対尋問を行い、状況証拠を舌鋒鋭く批判するだろう。しかも被告席には、白髪交じりの敬虔なキリスト教徒である未亡人が毅然として立っている。まず間違いなくビーズリー夫人は無罪の評決を勝ちとるし、陪審団は法廷の外で話し合うことさえしないだろうね」

ドアティはため息をついた。

「なあ」いらだちをあらわにして言った。「正論ばかり吐くことに飽きたりしないのか？　俺たちは正しい道を進んでいるんだろう？　実は、あの一家は無実だと思ってるなんて言わないよな？」

「こんなに途方に暮れるのは人生で初めてだよ」コルトは率直に認めた。「きみの言うとおり、彼らに不利な状況証拠はうんざりするほどそろっている。しかし、依然として矛盾はある。そうした矛盾は、パズルのピースを正しく組みたてるのと同じくらい重要で、見過ごしてはならないものなんだ」

「ああ、目撃者がいればなあ」ドアティが愚痴っぽくつぶやいた。「彼らがあの場所にいるのを見たやつがいれば、一件落着なのに」

「目撃者は期待できないだろうね、犯人があの家のなかで凶行に及んだとすれば。事を成し遂げるのにあれほど安全な場所はない。警備員に偽の電報を送った小柄な男と、ボートの材料を購入した小柄な男、彼らの正体を突き止めるまで捜査を打ちきるつもりはない」

「そいつなら見当はついている」ドアティが言った。「あれこれ理屈をこねる前に証明するよ。電報局の職員と材木屋の配送係を呼んで、パディ・カーテンウッドの面通しをするんだ。これはそう難しいことじゃない」自信と熱意を取り戻したドアティは、鼻息荒く豪語した。「あの一家がサングスター・テラスに出入りするのを、近所の誰かが見ているにちがいない。目撃者はきっといる。調べもしないで決めつけるのはよくないぞ」

「おっしゃるとおり」コルトが認めた。「サングスター・テラスにもう一度行きたい理由のひとつはそれだ。さて、レイム・マンズ・コートに到着したようだな」

道路の縁石に横づけされた車から、われわれは歩道に降りたった。

陽が傾いて暑さは和らぎ、心地よい川風が頬を撫でていく。われわれの前方には、長い家並みにぱっくり開いた裂け目のような狭い小路がある。そこはカール・シュルツ公園の向かい側、海岸線から無骨なこぶしのように突きでた半島の一角に位置する。公園の南端に立つわれわれの右手で、八十四丁目通りが塀に突き当って終わり、塀の向こうの三十五フィート真下には、水面と同じ高さの岩場にヨットクラブがある。公園の緑の葉叢を透かして、木々に囲まれた高台に建つグリーニー邸の白く輝く外壁が見えた。当時、その古い建物はニューヨーク市立博物館として利用されていたが、博物館は現在、五番街の新しいビルに移転し、ニューヨークのカルナヴァレ（パリの歴史博物館）として堂々たる佇まいを見せている。

レイム・マンズ・コートには数名の野次馬が残っていて、エヴリン・ソーンダースの自宅である二四号室を虚ろな目で眺めていた。それは時代を感じさせる古びた建物だった。赤レンガの壁、褐色砂岩の階段、階段の片側にだけ取りつけられた鉄製の手すりが、入り口の呼び鈴まで伸びている。制服姿の巡査の脇を通って玄関ホールに入り、別の巡査とふたりの刑事に出迎えられた。階段で二階へ上がって、ソーンダース家の玄関のドアを開けると、入ってすぐにそこは居間だった。家具はゴールデン・オークで統一され、張りぐるみのソファや椅子もそろいのものだ。金縁の鏡、ルイ・イカール風の色鮮やかなエッチング、長椅子を陣取る派手な柄物のクッション、花柄の絨毯。エヴリン・ソーンダースの嗜好がデパートの安売り広告によって形成されていることは一目瞭然だった。メイシーとギンベル（どちらも米国大手百貨店チェーンの創業者）の精神が部屋の隅々にまで行きわたり、そこにオヴィントンとウールワースのニュアンスが加味されている。

現場の刑事から、親戚が何人か訪ねてきて、いまはおばのひとりが上階でイザベルにつき添っていることが報告された。イザベルはこの悲劇に気丈に立ち向かい、取材に押しかけてきたタブロイド紙の記者に、娘から見た母親のロマンスを有料で語って聞かせるというしたたかさを見せていた。遅れを取ったライバル紙の記者は、父親のソーンダースに契約書を提示していたという。室内にはカメラのフラッシュの焦げたにおいと、タバコの芳香が消えずに残っていた。寄席演芸《ボードビル》の代理人が訪ねてきて、イザベルにショーへの出演を打診したが、イザベルは親戚の助言を受けて、葬式後に出直すようその男に伝えたという報告もなされた。

徹底した家宅捜索が行われたものの、収穫は皆無に等しかった。ビーズリーがソーンダース夫人に宛てた手紙は、熟練刑事が四人がかりで探しても見つからないくらい巧妙に隠してあるのでないかぎり、一通もなかった。手がかりとして期待できる唯一のものは、小さな整理ダンスの一番下の引きだしに、ティッシュペーパーに包まれた状態で入っていた一本の真鍮の鍵で、家じゅうの鍵穴を試してみたが、合致するものはなかった。

コルトはこの鍵をじっくり検分したのち、正面の窓からニール・マクマホンを呼び寄せた。やってきた運転手に小声で短く何事かを告げ、手に鍵を握らせた。時を移さず、ニールが車で走り去る音が聞こえてきた。

次にコルトは、家のなかをひと通り見ておきたいと言って、ダイニングルームへ続く廊下を進んだ。この慎ましい住まいを自由に見てまわるのは、アメリカの民主主義的正義に適った行為であり、それを妨げるパウエル大佐もここにはいない。だが、ビーズリーの牧師館と同様、エヴリンのフラットにも害のなさそうな雰囲気が満ち満ちていた。

見てまわるうちに気が重くなるほど、家の至るところに亡き夫人の気配が色濃く残っていた。エヴリン・ソーンダースがどんなあやまちを犯したにせよ、良き主婦だったことは間違いない。鍋やフライパンはどれもぴかぴかに磨きあげられていた。キッチンは陽当たりが良く、フランス語で言うところの黄昏《クレプスキュール》を迎えたいまも明るさを留めていた。そしてダイニングルームは、ニューイングランドのタウン（市ほどの組織や権限を持たないニューイングランドの自治体）で暮らすオールドミスの家さながらに整理整頓されていて、家具は居間と同じゴールデン・オークで統一されている。小ぶりな銀器や切り子細工風のパンチ・ボウルが光り輝く食器棚、伸長用の板が四枚ついた丸テーブル、配膳台、派手な柄物の皿を奥に並べ、真鍮のかけ金にマグカップをぶらさげた飾り棚、それに椅子が五脚の合わせて九点セットだ。椅子は五脚のうち二脚が壁際に置かれ、残りの三脚がテーブルを囲んでいる。父と母と娘がごく最近、最後の食事をとった場所だ。

寝室もデパートの安売りセット家具で統一されていた。ツインのベッド、整理ダンス、化粧台とスツール。背の高いタンスにはウィリー・ソーンダースのシャツや靴下やネクタイが整然と収納されていた。室内の扉やカーテンはすべて閉じられていた。捜査員が部屋じゅうを引っかきまわして、真鍮の鍵一本しか見つけられなかった捜索を終えたあと、娘のイザベルが整理し直したのだった。

イザベルは自分の部屋にいた。彼女のかたわらでは、太った赤ら顔の過度に着飾った女が、黒いドレスを縫いながら涙を流していた。イザベルのおばでエヴリン・ソーンダースの姉妹だが、エヴリンが訪ねていくはずだったバーモントの親戚ではなかった。彼女はマルティンと名乗り、イザベルの母親とは七年間行き来がなかったが、いまとなってはふたりを隔てるものは何もないという。

コルトはいくつか質問したあと、イザベルと言葉を交わし、警察との会話の内容はいっさい記者に漏らしてはならないことをきつく言って聞かせた。

話している最中に、ウィリー・ソーンダースが部屋に入ってきた。目が充血していて酒を飲んでいたのは明らかだが、すっかり酩酊しているわけではなさそうだ。

「それで」ソーンダースは開いたドアにもたれかかり、冷ややかな目でコルトを見た。「何か収穫は？　カーテンウッド家の連中とはもう話したのか？　パディに例のナイフのことを訊いてみたのか？　それと、新聞にエヴィのことがあれこれ書いてあったが、ありゃいったい誰の仕業だ？　まあ、仕返しは自分でするつもりだがね。今度は俺が新聞で言いたいことを言う番だ。ひとつだけ教えてくれ。いまだにビーズリー夫人を牢屋にぶちこまずにいるのは、いったいどんな狙いがあってのことだ？」

「なんでそんなことを訊く？」たずねたのはドアティだった。「ビーズリー夫人が事件に関与していると考える根拠があるのか？」

ソーンダースは深刻な顔でうなずいた。

「誰かが俺の女房を殺した」酒臭い息を吐きながら断言した。「犯人が誰であれ、俺のエヴィを憎んでたやつの仕業だ。そして、ビーズリー夫人は俺のエヴィを憎んでいた。本人がそう言ってたんだ」

「誰に言ったんだ？」ドアティがソーンダースに詰め寄りながら強い口調でたずねた。

「教えてやるよ。ベッシー・ストルーバーさ」

「ベッシー・ストルーバー？」

ドアティは当惑顔でコルトをちらりと見た。コルトは前に進みでて、ドアティの隣に立った。

「かつてビーズリー牧師の秘書をつとめていた女性のことだね？」

「そう、その女だ。今朝、家に戻ってきてから、あれこれ考えているうちに思いだした。ベッシー本人がその話を俺にこっそり教えてくれたのさ」

「実際、彼女はあなたになんと言ったのですか？」

「一年くらい前に道で呼び止められて言われたんだ、エヴィが牧師と頻繁に会いすぎているとビーズリー夫人が思ってるって。それはエヴィが牧師のところで働くのを辞めたあとだったから、俺は笑い飛ばした。馬鹿馬鹿しい、とんだ言いがかりだってね。そしたらベッシーは、言いがかりじゃないし、笑い飛ばせる話でもないと言う。なぜなら、ビーズリー夫人はそのことでかんかんに怒っているから。

信じられない、と俺が答えると、ベッシーはビーズリー夫人がその話をしたときのことを詳しく語りだした。ある日、ベッシーはビーズリー夫人と教会の仕事について話をしていた。場所は夫人の寝室で、ふたりの他に誰もいなかった。ベッシーが言うには、ビーズリー夫人は檻のなかの獣みたいに部屋のなかを行ったり来たりしていたそうだ。目を爛々と輝かせながら。ベッシーがそう言ったんだ。ビーズリー夫人は目を爛々と輝かせながら、エヴィが歩いた地面さえも憎らしいと言い放ち、エヴィを汚い言葉で罵り、エヴィが墓に入るまで幸せを感じることはないと断言したって。きっといまごろ夫人は幸せを嚙みしめていることだろうよ」

ウィリー・ソーンダースは手近な椅子に座りこみ、両手で顔を覆った。

コルトはわたしを横目で見た。今朝、ベッシー・ストルーバーから事情を訊いたとき、わたしもその場にいた。彼女はそんなことがあったとはひと言も言わなかった。それどころか、殺害されたふたりが恋愛関係にあったとは思えないとさえ言っていたのだ。そうした噂の存在があることは認めていたが。それでも、ベッシーがその件について口をつぐんでいた理由は察しがつく。ビーズリー夫人を容疑者として名指しするようなまねはしたくなかったのだ。ビーズリー夫人の潔白を信じ、沈黙を守ることを正当化したのだろう。

先に口を開いたのはドアティだった。「明日改めて、あんたとあんたの娘さんから、ゆっくり話を聞かせてもらうつもりだ」

両手で顔を覆ったままウィリー・ソーンダースはうなずいた。コルトは娘のほうを振り返った。

「ねえ、イザベル。お母さんが鍵を失くしたと言っているのを聞いたことはないかい?」

部屋のなかに忍びこみつつある夕闇を透かして、イザベルはコルトをじっと見た。

「あるわ」答える声はかすれていた。「どうして知ってるの？」

「失くしたのはいつごろのことだい？」

「たしか、二カ月くらい前」

「ありがとう、イザベル」

居間に戻ってみると、刑事たちに混じってニール・マクマホンの姿があった。

「どうだった、ニール」

「一致しました」

ニールは真鍮の鍵をコルトに返した。

「一致したって、何に？」ドアティが噛みつかんばかりの勢いでたずねた。

コルトが笑顔で振り返った。

「おや、わからないのかい？」冷やかし混じりに言った。「さして重要なことじゃない、ひとつの小さな仮説の裏づけが取れただけだ。鍵のかかった夜の教会に入っていくのを目撃された幽霊の正体がわかったよ。これは聖ミカエル及諸天使教会のドアの鍵だ。エヴリンがこの鍵を使って教会にラブレターを取りにいっていたのさ。さて、そろそろサングスター・テラスへ場所を移すとしよう」

サングスター・テラス一三番の緋色のドアの前に到着すると、その家の警備と捜索を任されている三人の刑事、ラティマー、ペンツ、レンツィンガーがひどく興奮した様子で駆け寄ってきた。二十四時間近く前にコルトが与えた命令のひとつが、ようやく実を結んだところだった。川底の泥やヘドロをバケツですくいあげて、濾し器にかける作業を一日がかりで行った結果、われわれが到着する三十分ほど前に思いも寄らぬお宝が発見された。

家の裏庭のベンチに並べられていたのは、いわくありげな品々だった。刑事たちが後ろで見守るなか、イースト川の川底から回収された珍奇な廃棄物を見おろすコルトの青白い顔は、内に秘めた興奮でより白く発光しているように見えた。

壊れた南京錠のついた細長くて浅い木箱があった。コルトが蓋を開けると、大工道具一式が現れた。鋸、かんな、水準器、ハンマーなどが、几帳面な職人が片づけたみたいに各々の仕切りにきっちりと収まっている。またしてもコルトの推測どおりだった。木材を買い入れ、偽の電報を送った例の正体不明の小柄な男は、ボートを造った事実をなかったことにしようとした。使用した道具を川に沈めることも最初から計算に入れていたのだ。

コルトの推理の正当性を裏づけるものは他にもあった。道具箱の横に置かれた一丁の拳銃と、何かをぞんざいに束ねた黒っぽいものだ。

コルトが沈黙を破った。

「銃の型は?」

「スミス・アンド・ウェッソン、二二口径、ブルーバレル。空の薬莢がふたつと、銃弾が四発残っています」ラティマー刑事が答えた。「犯行に使用された銃と考えてまず間違いないでしょう」

「エヴリンとビーズリーを殺害した銃も二二口径だったな」コルトはうなずいた。「ラティマー、ただちにこれを本部へ届けてくれ。許可局で製造番号が登録されていないか確認したのち、メンデル警部補のところへ持っていて、わたしが弾道の比較報告書を大至急欲しがっていると伝えてくれ」

ハンカチで入念に包んだ銃を携えて、ラティマーはそそくさと出ていった。二十分以内に彼は警察本部に到着し、最も繊細かつ有効な手段のひとつとして警察内で知られる検査が行われるはずだ。それは〝弾道試験〟と呼ばれ、弾丸や銃を分類するだけでなく、ある弾丸がどの銃から発射されたかを特定することもできる。この科学的識別法をコルトが部下に指示したのを見て、ドアティは顔をしかめただけだったが、少しでもチャンスがあれば、昨今、弾道試験の信憑性が著しく低下していることをコルトに指摘しただろう。著名な殺人事件の裁判で、被告弁護人からの反対尋問に持ちこたえられない事例が相次いでいるのだ。しかしコルトは、裁判で負けたのは弾道試験が不正確だからではなく、専門家の力不足が原因だと一貫して主張している。技術が適切に運用されれば、結果は絶対的に信頼できるという。自分は弾道の専門家ではないとコルトは言うが、ブローニング、ウェブリー、スミス・アンド・ウェッソン、モーゼル、パラベラムの弾道の違いを瞬時に見分けることができる。コルトいわく、発射された銃弾に刻まれた撃鉄ややすりや研磨装置によってついた細かな傷痕は、人間の指紋と同じく動かぬ証拠となる。だが、弾道試験が最も力を発揮するのは施条痕を調べるときだ。リボルバーの銃身内部には五もしくは六の螺旋状の溝が刻まれていて、そこに顕微鏡でしか見えないような微細な擦り傷や痕跡がついている。銃弾が回転しながら銃身を通って発射されるとき、その擦り傷や痕跡が必然的に銃弾に残るのだ。

ビーズリーとエヴリンの亡骸から摘出された銃弾は、すでに警察本部で保管されており、ラティマーが持ちこんだ銃との関係性がじきに明らかになるだろう。実際に犯行に使用された凶器であることが証明された場合、銃の製造番号が極めて重要になる。もしそれが登録された銃で、何者かが許可を得たうえで所持していたとしたら、その許可はニューヨーク市警察第二本部長代理によって署名されたものであり、われわれは事件の真相へ続く階段を一気に駆けあげることになる。

「で、これはなんだね？」コルトがたずねた。

彼の手は、ひもでくくった黒いものの上に置かれていた。

「正確なところはわかりません、本部長」答えたのはレンツィンガー刑事だった。「川から引き揚げたとき、リボルバーと同じバケツに入っていたものです。本部長がご覧になるまで結論は持ち越しだとレンゲル警視から言われました。広げてみたところ、一枚のオイルクロスでした。やたらと大きなオイルクロスで――」

「床一面を覆うくらい大きい？」

「そう思います」

「なかへ運んでくれ」

無言のまま階段をのぼり、川に面した奥の間へ向かった。ふたりの刑事が濡れたオイルクロスを床の上に広げるあいだ、われわれはドアの前の廊下に立っていた。まるであつらえたみたいに、それは部屋の四隅にぴたりと合った。

「どうりで床の上に血痕がまったくなかったわけだ！」ドアティが身を乗りだして言った。

コルトが思案顔でうなずいた。

「そのとおりだ、ドアティ……。血痕は川の水ですっかり洗い流されているだろうし、指紋も期待できない。庭に置いてきたあの大工道具にしたところで、指紋はひとつも残っていないだろう」

オイルクロスと大工道具一式は、証拠物件管理係に引き渡す前に、犯罪鑑識課のウィリアムズによる精密検査を受けるよう、コルトはレンツィンガーに指示を与えた。

「可能性はゼロではないからね。ことによると指紋が出るかもしれない。そして言わずもがなだが、ドアティ、あの道具のなかから指紋が検出されたら、それは動かぬ証拠になる」

そのとき、電話が鳴った。コルトは濡れたオイルクロスの上を大股で横切り、受話器を取った。コルトが返す言葉は、謎めいていて好奇心をくすぐるものだった。

「ああ、わたしだ、レンゲル警視。……仕事が早いな。……誰がそう言ったんだ？　保険屋が？……そうか、確認を取ってくれ。……ノーフォークに？　ふむ、調べてみる価値はありそうだ。ノーフォーク市警の本部長にきみから電話をかけてくれ。自ら現地に出向いて、医者や看護婦から事情を訊いてもらいたい。それと、ただちにハッチンソンをノーフォークへ派遣すること。事実関係をじかに調べてほしいんだ。ふたりとも捜査が一段落したら、直接わたしに電話で報告するよう伝えてくれ」

コルトは受話器を置いた。

「何があった？」ドアティがせっかちにたずねた。

「別の線で捜査を進めているんだ。見こみは薄いが、どんな些細な手がかりも見逃したくないからね」

ドアティが何か言う前に、ドアを乱暴に開ける音と、バタバタと階段を駆けあがってくる足音が聞こえてきた。われわれのいる部屋に飛びこんできたのは、レンゲル警視が最も信頼を置く部下のひとり、パーキンズ刑事だった。肩で息をしながら紅潮した顔で、パーキンズはコルトに敬礼をして言った。

「本部長、ビーズリー／ソーンダース殺人事件の目撃者を発見しました」

第十三章　占い師の証言

およそ二分間、コルトが的確かつ簡潔な質問をし、ドアティが鼻息荒く問いただした結果、パーキンズ巡査部長の報告には誇張があったことが明らかになった。

彼が見つけた人物は、牧師とその愛人が殺害されるのを目撃したわけではなかった。だが、その証言は驚くほど示唆に富んでおり、ドアティは興奮のあまりじっとしていられなくなるほどだった。

「その女の名前は？」食いつきそうな勢いで、ドアティはパーキンズにたずねた。

「ブランチ・ラブル夫人です」

コルトがはっとして顔を上げた。

「喫茶店の店主だな。教会のなかに秘密のポストがあることを、今朝、われわれに教えてくれた女性だ」

「おっしゃるとおりです、本部長。その後も事情聴取を続けていて、いまお伝えしたのが彼女から提供された最新の情報です」

「すぐにここへ連れてきてくれ」

パーキンズ巡査部長は勇んで部屋を出ていった。喫茶店を営み、客寄せに運勢を占う女の到着を待つあいだ、コルトとドアティとわたしは、再び裏庭に出て籐椅子に腰を下ろした。黄昏時の川から吹くそよ風は、ふたりの人間が殺害された家の、オーブンみたいに熱のこもった部屋から出てきた身には、ひときわ心地よかった。しかし、依然として気温は高く、湿度を含んだ空気がじっとりと肌にまとわりついてくる。

「いま聞いた話を信じるのか、サッチャー？」

ドアティがそうたずねるのも無理はない。世間を騒がせる殺人事件が発生するたびに、決まって警察は途方もない証言をする連中に煩わされるのだ。ときにはわれこそが真犯人だと名乗り出る者までいるが、詳しく事情を訊いてみると、犯したはずの罪について何も知らず、事件とはなんの関わりもないことが明らかになるのが落ちだった。そういうわけで、われわれはパーキンズ巡査部長が見つけた証人について判断を保留し、過大な期待を抱くこともなかった。

「ただの頭のいかれたやつかもな」ドアティはいらだたしげに言った。「厄介なのは、今回は、門前払いを食らわすわけにはいかないことだ」

返ってきたのは沈黙だけだった。コルトがパイプにタバコを慎重に詰めて火をつけるかたわらで、ドアティは肘かけ椅子に身を沈めて腹の上で手を組むと、目を閉じて川のせせらぎと薄暮がもたらす静けさに身を委ねていた。牧歌的とも言える夕暮れの静寂に浸っていたのは、おそらく十分くらいだろう。出しぬけに勝手口のドアが開き、かつてお目にかかったことがないくらい大柄な女を連れて、パーキンズがこちらへやってきた。

深まりつつある夕闇のなか、われわれの前にそびえたつ証人は、がっしりとした体格の赤ら顔の女で、生真面目だが、どこか人の良さを感じさせる顔つきをしていた。大きくて澄んだ青い目、カラスの濡れ羽のような黒髪に銀色のものが混じっている。全身をすっぽりと包みこみそうな長くて黒いマントを肩にかけ、けばけばしい赤いシルクのキモノには、きらめく真鍮のスパンコールで占星図が描かれている。

コルトは壁際に置かれた木のベンチを身ぶりで示した。その大女が最も安心して座れる椅子は間違いなくそれだった。丸太を思わせる腕を小さな女の子のように揺らしながら、でっぷりとした尻をベンチに下ろすと、女はにっこりとコルトに微笑みかけた。

「あたしに訊きたいことがあるんでしょう、コルトさん?」いたずらっぽくたずねた。

巨体から想像していた甲高い声とは違って、実際のラブル夫人の声は耳に心地よく、はっとするほど女らしかった。電話越しなら、その甘い声で相手をその気にさせることができそうだ。

「地区検事長とわたしは、あなたがパーキンズ刑事に話したことに当然ながら並々ならぬ興味を持っています。差しつかえなければ、いくつか事実を確認させていただきたい」

「どうぞ、なんでも訊いてちょうだい」

「名前をフルネームで教えていただけますか」

「ブランチ・ラブルよ」

「お住まいは?」

「イースト五十九丁目、八三七A。ちょうどその角を曲がったところよ」

「ご結婚は?」

「三度したけど、夫は全員墓のなかだから、現時点では独り身ね」

薄暮の川辺に未亡人の奇妙な忍び笑いが響いた。

「国籍はどちらですか？」

「あたしはジプシー――ロマなのよ」

これは見え透いた嘘だとコルトは言う。ラブル夫人の英語のアクセントは、とうもろこしのかき揚げ《コーン・フリッター》と同じくらいアメリカじこみのものだった。

「ツィンガロというよりもクワドルーンだな（ツィンガロはイタリア語でジプシーの意。クワドルーンは黒人の血を四分の一受けている混血児を指す）」のちにコルトは彼女のことをそう評したが、その場では何も言わずに質問を続けた。

「では、本題に入りますが、あなたはビーズリー牧師とソーンダース夫人の生死にまつわることについて何か知っているそうですね」

「ええ、知ってるわ。それにね、コルトさん、あの事件以来、なんだかあたし、カード占いに自信が持てなくなっちゃったのよ」

「それはまた、どういうわけで？」

「だってね、あたしはあの悩めるカップルの未来を数えきれないくらいなんべんも占ってあげたのよ。マザー・シプトンだの、マドモアゼル・ルノルマンだの、クリスクロス・エースイズだの、ありとあらゆるカード占いの手法を駆使し、いまじゃ誰も知らない、大昔のタロットカードまで引っぱりだして。それでね、信じないかもしれないけど、占うたびに、あのカップルには幸せと喜び、それに長い人生が待っているという結果が出ていたのよ。それが、まさか、殺されるなんて！」

「さぞかし動転されたことでしょう」コルトは同情を示した。「近ごろは、何事も外見だけでは判断できませんからね。どんな偉大な真理も、次の瞬間には木っ端微塵に砕けて塵芥《ちりあくた》と化すかわからない」

「ほんとにそのとおりね！」ラブル夫人は巨体をくねらせて悲しげにうなずいた。

「あのカップルとはどうやって知り合ったのです、ラブルさん？」

「どうって、うちのお客だったのよ。ここ二、三年はちょくちょく店にやってきて、何かしら食べていったものよ。この家で何か作って食べることは、ほとんどなかったんじゃないかしら。料理は飽き飽きだと彼女が漏らしているのを聞いたことがあるし、彼のほうも、僕と一緒になったら二度と料理をする必要はないと言っていたから。ねえ、コルトさん、あれほど深く愛し合ってるカップルをあたしは見たことがないわ。どちらもそう若くはないけど、まるでハイスクールの生徒みたいに初々しかった。彼女はうちの店のいつもの席に座ると、あたしがグラーシュ（ハンガリー料理。牛肉と野菜を香辛料とともに煮こんだシチュー）を温めるあいだ、牧師の手を握って離そうとしないし、テーブル越しに彼にキスするのを見たのも一度や二度じゃない。それがこんなことになるなんて！」

　巨体に似合わず驚くほど小さくてかわいらしい手を顔の前に掲げながら、ラブル夫人は追憶の涙を一粒二粒こぼした。

「ゆうべ、何があったのですか？」コルトがたずねた。

「実を言うとね、コルトさん、それが意味のあることなのかどうか、あたしにはわからないのよ。人様を厄介事に巻きこみたくはない。でも、あたし、見ちゃったから。少なくとも警察は知っておくべきじゃないかと思って。誰かを困らせるのはいやだけど、人殺しは恐ろしい犯罪だし。わかるでしょ、あたしの言いたいこと」

　完全なる同意を示すべく、コルトとドアティはそろってうなずいた。

「ここしばらく、ふたりの姿を見ていなかった。最後に店に来たのは、たしか一カ月ほど前。ふたりともひどく深刻な顔をしていてね。もちろん、あたしはお節介焼きじゃないし、人の問題をあれこれ詮索するつもりもないけど、でも、ほら、うちは小さな店だから、コルトさん、厨房にいてもやりとりが聞こえてしまうのよ。それでね、ふたりは早口でずっと言い合いを続けていたわ。全部は聞きとれなかった。もっと声を落とすようにって、ときどき注意し合っていたから。それでも、話の筋がわかるくらいは聞こえたわ。もちろん、ふたりが既婚者だってことは前から知ってた。近くで見ていたらそれくらいすぐにわかるわ。だけど、あたしは彼女を責めなかった。あんなふうに誰かに夢中になっている人を責められやしないわ。悪いことかもしれない。それを否定はしない。でも、あたしもかつては若かったし、昔からこんな見てくれじゃなかったのよ。誰かを愛するってどういうことなのか、あたしにだってわかる。人生は残酷なくらい短いものだし、将来のことなんて誰にもわからない。ふたりのしていることが間違いだとしても、あたしには彼女の気持ちは痛いほどよくわかる。いまからする話は、今年の四月のことよ。彼は自分の義理の弟のことを彼女に話していた。名前はたしか……カーテンポールだったかしら」

「カーテンウッドだ」ドアティが訂正した。

「そう、それよ。彼はジェラルドって呼んでいたわ。あたしが聞いた話では、そのジェラルドが、彼――つまり牧師に言ったらしいの。信者のあいだで悪い噂が立っている、あの女とは二度と会うな、さもなければ教会を辞めてもらうって。すぐさま牧師の書斎で話し合いが行われたらしいわ。そんなこんなで、ふたりはうちの店の小さなテーブルで紅茶をすすり、シナモン・トーストをかじりながら、これからどうすべきかを相談していた。やがて駆け落ちの話が持ちあがると、牧師が言ったわ、父親の遺した債券があるから金のことは心配いらない、それに妻は裕福だし、自分の支えを必要としていない、債券を売った金で中国かどこか遠くへ逃げよう、ここへは二度と帰ってくるつもりはないって。そのあと彼女が、イザベルはどうするのとたずねると、きみが望むなら連れていくこともできる、だけど、あの子は残ったほうがいいと思うと牧師は答えた。娘のことはもう少し考えさせてほしい、でも、それ以外はすべてあなたの望みどおりにします、それが彼女の答えだった。彼女にとって牧師の言うことは絶対だったのね。必要なものを買うお金を渡すから、できるだけ早く旅立とうと牧師が言って、関係が知られてしまった以上、この家にはもう来ないことでふたりは同意した。そのあと、新たな連絡手段として、手紙を教会のどこかに隠しておくことに決めたのよ。そのあたりのことは、今朝、パーキンズさんに話したわね」

「その後、彼らを見かけたことは?」コルトがたずねた。

「ないわ。それが最後よ」

「では、ゆうべは何があったんです?」

「それをいまから話すところよ。ほら、うちの店の裏窓から、そこの木立を透かしてこの芝生が見えるのよ。ゆうべはやたらと蒸し暑かったでしょ。あたしはもう息をするのも苦しくて、普段より一時間早く店じまいすることにしたの。火をつけたコンロの上に卒倒したりしたらことだから。それで、十一時には店を閉めて二階に上がり、川から吹くかすかな風を求めて窓辺の揺り椅子に腰を下ろした。そして何気なく視線を落としたとき、この庭に人が集まっているのが見えたの。見覚えのない人ばかりだった。でも、あたしは彼らを見て不審に思ったわ。一年のこの時期はみんな出払っているはずだから。彼らは不気味なくらい静かだったけど、まるで声を押し殺して言い争っているみたいに手を動かしているのが見えた。やがて、ひとりが少しだけ後ろに下がったとき、それが女だとわかったわ。

そのあたりに夜警のクラウスが、住民が留守だろうと関係なく灯している外灯があって、女が立っているのはちょうどその真下だったから、昼間みたいにはっきりと見えたわ。知らない人だった。その時点では、彼女が誰なのか知らなかった。でも、今日の夕刊で、あの一家の写真を見たとき、ぴんと来たの」

「本人を見ればわかりますか?」コルトがたずねた。

「わかるはずよ」

「誰なんだ、それは?」ドアティがたずねた。

「牧師の妻——ビーズリー夫人よ」

第十四章　ドアティの尋問

「ラブルさん、自分が言ってることの重要性を理解しているんだろうね？」

たずねたドアティの声は興奮でうわずっていた。

「もちろんよ」

「それが告発に繋がることも？」

「彼女を殺人の罪で訴えるってこと？　そんなつもりはさらさらないわ。あたしは誰がふたりを殺したのか知らないもの。だけど、いまの話はほんとうよ。嘘偽りのない真実を語っているという確信があるわ。あたしはあそこであの女を見たのよ」

「彼女はどんな服装をしていましたか？」コルトがたずねた。

「丈の長いコートのようなものを着ていたわ。あんな蒸し暑い夜だったのに。それと、これは断言できないけど、襟や袖口に毛皮がついているみたいだった」

コルトとドアティが重々しく視線を交わした。ビーズリー夫人のコートやニューロシェルのクリーニング屋の件はまだ新聞に出ていない。知っているのはわれわれだけだし、ラブル夫人がそんなふうに具体的かつ正確に事件の細部をでっちあげられるはずがない。

コルトが立ちあがった。

「ラブルさん、ここでお待ちいただけますか？　すぐに戻ってまいりますので」

「どうぞごゆっくり。あたしのことはお気遣いなく。何があっても驚きやしないわ」

コルトは地区検事長とわたしにうなずいて見せると、芝生の斜面を突っ切って、川を見おろすてっぺんで立ち止まった。タグボートに引かれた石炭船が目の前を通りすぎ、早瀬に乗って海へと滑るように進んでいく。

「じっとりとまとわりつくような空気だな」とコルトが言った。「座ろう。ここならラブル夫人に聞かれる恐れはない。問題を検討しようじゃないか」

三人が一列に並んで、緑の小山のてっぺんに腰を下ろした。

「よし」声を弾ませてドアティが言った。「これでようやく立件の見通しが立ちそうだ」

しかし、コルトは大げさに首を横に振った。

「混沌の極みだよ、ドアティ」

「なんだって、おい！　あとはビーズリー夫人とブランチ・ラブルを対面させて、証言の裏を取るだけだろう。そのあと俺が連中に泥を吐かせてやる！」

だが、コルトはまたしても首を横に振った。

「いいや、ドアティ。パウエルのことだ、この程度のことは想定の範囲内だろう。きっとあの女の証言の穴を徹底的に突いてくるさ」

「その穴とやらを見せてもらおうか」ドアティが挑むように言った。

コルトは悲しげに微笑んで、地区検事長の肩に優しく手を置いた。

「ラブル夫人は、昨夜十一時ころに店を閉めたと言ったね。とすると、彼女が窓辺に座って、何気なくこの芝生に視線を落とし、ビーズリー夫人と思しき女を目撃したのは、十一時過ぎということになる。だが、別の証人の証言により、銃の発射時刻は八時四十五分と確定している。時間が嚙み合わないんだよ、ドアティ」

地区検事長は腕組みをして、靴の爪先をコツコツと鳴らしていたが、やがて顔を上げてコルトを睨みつけた。

「目撃者をないがしろにするわけにはいかん」ドアティはゆっくりと言った。「銃声を聞いた証人が時間を間違えているか、あるいは、彼らが聞いたのは銃声じゃなくて別の音だったのかもしれない。例えば、タイヤがパンクした音とか」

「それは少し都合が良すぎるんじゃないか」コルトが指摘した。「もしも目撃者が現れていなければ、きみは銃声を聞いた証言をもとに立件するつもりだったんだろう」

ドアティは気まずそうに咳払いをした。

「コルト、これ以上時間を無駄にしたくないんだ。それに、俺はパウエルにやりこめられたりしない。行動に移すべきときは近づいている。あとは川底から回収した銃の鑑定結果が出るのを待つのみだ。俺はいますぐにでもラブル夫人を牧師館に連れていって、ビーズリー夫人と対面させたい」

「その前に、きみが考えるこの事件の筋書きを聞かせてくれないか？　いったい何があったと思う？」

「俺に事件を再現しろと言うのか？」

「そうだ」

「すべての謎が解けたわけじゃないことは、きみだってわかっているだろう。だが、事件の全容を解明するには、あの一家をしょっぴいて尋問するのが手っ取り早い方法だという確信が俺にはある。集めた証拠を突きつければ、連中を打ち負かして自白に持ちこめるさ」

コルトは再びパイプに火をつけた。

「突きつけるって、どの証拠を?」コルトは辛抱強くたずねた。「コートか? スパンコールの派手なキモノを着た占い師か? あとは証拠と呼べないような些細なものばかりだが、そいつをまとめて突きつけるのか? まだ充分じゃないんだ、ドアティ、確実に起訴に持ちこむには証拠が足りない。しかも相手は、プライドが高くて鋼鉄の意志を持つ一族だ。そう簡単に打ち崩せるとは思えない。彼らが口を割る前に、にっちもさっちもいかなくなって窮地に立たされるのが落ちだ」

ドアティはかぶりを振った。

「俺は頑固なんだ。この事件は解決したのも同然だという考えに変わりはない。いいか、サッチャー、俺たちはいくつもの動かぬ事実を把握している。ビーズリーとエヴリン・ソーンダースは愛人関係にあったこと、家族はそれに気づいていたこと、話し合いが行われ、その場である種の最後通告がビーズリーに突きつけられたこと、ビーズリーは通告を受け入れておきながら、教会内に秘密のポストを設けてエヴリンと連絡を取り合い、駆け落ちの算段をしていたこと、ビーズリーは旅行会社に相談を持ちかけていたこと、パスポート用の写真を撮影していたこと、国務省に申請書が出されていたこと――」

「ビーズリーの名で?」コルトが驚いてたずねた。

「そうとも――だが、彼女名義のものはなかった。写真をもとにいまも探しているところだ。で、ここからが俺の推測だ。こうしたことがすべてあの家族の知るところとなり――誰かが告げ口したんだろう——不倫カップルの行動は逐一見張られることになる。ついにふたりは駆け落ちする覚悟を決め、この家で落ち合う約束をする。家族にとっては、逃亡を阻止する最後のチャンスだ。慌てて駆けつけたビーズリー夫人とパディは、ふたりと対峙し、激しい言い争いになる。ビーズリー夫人がジェラルドを電話で呼び寄せ、ジェラルドはかっとなってふたりを射殺する。彼らは窮地に陥る。見つけたボートに死体を乗せて川へと——」

「ちょっと待った」コルトがさえぎった。「きみの仮説に基づく筋書きには、それなりに説得力があることは認めよう。だが、そこから先は空想の領域だ」

「どうしてそう思うのか俺にはわからんね」

「それなら、次の質問に答えてみたまえ。夜警のクラウスに偽の電報を打った小柄な男の正体は？　材木を買ってボートを造ったのは誰だ？　大工道具を川に捨てて隠蔽を図ったのはなぜだ？　二階の部屋に血痕を残さないためのシートを敷いたのは？　あのダンベルを家に持ちこんだのは誰で、目的はなんだ？　エヴリンの喉を掻き切った理由は？　二階のクローゼットに隠れていたのは誰だ？」

コルト目を閉じ、束の間の沈黙のあとでつけ加えた。

「いま挙げたのは、きみの仮説をもってしても答えることのできない疑問のごく一部だ。銃声が聞こえたのは八時四十五分で、ビーズリー夫人が現場で目撃されたのが十一時、この時間の不一致という問題も残っている。いいかね、ドアティ、彼らがかたくなに口を閉ざしているのは何か後ろめたいことがあるから、という点においては、わたしも同意見だ。しかし、だからこそ、いま言ったような穴だらけの仮説をもとに、われわれの手の内をさらすべきではない。なぜなら、その説の正当性が最終的に証明される可能性がないからではなく、現時点では、あの未亡人と弟のパディもしくはジェラルドを電気椅子送りにするには証拠が足りないからだ」

ドアティは無言で視線を川へと転じた。そこにあるのは青い川面と、空と、黄金色の光だけだった。

「どうやらきみが正しいようだな。だが、俺はやつらを絞りあげて白状させることができる。その考えに変わりはない」

「そういうことにしておこう」コルトはあえて否定しなかった。「この事件はいまのところ矛盾だらけだし、実際、これまでに判明した事柄を解釈する方法はひとつではない。きみはあの一家を容疑者と決めつけているが、それと同じくらい強い嫌疑をかけ得る人物は他にもいる」

「誰だ？　ソーンダースか？」

「ソーンダースもそのひとりだ。残忍な事件の容疑者として、あの男を質問攻めにすることもできる。しかも、それが間違いだと誰に言える？　そもそもあの男は大工だ。言っておくが、ドアティ、本件を出会いがしらの偶発的な事件だとするきみの見解にわたしは同意できない。この犯罪は数カ月にわたる準備期間を経て実行に移されたものだ。だからわたしはイザベルに、お母さんが鍵を失くしたことはないかと訊いたんだ。何者かがエヴリン・ソーンダースか、ビーズリーか、あるいは他の誰かから手に入れた鍵を使って、この家に出入りしていたとわたしは考えている。ボートは、逢い引きのない日にここで造られ、重しのダンベルも運びこまれた。肉体的にはソーンダースならば可能な作業だが、あの男の頭では、ぞっとするほど用意周到なこの計画を想像することさえできないだろう」

ドアティは深いため息をついた。

「その点に関しては認めるよ」

「見通しは明るくなるどころか、ますます暗くなる一方だ。視点を変えて、次は教区委員長のエラリー・チャドウィックに着目してみよう」

「あの男がなんらかの形で事件に関与している可能性はあるとしても、彼らを殺す理由などないだろう」ドアティが異議を唱えた。

「あるんだよ、彼だけの立派な理由が」コルトは明言した。「まずは心理学的な観点から見て、あの男なら、この手の凶悪な犯罪をやり遂げられるとわたしは思う。ふたりを監視するために探偵を雇ったのは、彼だということも忘れてはならない。ビーズリーと家族の関係に亀裂が生じたのも彼が始まりだ。しかもチャドウィックには、エリザベスとの結婚を望んでいたのに、ビーズリーに横取りされた過去がある。彼らを魅了したのは、彼女の慎ましい性格ではなく財産だったことは言わずもがなだ。チャドウィックがいま現在、破産の危機に瀕していることも調べがついている。そして、いくらビーズリーの女癖の悪さを暴露しても、離婚という選択肢がないことは知ってのとおりだ。だが、チャドウィックは破産を一年先延ばしにできると考えて、喪が明けたあと、未亡人に求婚するつもりなのかもしれない」

ドアティはお手上げだと言わんばかりに両手を広げた。

「俺にはありそうにない話に思えるが、でも、この謎解きゲームを長く続けていると、なんでもかんでも怪しく思えてくるな」

「もっと興味深い可能性を提示することもできる」コルトは話を続けた。「ベッシー・ストルーバーがエヴリン・ソーンダースに嫉妬していたと仮定してみたまえ」

「ベッシー・ストルーバー？　あの冴えないオールドミスのことか？」

「そう、その女だ。だが、以前からそうだったわけじゃない。牧師の書斎に飾られていた集合写真をちゃんと見ていれば気づいたはずだ。あそこに写っているベッシーは若くて、生き生きとしていて、魅力的だ――おしゃれにもとても気を遣っている。女性というのは一般的に、若さや輝きを失ってもおしゃれ心は維持できるし、自然な美しさを失えば失うほど、ますます身なりに気を配るものだ。だが、ベッシー・ストルーバーは違う。美しく着飾るすべを知っているのに、いまはセンスのかけらも感じられない。何が彼女を変えたのか？　かつて彼女が、女たらしのビーズリー牧師の愛人ではなかったとどうして言いきれるだろう。仮に捨てられたとしたら、どんな気持ちになる？」

　ドアティはこの説を言下に退けた。

「さっききみが言ったような計画をやり遂げる度胸のある女などいないさ。それに女にボートは造れないし、川辺までふたりの死体を運ぶのも無理だ。女が関与しているとしたら、男の共犯者がいるはずだ。例えば、きみがたびたび存在を指摘する小柄な男とかね」

　コルトは再びパイプにタバコを詰めた。

「ベッシー・ストルーバーはひとまず置いておいて、エマ・ヒックスはどうだね？」

　ドアティが声を上げて笑った。

「まじめな話をするために集まったんじゃないのか。エマ・ヒックスが死刑囚の独房に入る有力な候補者とは、俺には思えないが」

「彼女は探偵の存在を知っていたし、われわれに噂話を吹きこむことにやけに熱心だったし、チャドウィックとふたりで知恵を出し合っていた。これらの事実を加味しても、彼女は容疑者ではないと言うんだね」

「些末なことばかりじゃないか。それなら、パウエル大佐を訴えたほうがましだ」

「彼は次の候補者だよ」コルトはおごそかに宣言した。

「パウエル大佐が？　サッチャー、そいつは馬鹿げてる！」

「どうして？」

「ふたりが殺害されたのは昨日の夜で、われわれが死体を発見したのも昨夜の夜で、パウエルがヨーロッパから帰ってきたのは今日の昼だからさ」

「たしかに。しかし、彼はその気になれば昨夜この家にいることができたんだ」

「サッチャー、気はたしかか？　なんでまたそんな途方もないことを？　俺だってパウエルのことは好きじゃない。いつだって俺を小馬鹿にしてるし、手に負えない頑固者でもある。初めて会ったときからずっとそうだ。だけど、あいつが人を殺すとは思えないし、何より、大西洋とこの家にどうやったら同時に存在できるのか俺には見当もつかないね」

　コルトが楽しげに笑った。

「それが充分に実現可能なんだよ。動機はチャドウィックに採用したものが、そっくりそのまま当てはまる。パウエルはビーズリー夫人の元婚約者だ。昨夜彼がここにいることは極めて現実的なことだった。彼がヨーロッパから乗船してきた〈ヴァンヘイブン号〉は、カナダのハリファックスとボストンに寄港した。仮にハリファックスで船を降り、飛行機もしくは特急列車に乗りかえて、ボストン経由でニューヨークに来たとする。〈ヴァンヘイブン号〉は速度の遅い船だから、ゆうに十二時間は先まわりできるだろう。それだけあれば充分に犯行は可能だ」

「しかし、ジェラルドが港で彼を出迎えたことは知ってるだろう」

「それもまた簡単に説明のつくことさ。パウエルは飛行機でボストンまで戻って、そこから船に乗ったのかもしれない。社会的地位のある人間なら、アメリカ税関の許可書を手に入れて検疫所の船にこっそり乗りこむこともできるし、バッテリー公園の麓から汽艇《ランチ》に乗ったのかもしれない。方法はいくらでもあるし、パウエルが考えだしそうなやり口も容易に想像がつく。船がハリファックスに到着したとき、パウエルは具合が悪くて客室で寝こんでいるふりをする。同行していた従僕が上陸許可書を手に入れ、パウエルはひそかに船を降りる。従僕が客室係にチップを渡して部屋に入らないように言い含めておく。パウエルが船を降りたことを乗務員は知る由もない。きみは気づいていたかどうかわからないが、パウエルは顎髭も口髭もきれいさっぱり剃り落していた。おそらく検疫所の職員は誰も彼に気づかなかっただろうね。ついでに、この家で紙袋に入ったダルスという海藻を見つけたんだが、それについても説明しておこうか」

「サッチャー」ドアティがうめくように言った。「可能性の話はもうたくさんだ」

「まだあるぞ」コルトは間髪をいれずに言った。「例えば、パウエルのあの背の低い従僕と、われわれが探している正体不明の小柄な男は同一人物かもしれない」

ドアティは立ちあがってタバコに火をつけ、川に向かって盛大に煙を吐きだしながら、コルトに視線を戻した。突きでた青い目には、偽りのない称賛の色が浮かんでいた。

「サッチャー、どうやら俺は、きみのおかげで重大なヘマを犯さずにすんだようだな。それで、これからどうするつもりだ?」

「時間稼ぎをして持久戦に持ちこむのさ」コルトの声には安堵の響きがあった。「わたしはわからず屋じゃないし、自分の考えを押し通したいわけでもない。ただ、調査中の案件がいくつかあって、その結果しだいで方針が決まると思う。焦って事を運ぶ必要はこれっぽっちもないんだ」

「そうは言っても、手をこまねいているわけにはいかんだろう」

「そのときが来たら行動を起こすさ。さっきのきみの仮説だが、一族が書斎に集まって牧師を諭したところまでは間違っていないと思う。わたしが知りたいのは、誰がふたりの関係を最初にチャドウィックに告げ口したのか。それと、賛美歌集の棚に親指の指紋をつけたのは——すなわち、恋文を勝手に開封して手紙を読み、再び封をしていたのは、いったい誰なのか。目下、総出で手がかりを追っているところだ」

「じゃあ、俺たちは報告を待つしかないのか?」

「いや、そうとは限らない」しばし考えたあとでコルトが言った。「きみの言うとおり、ビーズリー夫人とラブル夫人を対面させるのは名案かもしれない。よし、こうしよう、ドアティ。きみはあの一家と対決する。彼らを徹底的に追及したまえ。わたしは別の角度から調べてみるつもりだ。いまから二十四時間後に落ち合って、成果を報告し合おう」

「望むところだ」

ふたりが同意の握手を交わしていると、暗い木立の向こうからパーキンズ刑事が駆けてくるのが見えた。

「本部長」パーキンズが叫んだ。「朗報がふたつあります。ひとつは、例の拳銃ですが、製造番号が登録されていました。本部からたったいま電話があって、持ち主はジェラルド・カーテンウッドだそうです」

ドアティが息を呑む音が聞こえた。どうやら彼の思い描いた筋書きが裏づけられたらしい。銃を撃ったのはジェラルドだとドアティは見ていた。そしていま、川底のヘドロのなかから回収した拳銃はジェラルドのものだと判明したのだ。

「もうひとつはなんだね、パーキンズ?」

「これです、本部長。二階で発見されました。レンゲル警視から必ず本部長に渡すようにと言われていたのですが、ラブル夫人の件やら何やらで失念していました」

パーキンズは柔らかい布のようなものをコルトの手の上に置いた。コルトはそれをじっと見つめたあと、においを嗅ぎ、それから懐中電灯をつけて熱心に観察した。

子山羊の革で作った一組の茶色い手袋。コルトは何も言わずにそれをポケットにしまうと、ゆっくりとした足どりでサングスター・テラス一三番の裏口へ引き返した。ラブル夫人は先ほどのベンチに座ったまま、うちわ代わりに新聞の号外で自分をあおいでいた。さっそくドアティは巨漢の証人を引き連れて、牧師の未亡人と対面させるべく張りきってその場をあとにした。

ドアティが裏口のドアを閉めると、コルトはパーキンズ刑事を振り返ってたずねた。

「この手袋の持ち主は判明したのか?」

「はい。パウエル大佐に確認を取りました。大佐が今日の午後遅くにここへ立ち寄ったとき、手袋の内側のイニシャルを見せてくれたんです――〝T・B〟と刺繍されています」

そのとき初めてコルトはわたしに目を向けた。彼が口を開いたとき、その声には抑えがたい歓喜の響きがあった。

「トニー、この手袋は、わたしがずっと探していたパズルのピースだ。ようやく事件の全貌が見えてきたよ」

第十五章　古風な婦人

緋色のドアの家を車で出発したとき、七十丁目の本部長宅へ直行するものとわたしは思っていた。この三十六時間、ひたすら動きまわり、驚きと興奮の連続だった。ようやく寝ることができると思っていたわたしは、まだコルトという人間をわかっていなかった。

布張りのシートに背中を丸めて座り、コルトは無言でパイプをふかしていた。数ブロック走ったところで、運転手のニール・マクマホンに十四丁目へ行くよう指示した。

「イタリアのオペラを鑑賞しよう。今夜は、たしかフォン・スッペの『ボッカチオ』を上演しているはずだ。急いで行けば、憐《ミゼリコルディア》れみのコーラスに間に合うだろう……。難問に直面したときは、わざと自分を退屈な状況に置くことが一番いい刺激になるんだ」

劇場までの道中、コルトが話題にしたのは、音楽でも殺人事件のことでもなく、七十丁目の自宅の裏庭でいつか育てるつもりの、一年生植物や多年生植物や野菜にまつわることばかりだった。

オペラの第二幕が終わる前に、われわれはコルトの書斎に戻っていた。

「きみは客室に泊まるといい。明日も朝早くから仕事だからね」寝る前の一服を味わいながらコルトは言った。

「少しでも眠れば、頭がすっきりしそうですね」わたしは大きなあくびをした。

「わたしはとても寝つけそうにないよ。眠たくないわけじゃないし、ほんとうは眠るべきなんだが、この厄介な事件が頭から離れなくてね。ある仮説がべつの仮説とぶつかり、さらにすべての仮説がこれまでに判明した事実と嚙み合わず、反目し合っている。わたしの頭のなかは一種の混乱状態だ。ドアティから聞かされた筋書きが脳裏にこびりついていることも認めねばなるまい。欠陥だらけなのに、妙に説得力があってほんとうらしく聞こえるんだ。この手の事件で女に嫌疑をかけるのは気おくれするものだ。太古の昔から血生臭い事件が発生すると、男の犯人を捜すことに慣れているからね。エリザベス・ビーズリーと血のついた彼女のコートが気になって、今夜は眠れそうにない。彼女が男に依存する非力な女でないことは誰もが認めるところだ。としても、トニー、ビーズリー夫人が人を殺すとはどうしても思えないんだ。ただの直感じゃない――演繹法で導きだした答えだ。人殺しは浅はかで無分別な行為であり、不倫と同じくらい醜悪で唾棄すべきものである、彼女はきっとそう考えているにちがいない」

コルトは含み笑いをして、パイプの灰をからにした。

「この怪事件のおおもとはまだ見えていない。それでも、徐々に近づいているという自信はある。なあ、トニー、わたしはときどき思うんだ、馬鹿な警察官は掃いて捨てるほどいるが、一番愚かで当てにならないのは自分自身じゃないかって」

わたしは反論しかけたが、コルトにさえぎられた。

「きみを穏やかな眠りに誘《いざな》ってくれそうな考えを思いついたよ。この世は弱肉強食だとよく言うが、地球上の強くて獰猛な動物はほとんど絶滅し、かたや山腹では無害な牛や羊の子孫がのんびりと草を食んでいる。だが、もしも羊が狼を襲ったらどうなるか？　ここで質問だ――」

電話が鳴り、わたしは受話器を取った。

「ヴァージニア州ノーフォーク市警察の本部長からです」わたしは驚きとともに報告した。

「ああ。向こうへハッチソンを行かせたんだ、今日の午後、ホランダーのところの飛行機に乗せてもらって。もしもし！」

相手の話に耳を傾けるうちに、コルトの精悍な顔は熱を帯び、真剣さを増していった。

「毒だって！」彼は驚きの声を上げた。「いやはや、なんとね。たしかなんですね？　……それはいつ？　一九二七年一月？　……記録は手元に？　……全部お願いします。わたしの部下に持たせて、大至急、飛行機でこっちへ送り返してください。彼には、明朝、わたしのオフィスへ報告に来るよう伝えてください」

わたしは全身で問いかけるように、コルトをじっと見ていた。いまの電話のやりとりが捜査に重大な影響を与えることはわかっていた。彼の声が興奮で上ずるのをわたしは聞き逃さなかった。だが、受話器を置いたコルトは、こちらを振り返ってにっこりと微笑み、握手を求めてきただけだった。

「おやすみ、トニー」

わたしは彼の機嫌を損ねてしまったのか？　寝ると先に言ったのはわたしのほうだ。コルトは眠りを軽んじている。睡眠は高利貸しと一緒だとコルトは言う。休息と引き換えに法外な利息を課し、われわれの人生を少なくとも四分の一に減じてしまうからだ。たぶんコルトは、事件の真相を求めて呻吟するあいだ、わたしにも起きていてほしかったのだ。しかし、そうやって後悔の念に駆られながらも、わたしは半ば無意識に靴を脱ぎ、まぶたはどんどん重くなっていく。コルトの客室はわたしには慣れ親しんだものだった。頻繁に寝泊まりするので、クローゼットに替えのシャツやスーツを置いてあるほどだ。パジャマでベッドに横たわるや否や、わたしは眠りに落ちていた。

翌朝、コルトとわたしは九時前に市警本部の自分のデスクについていた。一夜明けても街はまだ騒然としており、世間の関心は定期船〈ユークシン号〉の沈没から、男と女と殺人という好奇心をかきたてる怪事件へと移行し、新たな情報を貪欲に求めていた。コルトのオフィスの前では、素人探偵や新聞記者たちが大騒ぎをしていた。みんながみんな自説を持ち、コルトに話を聞いてもらいたがっていた。そうした有象無象の対応はフェグレー警視正に任せて、コルトは各方面から上がってきた報告を再度検討していた。最大の収穫は、仕立屋の〈ロード&テイラー〉の証言により、例のコートはビーズリー夫人の所持品と確認できたこと、そして鑑識課がコートの染みは人間の血液であると断定したことだ。

「例の指紋の結果はまだ出ていないのか」いらだちをあらわにしてコルトが言った。「調べるように言っておいたのに。殺人現場のクローゼットの壁に残っていた指紋と、賛美歌集の棚の指紋と、教会の地下で見つけた糊の壺の指紋だよ。それと、川から引き揚げた大工道具にも何かしらの痕跡が残っていたかもしれない」

「ウィリアムズが言うには、かなり手間取っているそうです、本部長」コルトの後ろでうろうろしていたヘンリー警部が説明した。「しかし、午後までには準備が整うと明言しておりました」

隣の秘書室でブザーが鳴った。重要人物が面会を求めているときに鳴らすブザーだ。

「たぶんエラリー・チャドウィックだ。今朝訪ねてくるよう言ってあったからね」

コルトの予想どおり、数秒後に案内されてきたのは、聖ミカエル及諸天使教会の教区委員長だった。横柄で自信たっぷりだった昨日とは打って変わって、顔には不安の色がはっきりと表れていた。

「お訊きしたいことは一、二点ですが」コルトは短く前置きをした。「わたしが求めているのは率直な答えです、チャドウィックさん」

「俺が月曜の夜にどこにいたかは、みんな知っていることだ」チャドウィックは出しぬけにしゃべりはじめた。「アリバイが知りたいなら――」

「ご心配なく。犯行時刻にあなたが支部会議に出席していたことは、昨日の朝から知っていますので。ご足労いただいた目的はそれではない。探偵を雇って彼らを監視させたのはあなたですね」

「ある人物とある人物が不貞行為を働いているという噂を耳にしたから、それが根拠のあるものなのかどうか確かめる必要があったんだ」

「知りたいのはまさにそれです。誰からその噂話を聞いたのですか?」

チャドウィックは無言のままコートの胸ポケットから折りたたんだ手紙を取りだすと、コルトの机の吸取紙の上にうやうやしく置いた。

コルトはそれを手に取り、声に出して読みあげた。

チャドウィック様――ビーズリー牧師はエヴリン・ソーンダースと道ならぬ恋に溺れています。放置すれば、教会の名に泥を塗り、破滅を招くことでしょう。調べるのはあなたの仕事です。事は一刻を争います。あなたが介入しなければ、人命が奪われる事態になりかねません。

聖ミカエル及諸天使教会信者
腕組みをして聞いていたチャドウィックが、堰を切ったようにしゃべりはじめた。

「こんな手紙を受けとったら、コルトさん、あなたならどうする？　ビーズリーを問いつめたところで、否定されるのが落ちだ。あの男は信用ならないと前から思っていた。だから俺は最善と思われる手を打ち、彼らが密会していたことを示す充分な証拠をつかんだあと、一家を集めてビーズリーを問いただした。あの女に会うのをやめるか、それとも聖職者を辞めるかどっちにするのかと詰め寄った。だけど、コルトさん、神に誓って、俺が知っているのはそれだけだ」

チャドウィックは情感たっぷりに訴えかけたものの、コルトはほとんど聞いていなかった。コルトの目は手紙に惹きつけられたままだった。

「筆跡を偽装しようとした形跡がある」コルトは誰にともなくつぶやいた。「だが、素人の仕事だ」

コルトは暗褐色の目をきらりと光らせて、チャドウィックを見た。

「どうか気持ちを落ちつけてもう少し質問に答えてください。それで、この手紙は郵便で届けられたのですか？」

「そうだ」

「封筒をお持ちですか？」

「いや、破って捨てたはずだ」

「いつ届いたか覚えていますか？」

「今年の四月だ、日にちまでは覚えていないが」

「質問は以上です」

チャドウィックが立ち去るや否や、コルトは手紙をデスクの一番上の引きだしに大事そうにしまった。その引きだしには、昨晩サングスター・テラス一三番で受けとった、いわくありげな手袋もしまわれていることをわたしは知っていた。引きだしに鍵をかけると、コルトは腕時計に目をやった。

「もう十時半か、トニー。面会の約束がもう一件あるんだ。次に会うのは古風なご婦人だ」

「ビーズリー夫人ではなく?」

「ああ——彼女はドアティに任せてある。われわれの相手はバジル・ウォートン夫人だ」

「その名前、聞き覚えがあります」

「殺しのあった家の電話がその名義で登録されていたのさ。思いだしたかね? ウォートン夫人はモントーク岬にいるとわかって、ゆうべきみが寝ているあいだに電話で事情を説明したら、今朝、〈コモドール・ホテル〉で会うことを了承してくれたんだ。さあ、行こう」

バジル・ウォートン夫人はかなりの高齢で、背が低くどっしりと太っていた。肉づきのいい丸顔に、品定めするような大きな青い目は、ドイツの画家、ホルバインが描いたヘンリー八世の肖像画によく似ている。髭をつければ、なおさらそっくりだ。席につくなり、夫人は話しはじめた。

「あなたはあの物件とわたくしの関係について誤解されているようね、コルトさん」

「あなたが所有者ではないのですか?」

「違います、わたくしは所有者ではございません」

「しかし、クラウスが——」

「あの人はわかっていないんですよ。あそこは今年の二月に売却いたしました」

「誰に売ったのですか?」

夫人は半ば目を閉じてにっこりと微笑んだ。

「それがね、とても変わった取引でしたのよ。あまりにも奇妙だったものだから、かつてのわが家で殺人事件が起きたという記事を読んだとき、あなたの求めに応じるべきだと思いましたの。それでこうしてニューヨークまでやってまいりました。あの家は二十五年間わたくしのものでした。建てたのはわたくしの父親です。父が亡くなったあとは、長らく賃貸ししていたのですけど、夫の死後、あの家はわたくしが余生を過ごすのにもってこいの場所だと思い至りまして、それであちこち手直ししてから移り住んだのでございます。川を行き来するボートを四半世紀眺めて暮らしました。世のなかがめまぐるしく移り変わっていく時代にね、コルトさん。そのうち、なんだか寂しくなってしまって。毎年夏になると高原や海辺に出かけ、ときにはスウェーデンを訪ねたり、ひときわ冷えこみが厳しい時期はフロリダやハバナで過ごしたりもして、サングスター・テラスで暮らすのは一年のうち数カ月だけになってしまった。そうなると、自宅として所有しつづける意味がないでしょう?」

「そうですね」

「それで、数年前からわたくしはホテルに住むことにして、あの家は家具つきで賃貸に出すことにしましたの。不動産の管理会社が広告を出して、エヴリン・ソーンダース夫人という女性に貸すことになりました。当時、不動産会社が送ってきた手紙に、彼女には素晴らしい身元保証人が——ニューヨークの著名な教会の牧師がいると書かれていたのを覚えております。賃料は滞ることなく支払われていましたし、それきり思いだすこともございませんでした。ところが今年の二月になって、その物件を買いたいという申し出がありましてね。シカゴの人からです。管理会社が手紙で知らせてきたとき、サングスター・テラスを賃貸していたソーンダース夫人は、その時点で二度目の契約更新をしていて、まだ一年ほど契約期間が残されていることをわたくしは知りました。管理会社からはこう説明されましたのよ。シカゴの客は現在の賃貸契約が終了したらそこに住むかもしれない、家具もそのまま使いたいと考えている、でも、真の目的は投資であって、なぜならニューヨークのイーストサイドの土地はまだまだ高騰する可能性があるから——その点は間違いないでしょうね。提示された売値はびっくりするような大金でございました。購入者と一度も顔を合わせることなく契約を結んで、わたくしはその全額を現金で受けとりました」

「たしかに奇妙な取引だ」コルトが言った。「きっと管理会社もその購入者と会っていないのでしょうね」

「そうに違いありませんわ」ウォートン夫人はきっぱりと言いきった。

「その管理会社の方々の名前をうかがってもよろしいですか？」

「レフコウィッツと、マーフィーと、ベイカーよ」

「代金は、どのような形で管理会社に支払われたのでしょう」

「シカゴの仲介業者から小切手が送られてきたそうですわ」

「新しい所有者は、購入した物件を実際に見にきたのでしょうか」

「そのようなことがあったとは聞いておりません。賃料はシカゴの仲介業者に支払われるよう手続きしたらしいですけれど。わたくしが購入者から求められたのは、売り物に含まれない私物を速やかに運びだすことだけでしたのよ」

「それは例えばどんなものですか、ウォートンさん」

「大半は旅行用のトランクですわ」

「それはどこにしまわれていたのですか？」

バジル・ウォートン夫人は、意味ありげな目つきでコルトをちらりと見た。

「一階の小さな部屋ですわ。地区検事長が新聞で手漕ぎボートが隠してあったと話されていた、あの部屋ですのよ」

コルトは口笛を吹いた。

「ずいぶん金のかかることをしたものだな。家を買いとった目的が、あの部屋でボートを造るためだとしたら。ここの電話をお借りして、あなたの管理会社の方々と話しても構いませんか?」

「お好きなだけどうぞ」

数分後、コルトは〈レフコウィッツ・マーフィー・ベイカー社〉のマーフィー氏と電話で話をしていた。コルトは簡単に事情を説明し、必要な情報を手に入れた。シカゴの仲介業者は〈ベルデン＆ベルデン社〉、物件の購入者はダニエル・ダレル、住所はシカゴ、マクスウェイン・アベニュー九六四二。

「まったくもって不可解だ」受話器を置くなり、コルトが言った。「ダニエル・ダレル氏が警察に電話一本寄越さないなんて。新聞をいっさい読まないと言うなら話は別だが、自分が所有する家でふたりの人間が殺害されたことをとっくに知っていて然るべきだ。それでもなお正体を現さないのは、実に興味深い」

バジル・ウォートン夫人は本部長の手をしかと握りしめた。

「ああ、コルトさん。わたくしが人生から得た唯一の喜びは、推理小説を読むことですのよ。それを現実の世界で間近に見られるなんて、こんな幸せなことがあるかしら。とりわけ完全犯罪ものには目がありませんのよ。この事件は完全犯罪になり得ると思われて?」

コルトは苦笑した。

「完全とは言えませんね、いまのところは。ご協力、ありがとうございました。よい一日をお過ごしください、ウォートンさん」

センター・ストリートの本部長室に戻ると、コルトはまっさきにシカゴに長距離電話をかけた。相手は風の都市《ウィンディ・シティ》の警察本部長、マーク・シェヴェリーだ。電話会社が警察に提供する高速サービスにより、コルトとシェヴェリーは三分後には言葉を交わしていた。

「もしもし、シェヴェリー。例のビーズリー／ソーンダース事件がらみで、手を貸してほしいことがあるんだ。……助かるよ。ダニエル・ダレルという男について詳しく知りたい。男の住所はシカゴ、マクスウェイン・アベニュー九六四二。もっとも、それは今年二月の時点で、いまはもう住んでいないと思う。その男は殺害現場であるサングスター・テラス一三番の家を購入したのだが、購入の仕方がひどく変わっているんだ。取引はシカゴの〈ベルデン＆ベルデン社〉という仲介業者を介して行われた。聞いたことがあるかね？　……弟のベルデンは、きみの義理の息子？　……そいつは期待が持てそうだ。その男の人相風体と現在の居場所が知りたい。それと、シェヴェリー！　写真を電送するよ、事件の関係者の写真を半ダースほど送るから、義理の息子さんや、ダレルに会ったことのある人に見せてくれ。それで知った顔がなかったか教えてほしいんだ、できるだけ早く……。恩に着るよ。この借りはいつか倍にして返すつもりだ」

コルトから指示される前に、わたしは内線電話で写真係のマークルを呼びだしていた。ほどなく当人がオフィスに駆けこんできた。マークルは本業のかたわらレンゲルの指示のもと、事件関係者ほぼ全員の写真を撮っていた。その手の写真が簡単に手に入るようになったのはここ最近のことだ。タブロイド紙が熱心に収集しているし、彼らはいつだって警察と協力関係を築きたがっているからだ。コルトはマークルにすべきことを伝えた。

「これから言う人々の写真をシェヴェリーに電送してくれ。ジェラルド・カーテンウッド、パウエル大佐、パウエルの秘書、エラリー・チャドウィック、ソーンダース、それにパディ・カーテンウッド。大至急頼む、マークル」

マークルが部屋を飛びだしていくと、コルトは一枚の紙を手に取って、そこにタイプされた文章にざっと目を通し、瞳を輝かせてわたしを見た。

「ドアティの右腕のホーガンが、容疑者のひとりであるパウエル大佐に不利な証拠をひとつ取り除いてくれたよ。一風変わった些細な証拠なんだがね。小さな紙袋に入ったダルスという海藻のことを覚えているだろう？ あの海藻について都合のいい仮説を立ててみたんだ。ハリファックスで船を降りたパウエルが、ニューヨークへやってきてふたりを殺害したとき、警察が犯人を突き止めやすいように、持参したダルス入りの紙袋を現場に残していったのではないかって。それがいまホーガンから報告が入ってね、ダルスはビーズリー牧師が好んで食べていたものらしい。ニューヨークのふたつの店が、ビーズリーから注文を受けてダルスを仕入れていることが判明した。したがって、あれは彼自身があの家に持ちこんだと考えてまず間違いない。現実とはそんなものだ。不可思議な事件なんてまったくないとは言わないが、めったにあるものじゃない。有望そうに思えた小さな手がかりが、結局のところ偶然から生じた思い違いにすぎないと判明したら、それはもう不可思議な事件ではないんだ」

ヘンリー警部がオフィスに入ってきて、ウィリー・ソーンダースと娘のイザベルの到着を告げた。

「通してくれ」見るからに満足げな表情でコルトが言った「ひとつ確かめておきたいことがあってね。イザベルが力になってくれると思う」

ここに来てソーンダース父娘《おやこ》の重要性が再び増しているようだった。ウィリー・ソーンダースが身に着けているスーツは明らかに新品で、靴やネクタイや帽子も新たに買いそろえたものらしい。娘のイザベルは真新しい洗練されたデザインの喪服に身を包んでいた。わたしは改めて彼らを憐れに思った。なぜなら、殺害された女が、悲嘆に暮れる夫と娘に、その悲嘆に見合うだけの愛情を抱いていたとは思えないからだ。しかしその一方で、この醜聞にまみれた殺人事件のおかげで、彼らはいま、人生で最初にして最後となるだろう世間の注目を集めている。

「葬式の準備があるのでね」ウィリー・ソーンダースが先に口を開いた。「手短に頼みますよ」

「ひとつだけはっきりさせておきたい問題があるんですよ」コルトが言った。「わたしがその問題を非常に重視していることを念頭に置いたうえで、率直に答えていただきたい。いまはもう認められますね、ソーンダースさん、奥さんがビーズリーに好意を持っていたことを」

ソーンダースは真剣な面持ちでうなずいた。

「女房はたぶん、そうだったんだろう」

「怪しいと思っていたのではありませんか、事件が起きるずっと前から」

「うん、まあ、思っていたのかもしれないな。だとしても、たぶん考えまいとしていたんだ」

コルトはイザベルに視線を移した。

「きみはどうかな。そのことで何か知っていることはないかい？」

「ありません」

コルトはそれ以上追及しなかったが、納得していないことは目を見ればわかった。

「少なくとも、奥さんがビーズリー牧師とサングスター・テラスという家で落ち合ったことはわかっている。犯行の手口からして、奥さんかビーズリー牧師、もしくは両名に恨みを持つ何者かが、その家に密かに出入りしていたとわたしは考えている」

「それで？　続きを聞かせてくれ」ウィリー・ソーンダースが先を促した。

「問題はどうやって出入りしていたかだ。わたしは昨日、きみにたずねたね、イザベル、お母さんが鍵を失くしたと言っているのを聞いたことはないか、と。お母さんの友だちなら、合い鍵を作るあいだだけ鍵を持ちだすことができるはずだ。誰か怪しいと思う人はいないかい？」

イザベルはいぶかしげに目を細めた。

「誰が怪しいかなんてわからない。ただ――ううん、やっぱり知らない」

「きみのお母さんと仲がよかったのは誰かな？」

「さあ、誰かしら」イザベルの口調には棘があった。「こんなことになる前は、教会に通っている人たちとはみんな友だちだったし、いまだってお母さんのことを悪く言う人はいないわ。日曜学校の先生たちはみんな、以前はよくうちに来ていたのよ。ベッシー・ストルーバーや、エマ・ヒックスや、それに聖歌隊の人たちも」

「しかし、そのなかから鍵をこっそり持ちだしそうな人を選ぶことはできないんだね？」

「そうよ、できないわ。エマ・ヒックスならやりそうだけど。母の仕事を盗んだくらいだから。だから と言って、彼女を鍵泥棒呼ばわりする理由はどこにもないもの」

「では、男の客が訪ねてきたことはないかな？」

「ありません」

「イザベル、きみはお母さんを殺した犯人を捕まえたいと思っているんだろう？」

「もちろん」

「まだ話していないことがあるんじゃないか、事件と関わりがあるかもしれないことで」

イザベルの答えは驚くべきものだった。

「ええ、たしかにあるわ。だけど、あれはいったいなんだったのかしら、コルトさん。今年の三月か四月に、母に差出人の名前のない手紙が届いたんです」

「聞いてないぞ、そんな話」ウィリー・ソーンダースがまっさきに反応した。「なんて書いてあったんだ？」

「それがね、気味の悪い手紙だったのよ、お父さん。正確な言いまわしとかは忘れちゃったけど、お母さんに注意を促す内容だった。用心しないと、誰かに毒を盛られることになるぞって書いてあったの」

わたしの脳裏に前夜の電話でのやりとりがよみがえった。ノーフォーク警察の本部長との会話のなかで、コルトが〝毒〟という言葉を驚きとともに発したのだ。いったいどんな新たな可能性がわれわれを待ち受けているのだろう。

「その手紙はどうしたんだい？」コルトがたずねた。

「お母さんが火をつけて燃やしました」

コルトはデスクの一番上の引きだしを開けて、エラリー・チャドウィクから手に入れた匿名の手紙を取りだすと、黙ってそれをイザベルに差しだした。

「この手紙の文字と似ているかな？」

イザベルは驚いて目を見張ったが、女ならではの抜け目のなさを発揮して、手紙を読みおわるまで返事をしなかった。

「ええ。あたしにはまったく同じ文字に見えます」

ドアが開き、ヘンリー警部が顔をのぞかせた。

「指紋係のウィリアムズが、いますぐお会いしたいと騒いでおります、本部長」

この朗報を耳にするや、コルトはソーンダース父娘の聴取を打ちきり、数時間以内に再度出頭を求める可能性があることを伝えたうえで、ふたりを引きとらせた。わたしが彼らを横のドアから送りだすのと同時に、別のドアからウィリアムズが飛びこんできた。小脇に抱えているのは、引き伸ばした写真の束だった。

コルトとわたしが無言で見守るなか、ウィリアムズはもったいぶった手つきで、聖職者のごときおごそかな雰囲気を漂わせながら、窓際の机の上に二、三枚ずつのグループに分けて写真を並べていった。

「見てください、本部長」ウィリアムズがようやく口を開いた。「第一グループは、教会堂の賛美歌集の棚から採取した三人分の指紋です。誰のものかはすぐにわかりました。ビーズリー牧師と、ソーンダース夫人と、ベッシー・ストルーバーという女のものです。昨日、このオフィスのドアノブから採取した、彼女の右手の指紋と一致しました」

コルトは厳粛にうなずいた。

「ストルーバーの指紋は、日曜学校の教室から持ってきた糊の壺からも出たのか?」

「はい。ベッシー・ストルーバーの指紋がくっきりと残っていました」

コルトがわたしに謎めいた一瞥をくれた。

「つまりベッシー・ストルーバーが、ビーズリーとエヴリンの秘密の郵便ポストをひそかに見張っていたということだ。彼女は手紙を開封し、気づかれぬように再度封をしていた。しかし、だからといってすべての罪を彼女に着せるのは無理がある。他に使えそうな指紋は見当たらなかったのかね。回収した大工道具やダンベルはどうだ?」

「道具箱のゲージからひとつと、ダンベルからは多数の指紋が検出されました」

「誰の指紋だ?」

「ビーズリーです」ウィリアムズから返ってきたのは意外な答えだった。噛みつかんばかりの勢いでコルトがさらにたずねた。

「犯行現場のほこりだらけのクローゼットのなかに残っていた指紋は?」

けたたましい電話のベルが、興奮で張りつめた空気を切り裂いた。写真の検分に忙しいコルトとウィリアムズを残して、わたしは電話へ急いだ。それはシカゴからの長距離電話だった。数秒後、コルトは再びシェヴェリー本部長と言葉を交わしていた。昂ぶる感情を押し殺して話に耳を傾けたあと、コルトは礼を言って受話器を置いた。

「トニー」好奇心で目を輝かせているわたしを憐れみつつ、コルトは言った。「電送した写真はシェヴェリーに届かなかったが、彼は謎の一部を解き明かしてくれたよ。それ以外の謎がさらに深まっただけとも言えるが。サングスター・テラス一三番を購入した謎の人物は、ティモシー・ビーズリー牧師その人だった。不動産の仲介業者が新聞で彼の写真を見て、間違いないと言っているそうだ」

第十六章　サングスター・テラスでの顛末

　ウィリアムズが去り、コルトとわたしのふたりだけになった。コルトはシカゴから届いた驚くべきニュースをわたしに語って聞かせたあと、再び自分の殻に閉じこもり、指紋の写真を眺めながら物思いにふけっていた。あたかも引き伸ばされた渦巻きや輪状の紋様のなかに、謎を解く鍵が隠されているかのように。それでいてコルトがどんな小さな物音にも敏感に反応し、そのたびに期待に満ちた目で周囲を見まわすことにわたしは気がついていた。コルトは何も言わず、オフィスのなかをぐるぐる歩きまわり、ひたすら待っていた。そしてついに待望の知らせが届いた。

　ヘンリー警部が部屋に入ってきた。

「ハッチソンがノーフォークから戻ってきました、本部長。レンゲル警視も一緒です」

「通してくれ」

　レンゲルが颯爽と登場し、ハッチソンがあとに続いた。ハッチソンは疲れ果てた顔をしていたが、口調は淀みなく、声には熱がこもっていた。

「今朝八時にこちらの飛行場に戻ったあと、ただちに任務に取りかかり、合流したレンゲル警視とともに目的地にたどりつきました。本部長の要望を通すのにずいぶん手こずりました――が、なんとか連れてくることができました。寮母も一緒です」

わたしは狐につままれたような気分で話を聞いていた。彼らは事件の核心に迫る話をしているのに、わたしは蚊帳の外に置かれていた。何が起きているのか知りたくてたまらず、いますぐ事情を説明してくれと懇願せずにいるのがやっとだった。

「彼らはいまどこに?」コルトがたずねた。

「正面玄関の前に停めた車のなかです」

コルトは腕時計に目をやった。

「三時か」ぼそりとつぶやいた。「ふたりをドライブに連れだしてくれ。それで、今夜七時にサングスター・テラス一三番へ連れてきてほしい。その時間なら、他の関係者が来るまでにたっぷり一時間はある。レンゲル、彼らを受け入れる準備をしてくれ。二階の居間に案内したら、ドアに鍵をかけて、ハッチソンを見張りにつけること。出番が来たらトニーを呼びにいかせるから、それまでは部屋から一歩も出てはいけないよ。わたしがこの計画を楽しんでいないとは言わないが、われわれが使い得る最後にして唯一の切り札になるだろう。失敗は許されない。レンゲル、今夜わたしがあの家に召集するそれ以外の人々を出迎えて、一階の応接間で待機させてくれ。必要なときに順番に別室に来てもらうつもりだ」

再びコルトとわたしのふたりだけになった。しかしコルトは、興味津々のわたしに質問の機会を与えず、代わりにドアティに電話をかけた。わたしはコルトの希望でたびたびそうしているように、内線電話でふたりの会話に耳を傾けた。

「もしもし、ドアティ」

「やあ、サッチャー」

「首尾はどうだね？」

「上々さ！　最高だよ！　しかし、まあ、いずれはなんらかの進展があるだろう」

コルトが声を出さずに笑った。

「ドアティ、もう一度わたしと合流しないか？」

「俺が必要だって言うなら、もちろん行くさ、サッチャー」ドアティの威勢のよい返事には、どこか安堵の響きがあった。

「サングスター・テラスにカーテンウッド家の一同とパウエルを集めたいんだ、今夜八時きっかりに」

「サッチャー、今度は何を企んでる？」

「引き受けてくれるのか？」

「わかったよ、サッチャー、相変わらずだな」

コルトは笑みを浮かべたまま受話器を置いた。

「さて、わたしはソーンダース家と残りの関係者をあそこに集める手はずを整えるとしよう。トニー、きみは書きためた記録をタイプする作業に取りかかってくれたまえ。このショーの最後の幕が開くまで、まだ四時間以上あるからね」

その四時間は、月曜深夜にコルトとわたしが市警本部からベルヴュー埠頭へ急行して以降に起きた出来事を、改めて概観する機会となった。わたしのかばんに詰めこまれた六冊のノートには、コルトの捜査の一部始終が速記法で記録されていた。死体安置所《モルグ》やアーセナルやサングスター・テラスでの調査と検証、コルトの自宅で行われた二家族への事情聴取、それに続く様々な出来事、すべての供述や証言を書き起こすには、どんなに根を詰めても数日はかかりそうだ。四時間後にタイプライターから顔を上げたとき、わたしはまだジェラルド・カーテンウッドの最初の事情聴取を牛のような足どりで文字に起こしているところだった。すでに黄昏が窓から忍びこみはじめていた。

夕食をとる時間はなさそうだった。わたしがタイプライターをオイルクロスで覆いはじめると、コルトは席を立って、デスクの上の大量の書類を一番上の引きだしのなかに押しこんだ。

「この複雑に入り組んだ謎を解き明かす答えがひとつだけあるんだよ、トニー。最初にぴんと来たのは、例の集合写真を見たときだ。でも、ゆうべあの手袋を受けとるまでは、どうしても繋がらない部分があってね。手袋が見つかって事の真相に少しだけ近づいた——火薬のにおいが残っていたからね。今夜はかなり荒っぽい手を使わねばなるまい。最後の切り札を出さずにすめばいいのだが」

サングスター・テラス一三番に到着すると、正面の緋色のドアではなく、裏口から一階の薄暗い廊下へ入った。シュルツ刑事が階段の前で見張りに立っていた。招集をかけていた全員が応接間に集まっており、その部屋にはゆったりと座ることのできる椅子が人数分そろえてあるという。

「何人いる?」コルトがたずねた。

「十一人です——ビーズリー夫人、カーテンウッド兄弟、ウィリーとイザベルのソーンダース父娘、パウエル大佐、ベッシー・ストルーバー、エマ・ヒックス、警備員のクラウス、教区委員長のエラリー・チャドウィック、そしてラブル夫人」

「結構。地区検事長は?」

「上階《うえ》の奥の部屋で本部長をお待ちです」

「二階の居間はどうだね?」

「誰かいるようです――が、ドアの前にハッチソンが陣取っていて、彼が言うにはあなたの指示で――」

「わかった」

階段の昇り口に細長い鏡があって、廊下の薄暗い電灯に照らされた自分の顔は青白く、まるで幽霊のようだった。わたしは不吉な予感に取りつかれていた。階段をのぼりながら、壮大な悲劇的結末に一歩ずつ近づいている気分だった。コルトは階段をのぼりきったところで立ち止まり、ハッチソンと小声でひとことふたこと言葉を交わした。その後、ティモシー・ビーズリーとエヴリン・ソーンダースが殺害された部屋を再び訪れた。

こちらに背を向けて、ドアティが窓の外を流れる川を眺めていた。足音に気づいて彼が振り返った。

「サッチャー、その袖の下にいったい何を隠しているんだ?」振り返りざまにたずねた。

「とっておきの切り札だよ。どうしてわかった?」

「正直言って、俺は何もわかっちゃいない。あらゆる手を尽くしたが、未亡人とその弟たちの供述をいまだに打ち崩せずにいる」

「頑固な連中だからね。それにしても、きみの読みは間違っていないさ」

「先に種明かししてくれよ、サッチャー。一階の応接間に関係者を全員集めて、いったい何を始めるつもりだ?」

「わかっているなら話すよ。でも、何が起こるかわたしにもわからないんだ、ドアティ。漠然とした疑念から生まれた仮説を試すつもりだが、事態が動けば、きみにもすぐにわかるはずだ」

「そうか」ドアティは落胆のため息を漏らした。「で、いつ始める?」

「すぐにでも始められるよ。すでに関係者はそろっているからね。しかし、そのなかにわれわれを容疑者のもとへ導いてくれる証人は、ひとりしかいないとわたしは考えている。そして、その貴重な証人のことをわれわれはなおざりにしてきた」

「パディ・カーテンウッドか?」

「いや——ベッシー・ストルーバーだ」

「ベッシー・ストルーバー?」

「そう、ベッシー・ストルーバーだ。かつては美しく着飾っていた女があんな冴えない格好をしているのは、いっとき心を病んだときに、女として美しくありたいという気持ちをすり減らし、失ってしまったからかもしれない。そして彼女が寸暇を惜しんで働くのも、そうして稼いだ金の使い道がわからないのも、ちゃんとした理由があって、その理由がわれわれの推理の欠けている部分を補ってくれるかもしれない。トニー、ベッシー・ストルーバーを連れてくるようシュルツに言ってくれ」

ビーズリー牧師の元秘書は不安に震えながら、殺人のあった部屋に入ってきた。コルトはすかさず椅子を勧め、素直に腰を下ろした彼女は、昨日、市警本部ですべての質問に歯切れよく答えたときと同じ、くすんだ茶色一色の身なりをしていた。しかし態度は明らかに違う。びくびくと室内を見まわす様は、まるで壁そのものにおびえているようだった。そんな反応を示すのは、同じ教会に属する一組の男女がここで殺害されたことを、新聞の記事を読んで知っているからだろう。コルトは彼女を安心させようと精いっぱい優しい声で語りかけた。

「あなたが協力してくれたら、この忌まわしい悲劇の真相を解き明かすことができるかもしれない」

「そう言われても、わたしは事件のことは何も知りませんので」

「あなたはそう思っているとしても、力になっていただける可能性があるのです、ストルーバーさん」

「お役に立てるのなら最善を尽くしますわ」

「そう言ってくださると思っていました。本題に入る前に、これからする質問には明確な意図があることをご理解ください」

「わかっています、コルトさん」

「たとえ、個人的な問題に立ち入る質問だと思われたとしても」

「個人的な問題？」

「五、六年前の秋に、つとめていた教会の日曜学校の行事で、ピクニックに出かけたことを覚えていらっしゃいますか？」

　ベッシー・ストルーバーの明るい褐色の瞳が、突如として驚きの光で満たされた。

「五、六年前のピクニックと言われても……ピクニックには何度も行きましたから」

「ひょっとすると」コルトは構わず続けた。「その日の服装を思いだせば、記憶もよみがえるかもしれませんね。あなたはフエルトのつばなし帽《トーク》をかぶっていた。頭にぴったりフィットした小さな帽子で、額の部分にローマ時代の兜を模したひだ飾りがあしらわれている。いま着けているイヤリングと同じ古風なデザインのペンダントを下げ、流行のスーツに身を包み、スカートの丈は膝が隠れるくらいで、ハイヒールを履いていた」

　簡潔かつ詳細な描写によって再現されたのは、ビーズリー牧師の書斎の集合写真に写っていた、あの若い娘の服装だった。ベッシー・ストルーバーは衝撃を受けていた。血の気の失せた薄い唇に一瞬震えが走り、目に涙がにじんだ。すぐには言葉が出てこなかった。ひと呼吸置いて咳払いをしたあと、彼女はおもむろに口を開いた。

「そうかもしれません。若いころはよくそんな格好をしていましたから」

たしかに大きな謎ではあった。彼女がこれほど外見に気を遣わなくなったのはなぜか。だが、さらに不可解なのは――つまり、当時のわたしが不可解に思っていたのは――コルトがこの問題にやたらと固執していることだった。かつて美しい音色を響かせていた錆びた楽器の切れた弦を、再びかき鳴らすことになんの意味があるのか。

「そのピクニックの日、あなたは誰よりも美しく魅力的な女性だったと言ったら、気を悪くされるでしょうか」コルトは静かに言葉を継いだ。

「その場にいたのですか?」

彼女の声はかすれていた。おどおどと周囲を見まわす目は、いまこの瞬間にも隠しごとが露見するのではないかと恐れているようにも見える。

「いえ、そうではなく、写真を見たんですよ」

彼女は曖昧にうなずいた。

「どうしてそんな過去の話を持ちだすのですか?」

「あのとき、あなたは美しかった」コルトは強い口調で言った。「しかし、突然、別人のように変わってしまった。失礼なやつだと怒らないでください。変わったのはあなたの美しさではなく、心のなかにある何かだ。あなたは美しくあろうとする意志を失った。若くありたいという気持ちを、幸せになる資格を、手放してしまった」

彼女はもう一度コルトをちらりと見た。

「どうしてそんなことを言うのか、わたしにはさっぱりわかりません」

「あなたは変わった」コルトは構わず話を進めた。「お友だちに話を聞いてまわったところ、目に見えて変わった時期が明らかになりました。あなたが長い休暇から戻ってきて、エヴリン・ソーンダースに秘書の座を奪われたと知ったときです」

ベッシー・ストルーバーはあらぬほうを向いて深く息を吸いこんだ。

「わたしは身体を壊して、お医者さまに転地療法を勧められました。体調がすぐれないのは、思えばあれが始まりなのかもしれません。だけど、それがどうしたというんです？　わたしの健康状態がどうだろうと、わたしの美しさとあなたが呼ぶものが失われようと、今回の事件とは関係ないでしょう」

「わたしが先ほど言ったことを思いだしてください。個人的な問題に立ち入る質問をするのは、明確な意図があってのことです。ビーズリー牧師のもとで働くのを辞めたのはいつですか？」

「五年前の八月です」

彼女の華奢な手が椅子の肘かけをきつく握った。

「わたしは病気で、ここを離れる必要があった。ビーズリー牧師がわたしを行かせたんです」

「なるほど。それで、どちらへ行かれたのです？」

「西へ行きました」

「具体的に言うと？」

「デンバーの友人のところです」

「名前を教えてください」

「コルビー夫妻です。クララは学生時代の友人で、彼女も夫のコルビーさんも快くわたしを迎え入れてくれました」

「どのくらいそこに?」

「三、四カ月です」

「病院へは?」

「ええ、もちろん行きました」

「どこが悪いと言われましたか?」

「わたしは重度のノイローゼでした。根を詰めて働きすぎたんです——あの教会で」

コルトは長椅子から立ちあがると、ゆっくりと彼女に歩み寄った。

「あなたを傷つけたくはない」真剣味を増した口調で言った。「しかし、これもすべて事件に関わることですので」

「どういうこと?」

「あなたはティモシー・ビーズリーを憎んでいましたか?」

「まさか!」

「あなたが彼らの手紙をこっそり読んでいたことはわかっています。チャドウィックに匿名の手紙を出してふたりの関係を告げ口したのはあなただし、エヴリン・ソーンダースに脅迫めいた手紙を送りつけたのもあなただ。どうしてそんなことをしたのです?」コルトは追及の手を緩めなかった。「答えてください」

「答えることなんてできないわ。なんの話をしているのかわからないもの」

「知らないふりをしても無駄ですよ。賛美歌集の棚からも、手紙に封をし直すときに使っていた糊の壺からも、あなたの指紋が検出されているのです。それでもまだ足りないと言うなら、そのクローゼットのほこりの上に残されたあなたの指紋を提示することもできる」

コルトが踵をめぐらせてクローゼットの扉を開けると、ベッシー・ストルーバーは悲鳴を上げた。事件当日、獲物を待つ虎のように何者かが身を潜めていたクローゼットの扉を。

「神よ、憐れみたまえ」彼女は悲痛な声で訴えた。「わたしをここから出して。ひとりにして」

コルトは身を乗りだして彼女の両手をつかんだ。

「あなたは何かを隠している。しらを切るのはやめて真実を話すんだ。自らの信仰に従って正しいことをしなさい」

「やめて、いやよ、離して」

「それほどかたくなに口を閉ざす理由はなんですか?」

「いやよ、わたしは何も話さない。たとえ拷問にかけられても、絶対に話すものですか」

彼女はすすり泣きながらコルトの手を振り払い、両手で顔を覆った。コルトはしばし無言で立ち尽くしていたが、低い緊迫した声で再び話しはじめた。

「あなたが療養のために向かった先はデンバーではない、ノーフォークだ」

すすり泣きがぴたりと止まり、ベッシー・ストルーバーは指の隙間からコルトをのぞきみた。その姿はまるで、とどめの一撃を待つ手負いの獣のようだった。

「これ以上嘘をつくのはやめなさい。騙されるにはわたしは知りすぎている。この事件が起きてからずっとあなたを見張らせていたのです。ストルーバーさん、あなたが身なりに構わなくなった理由をわたしは知っている。かつては美しく着飾っていたあなたが、そんな野暮ったい格好をしているわけを。それは、他のことにお金を使っているからだ」

彼女は華奢な手で頬を包んだまま、絶望的な表情でコルトを見ていた。

「誰にも言わないで。お願いだから誰にも言わないで！　あんまりだわ。一生懸命働いてきたのに。必死で頑張ってきたのに」

「それでもまだビーズリーを憎んでいないと言うのですか？」

「そうよ、言ったでしょう。こんなふうにいたぶるのはやめて。憎んでいないと言ったら、憎んでいないのよ」

「あの男に殺されそうになったあともですか？」コルトの声は鞭のように鋭かった。

ベッシー・ストルーバーは弾かれたように立ちあがり、慌てて周囲を見まわした。

「なんの話？　どういうつもりでそんなことを言うの？」

コルトは彼女の肩に手を置いた。

「ビーズリーはあなたに薬を与えた。あなたはそれを飲まなかった。だが、それが毒薬であることを知ってしまった」

「神よ、助けたまえ！」彼女は叫ぶなり、椅子に崩れ落ちた。それでもコルトは追及の手を緩めるわけにはいかなかった。再度詰め寄って彼女の両手をつかむと、無理やり顔を上げさせた。

「好きこのんであなたをいたぶっているわけじゃない。だが、法に背くことは断じて許されない。もう終わりにしましょう。事件について知っていることを話していただけますね？」

「無理よ――できない――死んだほうがましだわ！」

コルトはくるりとこちらを振り返った。ドアティとわたしを見る目には、後悔とやり場のない悲しみが満ちていた。やむを得ないこととはいえ、自分のしたことを悔やみ、神に許しを請うているかのようだった。

コルトは決然たる足どりで部屋を横切り、ドアを開けると、ハッチソンを小声で呼んだ。

「ストルーバーさん、そこまで言うなら仕方がない。どうかこのドアを見てください」

彼女が呼びかけに応じて虚ろな顔を上げたとき、戸口にひとりの女が現れた。その手を愛らしい金髪の男の子が握っていた。年齢は四歳くらい。女のスカートにしがみつくようにして立っていた。眠そうに目をこすり、困惑した顔でぼんやりとコルトを見あげた。部屋の奥の三人には気づいていなかった。われわれが呆気に取られていると、コルトはぴしゃりとドアを閉めた。その刹那、ベッシー・ストルーバーが雌虎のごとく突進した。行く手を阻むコルトに狂ったようにすがりつき、うめき声を上げながら、ドアのところへたどりつこうと手足をばたつかせて必死にもがいた。

「わたしの坊やをどうするつもり！」

コルトは暴れる女を抱えあげて長椅子へ運んだ。すると突然、彼女はぴたりと抵抗をやめて、コルトの腕のなかでぐったりと動かなくなった。

「心配いりません」コルトは彼女を長椅子の上にそっと下ろした。「息子さんの安全は、われわれ警察によって百パーセント守られています。そして、あなたが真実を話してくれたら、あの子の未来はより安全なものになるでしょう。このまま黙秘を続ければ、わたしはあなたを逮捕しなければならない。あの子のことを考えて、どうかほんとうのことを話してください」

「お話しします、何もかも」母親は声を震わせてうめくように応じた。

第十七章　ビーズリー／ソーンダース事件の真相

　ベッシー・ストルーバーは事件の経緯を語るあいだ、自分ではなく愛する息子のために闘っていた。彼女から取引を持ちかけてきたわけではないが、洗いざらい話したら息子のもとへ行って構わないというコルトの励ましと約束を心の支えに、彼女は気持ちを奮いたたせてわれわれと向き合った。やつれた青白い顔をしていたが、口調はしっかりしていた。

「そもそもの始まりから話してもらおうか」事態の急転に戸惑うばかりのドアティは、これまでに聞いたことのないような優しい口調で彼女を促した。

　ここから先のベッシー・ストルーバーの証言は、わたしの速記録からの引用である。

「ビーズリー牧師の秘書として働きはじめたとき、わたしは彼のことを崇拝していました。とはいえ、忠実な助手以上の存在になりたいと思ったことは一度もありません。

　彼が奥さんに満足していないと知ったのは、働きはじめてまもなくのことです。彼が愚痴をこぼしたわけではなく、奥さんがしょっちゅう書斎に来て、仕事の邪魔をしたり、あれこれ指図したりするのです。教会の運営方法や、するべきこと、誰が重要で誰が重要でないかを説いて聞かせていました。まるで選挙運動を取り仕切る政策顧問みたいに。

　彼がビーズリー夫人との離婚を望んでいなかったことは、いまならわたしにもわかります。ふたりはある種のビジネス・パートナーで、彼は野心の塊だった。それでも共感や優しさや理解を必要としているはずだ――当時のわたしはそう思っていました。それがどんな結末を招いたかはご存じのとおりです。いつしかわたしは、彼に妻が与えられないものを与えることが自分の義務だと思うようになっていた。正しいことではないとわかっていました。彼のことを一方的に責めるつもりはありません。わたしは自分がしていることを自覚していたし、充分に分別のつく年齢でした。家庭の平安を乱そうとか、そういうことを考えたことは一度もありません。わたしは彼の妻になりたかったわけじゃない。わたしはその状況に完全に満足していたし、愚かなことに、永遠に続くと信じていたのです。

もちろん、続くはずがありません。わたしは妊娠したことに気づき、彼に打ち明けました。彼は烈火のごとく怒って、わたしを非難しました。自分を騙して、赤ん坊を盾にゆするつもりだろうと言うんです。それで目が覚めました。その後、彼は薬をくれると言いました。それを飲めば万事丸く収まるから心配いらないと。箱に入ったカプセル薬を差しだされたとき、わたしは何も言わずに受けとりましたが、飲まないことはわかっていました。彼を信用していなかったのではなく、ただ子どもが欲しかったのです。ビーズリー牧師に捧げた愛情は、わたしの人生においてかけがえのないものだった。子どもを殺してしまったら、わたしには何も残らない。子どもが生まれれば、わたしが育んできた何かしら美しいものを感じることができる。

しばらくニューヨークを離れようと思うとわたしが言うと、ビーズリー牧師は賛成してくれました。安堵で胸を撫でおろしているのが見えるようだった。それでわたしは、あなたが突き止められたとおりノーフォークへ行って、そこで赤ん坊を産みました。お世話になった病院で、ビーズリー牧師からもらった薬のことを看護婦さんに話したら、見せてほしいと言われて。もちろん、わたしは本名を明かしていないし、薬をくれた男の名前も言っていません。でも数日後に、その看護婦さんが病室に現れて、例のカプセルにはモルヒネが入っていたと教えてくれました。飲んで数時間以内にわたしを殺すことのできる量のモルヒネが。健やかに眠る赤ん坊の隣でわたしはようやく理解しました。あの善人ぶった聖職者は血も涙もない残忍な男であり、わたしは危ういところで命拾いをしたのだと。わたしはニューヨークに戻り、信頼の置ける養護施設に息子を預けました。

すでにわたしの代わりにエヴリン・ソーンダースが雇われていました。わたしは教会の仕事を辞めたわけではなかったのに。戻ってきて最初の日曜礼拝に参列したときのことはいまも覚えています。ビーズリー牧師が祈りを捧げるために立ちあがって、いつもの信者席に座るわたしを見たときの表情は一生忘れられません。彼にはいっさい連絡をしていませんでした。わたしは死んだものと思っていたのでしょう。彼はわたしを恐れていました、そんな必要はないのに。向こうがそっとしておいてくれるなら、わたしは二度と関わらないつもりでした。ところが、その後まもなく、エヴリン・ソーンダースがわたしの代わりをそっくりそのまま引き継いでいることを知ったのです。

エヴリンに警告しなくては、とまっさきに思いました。でも、思いとどまりました。結局のところ、彼女は既婚者ですから。余計な口出しはするまいと決めたのです。彼女が彼のもとで働きはじめたのが一月、わたしがニューヨークへ戻ってきたのが二月。それからの二年間は、何事もなく過ぎました。わたしは両親に真実を打ち明け、話し合いの結果、父と母がわたしの息子を養子として迎えることになり、三人ともその日を心待ちにしていました。ビーズリーとエヴリンはとても用心深く行動していたけれど、去年に入ってから信者のあいだでふたりの噂が囁かれるようになって、エヴリンは仕事を辞めざるを得なくなった。後任にエマ・ヒックスが入ったのはそのときです。

それでも、平穏な日々は続いていました、今年の二月までは。そのころ、わたしはふたつの危険な兆候を察知したのです。ひとつは、ビーズリー夫人とその家族がビーズリーを一足飛びに昇進させようと目論んでいたこと。もうひとつは、エヴリン・ソーンダースが赤ん坊を授かった——もしくは、授かったと思っていたこと。人のことをとやかく言える立場にないことはわかっています。でも、ウィリー・ソーンダースが数年前の事故のあと、子どもの父親になれなくなったことを知らない人はいません。もしもエヴリンが子どもを授かったとなれば、教会は深刻なスキャンダルを抱えることになるでしょう」

「あなたはどうやって知ったのですか、ソーンダース夫人が赤ん坊を宿したかもしれないと思っていたことを？　検死解剖の結果、妊娠していなかったことが判明していますが」

「オルガンの後ろの通路でふたりが話しているのを聞いたんです。わたしは奥の階段を下りるところでした。ビーズリー牧師はそれ以前に、ほとぼりが冷めるまでどこか遠くへ行こうと言ったことがあるらしくて、エヴリンはその話を持ちだして、いまがそのときだと言いました。コルトさん、わたしは関わりたくなかったのです。息子のためにできるかぎりのことをする、それがわたしの罪滅ぼしですから。でも、ふたりの話を聞いたあとは、エヴリンの身を案ずるようになりました。わたしを毒殺しようとしたように、ビーズリーは彼女を消そうとするはずだ。それがエヴリンに匿名の手紙を送った理由です。同じ理由で、チャドウィックにも手紙を書きました。賢いやり方ではなかったかもしれません。でも、わたしは正体を明かすことなく彼女を助けたかった。その後、ビーズリー牧師が駆け落ちしようとしているという噂をエマ・ヒックスから聞きました。彼が駆け落ちなどするはずありません。出まかせに決まっている。でも、彼は最後の瞬間まで彼女を騙すつもりだった。もしも彼が切符を買っていたなら、それは自分が使うためのものです。犯行が露見して、逃げなければならない場合に備えて。

そのときからわたしはふたりを見張るようになりました。オルガンの陰に身を潜め、彼らが賛美歌集の棚に手紙を隠すのを見て、その手紙を盗み読みました。そして心に決めたのです。もしもビーズリーがエヴリンに危害を加えそうな兆候が見えたら、いかなる危険を冒しても、ビーズリーよりも先にエヴリンと向き合って、真実を話そうと。サングスター・テラスに家を借りていることを知ったわたしは、エヴリンの家で一日過ごしたときにその鍵を手に入れて、合い鍵を作ったあとこっそり返しました。彼女は鍵がないことに気づいていなかったんじゃないかしら。

手紙を何通か読むうちに、彼らがどんな計画を立てているかがわかりました。エヴリンは親戚を訪ねるふりをしてこの家でビーズリーと落ち合い、その夜のうちに蒸気船で中国へ渡り、二度と戻ってこない。それはビーズリーの発案でした。でも、彼には別の計画がある気がして、わたしはエヴリンのことが心配だった。この家でビーズリーとふたりきりになったとき、彼女の身に何が起こるのか――。しかも彼女の家族は、エヴリンはバーモントへ行って、少なくとも数日は連絡が取れないと思っているわけですから。

わたしはこの家に来て、彼らと対峙し、エヴリンを助けられるものなら助けようと覚悟を決めました。

わたしがいたのはまさにこの部屋です。待つあいだ、川を行き来するボートを眺め、過酷な試練に立ち向かう自分を励まし、気持ちを奮いたたせていました。ビーズリーはかっとなると何をするかわからないし、彼の逆鱗に触れることはわかっていましたから。その部屋には奇妙な点があった。その時点では、とくに重要なこととは思わなかったけれど、黒いオイルクロスが床一面に敷いてあったのです。

夜の八時近くに、玄関のドアが開く音が聞こえて、途端にわたしは怖くなりました。ビーズリーはかつてわたしを殺そうとした。二度目もあるかもしれない。わたしはすっかり怖気づいてしまいました。ひどい臆病者ですね。覚悟を決めたはずなのに、簡単に放棄してしまった。自分ひとりでは、とても立ち向かえそうになかった。

玄関のドアが開く音を聞いたとき、とっさにそこのクローゼットに隠れました。ふたりがいなくなるまで、身を潜めているつもりで。階下《した》からエヴリンの鼻歌がかすかに聞こえてきました。ご存じとおり彼女は教会の聖歌隊隊員で、美しい声の持ち主だった。彼女はとても幸せそうでした。やがて再び玄関のドアが開いて、『エヴリン、そこにいるのかい、エヴリン』と呼びかけるビーズリーの声が聞こえてきました。彼女が牧師の名前を呼び、キスをしたあと、階段を上がってくる足音がした。わたしは慌ててクローゼットの扉を閉めようとした。でも、完全には閉まらなくて、いずれ見つかってしまうと思いました。

ビーズリーはエヴリンを窓辺へ連れていくと、『ねえ、きみ、あの手紙は持ってきてくれたかい？』とたずねました。『持ってきたわ』と彼女は答えた。『だけど、少ししかないのよ。残りはずいぶん前に捨ててしまったわ。いまになってどうして返してほしいなんて言うの？』彼女が差しだした小さな包みを、牧師はポケットに押しこみました。手紙はあとで回収されましたが、そのうちの一通がボートで発見されたことを新聞で知りました。きっと回収したときに落ちたのでしょう。

その後、牧師はエヴリンに向き直った。わたしは彼の話し方や態度に違和感を覚えました。あんな暑苦しい夜に、革の手袋をはめているのも不自然だった。

『エヴリン』と彼は言いました。『きみは神を信じるかい?』

『あなたが一番よく知っているでしょう』と彼女が答えた。

『いますぐ目を閉じて、そして祈りなさい。きみの魂の救済のために』

『どうして急にそんなことを言うの?』と彼女がたずねると、『祈りなさい』と牧師は重ねて言った。

彼女は言われるままに目を閉じ、両手を胸の前で合わせた。わたしは閉めかけた扉の隙間から息を殺して見ていました。そして警告の叫びを発する間もなく、それは起こりました。ティモシー・ビーズリーはお尻のポケットに手をやり、拳銃を引き抜くと、彼女に二歩近づいて、心臓に狙いを定めて引き金を引いたのです。彼女は『アーメン』と言いかけたまま、彼の足元に崩れ落ちました。心臓から血がどくどくと流れだし、オイルクロスの上に広がっていくのを見ながら、わたしは恐ろしくて身動きできなかった。この瞬間にも彼はわたしに気がついて、わたしはエヴリンと同じ運命をたどるにちがいない、そう思っていました。

銅像のように凍りつき、目をそらす力さえなかった。ビーズリー牧師はしばらくその場に突ったったまま、ひしゃげた死体を見おろしていました。銃を床の上に落とし、手袋を脱いで無造作に放り投げると、しゃがみこんで彼女をまじまじと見つめた。ぞっとするような表情を浮かべて。彼女がたしかに死んだことを確かめていたのです。一、二分が経ったころ、彼は立ちあがって壁のほうへ向かいました。クローゼットに来るつもりだとわたしは思いました。でも、そうじゃなかった。ほどなく彼は踵を返すと、その手には光り輝く異様に刃の長いナイフが握られていました。ああ、コルトさん、彼がしたことをどうやって説明したらいいのか。あの忌まわしい記憶を、わたしは一生頭から消し去ることができないでしょう。彼の荒い息遣いが聞こえてきました。そしてわたしは唐突に彼の目的を理解しました——死体を隠すためにバラバラに切り刻もうとしていたのです。彼はナイフを振りおろし、彼女の喉を切り裂いた。わたしは思わず悲鳴を上げました。その瞬間、彼の身体が殴られたみたいに大きく揺れて、うなり声を上げながら立ちあがり、用心深く周囲を見まわした。わたしは完全に自制心を失っていました。無意識のうちにクローゼットの扉を開き、叫び声を上げながら部屋のなかに駆けこむと、もうやめてと懇願したのです。驚いた彼はその場に立ち尽くしていました。顔は青白く、わたしを睨みつける目は野獣のようだった。やがて、彼が一歩前へ足を踏みだしたとき、わたしには彼がしようとしていることがわかりました。彼はわたしを殺すつもりだった。彼女を殺したように。

どうして自分にあんなことができたのか。覚えているのは、息子を思っていたことだけ。何もしなければ殺される、それはわかっていました。足元に彼の拳銃が落ちていることに気づいて、わたしは無我夢中で手を伸ばし、銃をつかみとりました。それを両手で握って構えると、彼に狙いを定めて、それ以上近づくなと叫びました。でも、彼は目に殺意を宿してさらに近づいてきた。わたしは引き金を引きました。轟音とともに銃弾が発射され、彼はエヴリンの隣に倒れこんだ。わたしは恐ろしくて、生きた心地がしなかった」

しゃべり疲れたのか、ベッシー・ストルーバーは長椅子に身を投げ、腕に顔をうずめてすすり泣きはじめた。

コルトは立ちあがってパイプを取りだした。安物のタバコを火皿に粛々と詰め、落ちつき払った手つきでマッチを擦った。オレンジ色の小さな炎越しにわたしを見る目だけが、表には出さない張りつめた興奮をにじませていた。わたしのペンがノートの上を走る音がやむと、聞こえるのはベッシー・ストルーバーのすすり泣く声だけになった。

五分後、コルトは話を続けるよう彼女を促した。

「洗いざらいお話ししたいと思っています」かすれた声で彼女は言った。「ビーズリーが死んだとき、わたしは気を失ったらしくて。目が覚めて、床の上に倒れていることに気づいたときの恐怖は筆舌に尽くしがたいものでした。一度死んで生き返ったような。だから、目の前に横たわっているふたりも、わたしと同じように生き返るかもしれない。わたしは強烈な嫌悪感に襲われて、矢も盾もたまらず電話のところへ飛んでいって、ジェラルド・カーテンウッドを呼びだしました。恐ろしいことが起きたと言うと、彼は飛んできました。

「ひとりでですか？」コルトがたずねた。

「ひとりでです。わたしは彼をこの部屋に連れてきた。凄惨な光景を目の当たりにした瞬間、彼もまた気を失うのではないかと思いました。その後、彼に促されて別の部屋へ行き、そこでわたしはあなたにしたのと同じ説明をしました。話をしている最中にドアの呼び鈴が鳴って、わたしたちは縮みあがりました。たぶん警備員だろうとわたしたちは考えました。もしくは悲鳴か銃声を聞いた人が警察に通報したのかもしれない。いまここで見つかったら、誰がわたしたちの話を信じてくれるでしょう。忍び足で廊下を進み、ガラス越しに外をのぞきみると、そこに立っていたのは、どうやってこの家にたどりついたのか、古びたコートに身を包んだビーズリー夫人と弟のパディでした。あとで聞いた話では、ジェラルドの奥さんがわたしたちの電話を盗み聞きして、ビーズリー夫人に教えたそうです。それで、彼女は弟のあとをつけて、何が起きたのか自分の目で確かめることにしたのです。こうしてわたしたちと――わたしたち四人と、床の上に横たわるふたつの死体が顔をそろえることになりました。ビーズリー夫人は夫の死体のかたわらにしゃがみこみ、彼の手から腕時計と指輪を外した。夫人のコートに血がついたのはそのときです。

その先はジェラルド・カーテンウッドが主導権を握りました。彼が言うには、『ビーズリー牧師とソーンダース夫人が殺害されたとなれば世間は大騒ぎするし、ふたりの関係が明らかになればさらにひどい騒ぎになる。とはいえ、きみが目撃した事の真相や、狡猾な手口や、周到に練られた犯罪計画は、あまりにも惨たらしくて公表するわけにはいかない。このなかの誰かが殺人事件のあった家にいたことが知れたら、警察に疑いをかけられるだろう。身の潔白を証明するには、真実を話すしかないが、それはあってはならないことだ』

開け放たれた窓の外に横づけされたボートに気がついたのはジェラルドでした。その使い道を理解し、牧師が何をするつもりだったかを見てとり、ビーズリー夫人の反対を押しきって、計画を実行に移したのもジェラルドです。パディとふたりがかりで死体を運び、オイルクロスを片づけ、ナイフの血を洗い流し、ボートを水際まで引いて移動させ、死体を乗せたあと、川の流れに押しだした。大工道具を川のなかに捨てることも含めて、わたしたちは一時間がかりですべてをやり遂げました。一番ひやりとしたのは、ボートが川岸を離れる間際に、エヴリンが飼っていた猫が飛び乗ったときです。ジェラルドが押していたボートを慌てて引き戻そうとしましたが間に合わなかった。そのあと四人全員で、このことは決して口外しないという誓いを立てた。わたしたちは持ちつ持たれつの関係にあった。わたしは人を殺めているわけですから。でも、まさかこんなふうに真相を見破られるとは思わなかった。わたしの話はこれで全部です」

コルトを見る彼女のうるんだ瞳には、疲労とおびえが色濃く表れていた。彼女の指は奇妙な鳥の羽ばたきのように、夕闇のなかでぱたぱたと落ちつきなく動いていた。

「わたしをどうするつもりですか、コルトさん」

コルトは彼女に歩み寄り、冷たく汗ばんだ両手を自分の手で包みこんだ。

「あなたはわたしに真実を語った。それは勇気ある素晴らしい行為だ。もっと早い段階で打ち明けてくれていたら、こんな大ごとにならずにすんだと思いますが。この手の問題の根っこにあるのは、罪のないおびえた市民が警察の良識を信じていないことと、多くの場合、信用を得られない充分な理由が警察の側にあることだ。

ここは法と秩序に守られた街だと肝に銘じてください。それと、この事件の扱いはわたしの手に委ねていただきます」

第十八章　終章

ニューヨーク市の地区検事長マール・ドアティと、警察本部長サッチャー・コルトは、殺人の起きた部屋で向かい合わせに腰を下ろしていた。

「サッチャー」とドアティが言った。「きみがどうやって真相を見抜いたのか、俺はいまだにわからないんだ」

「常識と地道な捜査のたまものだよ。死体を見たとき、わたしの前には三つの可能性があった。合意の上での心中、恨みのある第三者による犯行、もしくは、ひとりがもうひとりを殺害し、そのあと第三者が残るひとりを殺害した。他の可能性も考えてみたが、結局その三つ以外にはないという結論に至った。その後、われわれは情報の収集に全力を尽くした。ベッシー・ストルーバーに注目したきっかけは、あの集合写真だ。わたしはレンゲルに彼女の身辺を調べさせた。あの男は強運の持ち主だよ。彼女が幼い子どものために保険をかけていることがわかったんだ。その子が孤児院に入っていることも。当然ながらレンゲルは、すぐに孤児院を訪ねて記録の開示を求め、その子がノーフォークの病院で産まれたことを突き止めた。名前は違っていたが、その母子の正体は疑うべくもない。ノーフォーク警察の協力を得て、件《くだん》の病院で働く看護婦から毒薬の話を聞きだすことに成功した。そして最後の決め手は、ベッシー・ストルーバーの指紋が、そのクローゼットと、賛美歌集の棚と、糊の壺から見つかったことだ。そのとき、わたしは彼女が事件の真相を知っていると確信した。彼女に口を割らせるのは簡単ではなかったけどね。手荒なまねをして、彼女には気の毒なことをしたと思っている」

ドアティはため息をついた。

「なあ、サッチャー。ほんと言うと、俺はビーズリー夫人を起訴するつもりはなかったんだ。そのふりをしていただけで。きみに発破をかけたのさ。俺が大きなへまをやらかさないと、きみはなかなか指揮台に立とうとしないからね」

「話は変わるが、ベッシー・ストルーバーの扱いはどうする？」

「心配いらないよ。俺たちは殺人罪で彼女を起訴し、彼女は正当防衛を訴え、俺はその訴えを認める。それで一件落着さ」

「それはだめだ」

「どうして？」

「ベッシー・ストルーバーの息子は、生まれたときからすでに充分なハンデを負っているからさ。彼女にはヨーロッパへ渡るだけの蓄えがある。茶番とも言える無意味な裁判に彼女を引きずりだす必要がどこにある？　公衆の好奇心を満足させるだけだ」

「それだけじゃない、法と秩序が機能していることを世間に示すんだ」

「もっともな意見だ。しかし、そんなこと誰も気にとめちゃいないさ。それに、いまこの瞬間、母親の腕のなかにいる幼気《いたいけ》な男の子に、なぜ犯罪者の息子という烙印を捺さなければならないんだ。どうだろう、彼女の告白は内々で処理して――彼女には好きなところへ行かせてやろうじゃないか」

コルトの切なる願いのこもった提案を、ドアティは燻《くすぶ》るタバコを唇の左端にぶらさげて、苦虫を嚙み潰したような顔で聞いていた。

「コルト、ニューヨークでは目下、記録的な暑さが続いている。気象局が開設されて以来、六月にこんなくそ暑い日が続いたのは初めてのことだ。そんななかで俺はこの事件に入れこむあまり、寝食を忘れ、休みも取らず、冷静さまで失いかけていた。それでも、このドアティ地区検事長が最後まで失わなかったものがひとつある。それは良識とフェアプレーの精神だ」

「よせよ、ドアティ。政治家みたいなスピーチはやめてくれ」

「そうだな」ドアティはあっさり同意して立ちあがった。「俺が言いたいのは、全面的にきみに賛同するってことさ。ビーズリー／ソーンダース殺人事件は、犯人不明のまま迷宮入りとなるだろう。最初からきみの話に耳を傾けるべきだったよ」

ドアティとコルトは肩を並べて緋色のドアを通りぬけ、表の階段を下りた。

訳者あとがき

本書は、イギリスのコリンズ社より一九三一年に刊行されたアンソニー・アボット著 *The Crime of the Century* の全訳です。日本では、一九三六年に新井無人氏の抄訳版が黒白書房から、二〇一三年にはその復刻版が湘南探偵倶楽部から出版されていますが、このたび満を持して〈論創海外ミステリ〉叢書から全訳版が刊行される運びとなりました。

著者のアンソニー・アボット（本名フルトン・アワスラー）は雑誌や新聞の編集者をつとめるかたわら、一九三〇年、三十七歳のときにニューヨーク市の警察本部長サッチャー・コルトを主人公とするミステリ *The Murder of Geraldine Foster* で小説家としてデビュー、『世紀の犯罪』はそのシリーズ第二作に当たります。実話に基づいたリアリティのあるストーリー、明確で人間味のあるキャラクター設定、随所に散りばめられた大小の謎、意表をつく展開、説得力のある動機、爽快な読後感など、本格ミステリの魅力を満載した『世紀の犯罪』は、デビュー作を上まわる高い評価を受け、誰もが楽しめるエンタテイメント作品に仕上がっています。科学捜査の説明が冗長だったり、本筋とは関係のない話がはさみこまれていたりと、多少まどろっこしい部分もありますが、それは多くの情報を正確に伝えようとするジャーナリスト気質の表れなのかもしれません。

物語の舞台は一九二〇年代末、世界有数の大都市に成長したニューヨーク。その中心部を流れるイースト川を、一組の男女の他殺体がボートで漂っているのを発見されたところから始まります。被害者の男は野心家の牧師で、女は美貌の聖歌隊隊員。ともに既婚者で不倫関係が疑われていたことから、〝痴情のもつれによる身内の犯行説〟が有力視されますが、緻密さと杜撰《ずさん》さが同居する奇妙な犯行の手口や、家族や関係者の不可解な行動や証言に翻弄され、捜査の陣頭指揮をとるサッチャー・コルトは、なかなか犯人を絞りこむことができません。それでも、ニューヨーク市警本部長としての立場を最大限に利用して――建設工事で使用中のクレーン車を拝借したり、真夜中に市公園課の課長を呼びだしたり、航空機と列車を競争させたり、イースト川を浚ったり、違法な盗聴をしたりして――どんな小さな手がかりも徹底的に調べあげ、小さな事実や証拠を積み重ねていくことで事件の真相に迫ります。

アメリカ本格ミステリ黄金期の典型的な名探偵よろしく、サッチャー・コルトは常に沈着冷静で、並はずれた知性と鋭い観察眼の持ち主。マンハッタン中心部に建つ五階建ての屋敷に住み、家事全般は陽気なジャマイカ人夫婦にまかせきり。捜査に出かけるとき上着の襟に花を挿す洒落者で、多趣味で、美食家。アンソニー・アボットが多大な影響を受けたとされる、かの有名なS・S・ヴァン・ダインのアマチュア探偵ファイロ・ヴァンスに似ていますが、コルトには地区検事長で旧友のマール・ドアティの直情径行な性格を愛し、秘書のトニーと恋人の仲を気づかう人間味のある一面も。コルトとドアティが事件や関係者の処遇について語り合うラストシーンでは、ふたりの心温まる友情と信頼関係を垣間見ることができます。

前述のとおり、この物語にはモチーフとなった実話があります。一九二二年にニュージャージー州ブランスウィックで、四十一歳の牧師ウィーラー・ホールと三十四歳の聖歌隊隊員エレナー・ミルズが殺害されたホール／ミルズ事件です。現場に散乱していた手紙からふたりは不倫関係にあったことが判明、牧師の七歳年上の妻とその兄弟が逮捕され、裁判にかけられます。彼らを犯人とする充分な証拠がそろっていたにもかかわらず、地元警察の管轄争いや役所の不手際によって陪審が下した評決は無罪。四年後に新たな証人を得て捜査は再開されますが、最後まで公正な裁きが下されることはなく、事件は迷宮入りとなります。『世紀の犯罪』のビーズリー／ソーンダース事件は、被害者の職業、家族構成、殺害方法などの大枠に関してこのホール／ミルズ事件からヒントを得ていますが、アボットはそこに独自のひねりを加えることで、より物語性のある劇的なミステリを作りあげることに成功しています。

最後にサッチャー・コルトを主人公とするシリーズの長編リストを付しておきます。

1 *About the Murder of Geraldine Foster*［英題 *The Murder of Geraldine Foster*］（1930）
2 *About the Murder of the Clergyman's Mistress*［英題 *The Crime of the Century*／改題 *The Murder of the Clergyman's Mistress*］（1931）＊本書
3 *About the Murder of the Night Club Lady*［英題 *The Murder of the Night Club Lady*／改題 *The Night Club Lady*］（1931）
4 *About the Murder of the Circus Queen*［英題 *The Murder of the Circus Queen*］（1932）
5 *About the Murder of a Startled Lady*［英題 *The Murder of a Startled Lady*］（1935）
6 *About the Murder of a Man Afraid of Women*［英題 *The Murder of a Man Afraid of Women*］（1937）

7　*The Creeps*［英題 *Murder at Buzzards Bay*］（1940）
8　*The Shudders*［英題 *Deadly Secret*］（1943）

第四作の *About the Murder of the Circus Queen* は同叢書より近々刊行されることが決まっていますし、評論家のチャールズ・シバック氏が *Twentieth-Century Crime and Mystery Writers*（マクミラン・プレス社、一九八〇年）のなかで「アボットの最高傑作」と評するシリーズ最終作の *The Shudders* は、コルトの身のまわりの人々が次々と謎の死を遂げるというスリラーもの。評論家で翻訳家の森英俊氏によると「抜群の不可能状況ととびきりの謎が用意されている」（『世界ミステリ作家事典　本格派篇』国書刊行会、一九九八年）とのことで、こちらも邦訳が待たれるところです。

ホール／ミルズ事件についてはコリン・ウィルソン著『情熱の殺人』（中山元・二木麻里訳、青弓社、一九九四年）を参考にさせていただきました。また、本書を訳出するにあたり、抄訳『世紀の犯罪』の私家版の復刻本を湘南探偵倶楽部の奈良泰明氏より提供していただきました。この場を借りてお礼申しあげます。

アバウト、アンソニー・アボット

阿部太久弥（湘南探偵倶楽部）

一、出席番号一番になりたかった男

卒業文集は、クラス順、五十音順になっています。ですから一組一番の相川さんの作文は、第一ページ目に載ることになります。文集が家に届くと、まずは読んでみようということで、ふだん特につき合いのない人たちまで、相川さんの作文に目を通します。でもだんだん飽きてきて、三組四十番の渡辺さんの作文をあえて読もうという人はほとんどいなくなるのではないでしょうか。

相川さんは好き好んで、一組の一番になったわけではないですし、作文が得意だというわけでもありません。ライターとしての実績がすでにあったチャールズ・フルトン・アワスラーは出席番号が一番になる（かもしれない）アンソニー・アボットを名乗りました。

ファースト・ネームの頭文字はＡ（Anthony）で始まり、ラスト・ネームはＢが二つのアボット（Abbot）。Aaron さんよりは後になりますし、About で始まるタイトルも、「ＡＢＣ殺人事件」の後になりますが、トリプルＡ（ＡＡＡ）が初めの方にくることは間違いありません。

ところで、チャールズ・フルトン・アワスラーとは一体何者なのでしょう。

一八九三年生まれのアワスラーは、一九三〇年にサッチャー・コルトものの第一作を発表するまでにも、ジャーナリストや編集者として活躍していました。作家が作品の性質によってペン・ネームを使い分けることはよくありますが、ミステリ作家としての活動を始めるにあたって、書誌やカタログでは先頭の方になるために、頭文字がAで始まるものを選んだということです。

サッチャー・コルトものの最終作は、一九四三年の「シャダーズ」で、一九五二年に亡くなるまで、新作が書かれることはありませんでした。アボット名義では、一九四八年に犯罪実話集 *These are Strange Tales* を刊行していますが、アワスラー名義での宗教に関する著作が増えていきます。一九四九年には、映画「偉大な生涯の物語」の原作である、『偉大なる生涯～たぐひなき物語』（一九五一、南山大学出版部）を発表しています。

二、世紀の犯罪を企てた男

湘南探偵倶楽部叢書から復刻された、黒白書房版の「世紀の犯罪」を初めて読んだ時、面白いんだけど、オリジナルはもっと面白いのではないだろうかという印象をもちました。特に後半は駆け足感があり、いつの間にやら真相解明。放送時間内に収めるためにカットされた、地上波放送の映画みたいだなと思いました。

ここでは新旧訳を読み比べ、差異を整理していくことにします。

・まず、単純に文字数で比較してみると、旧訳は約四分の三の長さになっています。

・旧訳には、「序文」がまるごとありません。

シリーズ各作品には序文があり、記録者であるアボットが、事件後数年が経過したので発表できるようになったことを説明します。ノンフィクションと思わせるような効果がある半面、事件にも詳しく触れているので、ネタが割れてしまっています。序文なしで、いきなり第一章から読み始めた方がまっさらな状態で楽しめるかもしれません。
・形容詞や固有名詞を省き、映画の字幕のような簡素な文に書き換えてあるものや、1パラグラフの一部の文章をカットしたものが散見されます。多くは、展開が分かなくならない程度のものですが、
(旧)それから五分ののち、
(新)心臓を引きちぎられるようなニール・マクマホンの運転に五分間身を任せ、
のように、登場人物の個性が伝わらなくなっている困ったものもあります。
・1パラグラフをまるごとカットしたものもあります。
町の描写や科学捜査についての詳しい説明は切られてしまっています。後述しますが、ニューヨークの町が魅力的に描かれており、科学捜査についても作者のこだわりが感じられます。それらをばっさり切ってしまうことで、作品の特色が著しく損なわれることになります。
・「第十七章　事件の真相」を端折り過ぎです。真相を知る人物の告白が延々と続きますが、四分の一以上短くなっています。大意は伝わりますが、言葉に込められた思いは薄められてしまいます。これでは駆け足感を感じたのも当然のことでした。
・「第十八章　終章」をまるごとカットされています。
これがあるとないとでは、読後感がまるで違います。

少し手間をかければ、旧訳版を読むことができるので、わざわざ新訳で出す意義はあるのだろうかと思ったこともありましたが、読み比べてみて、多少冗長な部分があるにせよ、全訳でしか伝わらな

いことがあるのを感じました。

三、サッチャー・コルトを書いた男

●シリーズを通しての特徴や印象

・事件の起こった時期や捜査の期間について、はっきり書いている。

時には年や日付も明記しており、時折インサートされる気候や天気の描写と相まって、暑さ寒さ、雨の冷たさなどを感じることができます。

・町が第二の主役になっている。

ニューヨーク市内の通りや町、建造物の名称が具体的に書かれており、もし一九三〇年代の地図を見ながら読めば、今どこにいるのか、どこからどのように移動しているのかがよく分かり、より臨場感が味わえるでしょう。ただし、コルトの住居や事件現場は架空のものかもしれません。

・やたらと喫煙のシーンがある。

コルトはパイプ、アボットは紙巻煙草、ドアティは葉巻を吸い、それぞれの性格づけの小道具になっているのですが、街を歩きながら、事件現場で捜査をしながら、証人宅で尋問をしながら、時にはエレベーター内でも、煙草に火をつける描写が出てきます。作者本人が愛煙家だったのでしょうか。

・当時の先端と思われる科学捜査を採り入れている。

嘘発見器、自白薬、指紋、血液型、唾液からの血液型判定、頭蓋骨からの顔面の復元、弾道試験などが出てきます。もちろんそれらは、手がかりのひとつとして扱われ、犯人逮捕の決め手となることはありません。警察の活動を扱ってはいますが、基本は探偵談であるということです。

・捜査が強引。
深夜だろうが、早朝だろうが、関係者を束縛して尋問し、証言を拒むと本部に連行すると圧力をかけ、科学者や医師に電話をかけたり、呼び出したりします。相手が異を唱えると、「事件の捜査だから」という大義名分を振りかざします。これは、コルトに感情移入しにくい原因になっています。
・推理小説ではなく、探偵小説。
提示された手がかりをもとに、いっしょに謎解きを楽しむものを推理小説、探偵の活躍を楽しむものを探偵小説と定義するなら、探偵小説ということになります。

地方の警察署から得た情報が明かされないこともあれば、犯人を罠にかけるために、記述者であるアボットに嘘をつき、読者がいっしょに騙されることもあります。これでは、関係者を一同に集めた大団円手前で、真相にたどり着くことは難しいです。

●登場人物
サッチャー・コルト……ニューヨーク市警察本部長。本シリーズの探偵。背が高く、がっしりした体格。瞳は褐色。ヨーロッパ戦線に従軍経験あり。

フルートを演奏し、古典詩を愛し、自ら詩を書く。本当は芸術家になりたかったた。

柔術の腕に覚えあり。

二度負傷。一度は、ギャングの抗争で腕を撃たれ、作中、腕を吊って捜査に臨む。もう一度は犯人にマチューテで肩を切りつけられる。

アンソニー（トニー）・アボット
……本シリーズの語り手。元はレポーターだったが、コルトの秘書となる。

マール・K・ドアティ
……地区検事長。恰幅がよい。瞳は青。作中半ばまでに集まった証拠をもとに先走り、誤認逮捕をしでかす。コルトとは古くからの友人で、深い友情で結ばれている。

ベティ
……アボットの妻

フローレンス・ダンバー
……コルトが思いを寄せる女優。後にコルト夫人となる。

イスラエル・ヘンリー
……刑事。コルトの執務室の前で番犬のような役目を果たしている。

ニール・マクマホン……コルトの専属運転手。自動車は防弾仕様で、機関銃を備え付けている。

フリン
……刑事。コルトの手となり、足となって捜査にあたる。

マルトゥーラー医師……次席検視官。深夜や早朝に呼び出され、いつも文句を言っているが、腕はよく、コルトからは信頼されている。

アーサー
……コルトの黒人使用人。

●サッチャー・コルトの事件簿　（　　）内は筆者が参考にしたテキスト。

《長編》

About the Murder of Geraldine Foster (Covici-Friede)

【事件】女性の失踪、後に殺人事件に発展する。

【時期】クリスマス・シーズンからの数ヶ月。

【概要】

サッチャー・コルトのもとを、友人のジェラルディン・フォスターが失踪したとして、ルームメイトの女性が訪れます。コルトのチームが捜索にあたりますが、なかなか見つからず、やがて廃屋から斧で頭を割られたジェランディンの死体が発見されます。

ここまでで、全体の三分の一。ずっと失踪事件の捜査として興味を繋いでいるのですが、*About the Murder of*〜となっているので、いずれジョゼフィンは死んで見つかることがあらかじめ分かってしまい、題名で損をしています。

本作は、一八九二年、マサチューセッツ州で、当時三十二歳のリジー・ボーデンが実父と継母を斧で惨殺した「リジー・ボーデン事件」に材を得たとされています。裁判でリジーは無罪になったものの、真犯人は見つかっておらず、以来いろいろな解釈がなされている謎の多い事件です。本作の中では、リジー・ボーデン事件については一切言及されていません。事件を再構築して、アボットなりの解決を示そうというものでもありません。共通点はといえば、斧による犯行というだけで、予備知識なしで読んだなら、リジー・ボーデン事件のことは全く思い浮かばないほどです。

捜査は、現場検証、アリバイ調べ、事情聴取、被害者の背景調べと地道に進んでいきます。容疑者の一人に嘘発見器と自白剤を使うのですが、それらの有効性を有無するのではなく、効果があるという前提で用いており、容疑者はやっぱり嘘をついていたということにはなりません。退屈することなく、大団円まで読み進めることができます。

なお、作品はそれぞれ独立して読めますが、容疑者の一人が、第二作以降はレギュラーとして登場するので、第一作から順に読んでいった時のみに「容疑者が一人多い」という楽しさが味わえます。


世紀の犯罪〈本作〉（旧訳—黒白書房。新訳—論創社）

【事件】ボート上で発見された牧師と愛人の二重殺人。

【時期】六月の数日間。

【概要】

ニューヨークの地理を生かし、川の流れや植生を手がかりに捜査を進めていく過程。科学捜査による味つけ。コルトを中心とした警察のチーム力。シリーズの方向性が見えてきた一作ととらえることができるでしょう。

ナイトクラブ・レディ（ROM叢書）

【事件】死亡予告と謎の死因。死体の出現。

【時期】大晦日から翌日にかけて。

【概要】

ナイトクラブの歌姫ローラのもとに殺人を予告する脅迫状が届きます。コルトのチームが、女性のアパートで警護にあたりますが、午前零時の知らせと共に、心臓麻痺としか思えない死に方をします。さらに、一時姿が見えなくなっていた親友の女性の死体が部屋に現れます。

本作の一番の読みどころはトリックでしょう。死体の出現は、なんでこんなこと思いつかなかったんだろうというシンプルなものですが、驚きはあります。謎の死因については奇想天外ですが、偶然に頼って、予告の時間通りに犯行が成立するのかなという疑問があります。

【映画】

ナイトクラブの女　The Night Club Lady　（一九三二年　コロンビア映画　一時間八分）

監督　アーヴィング・カミングス。

コルト役　アドルフ・マンジュウ。日本語の語感からすると、色白のふっくらした風貌が連想されますが、口髭がトレードマークのほっそりした中背の俳優です。キャリアの長い名優ですが、精悍なコルトのイメージとはちょっと違うように思います。

アボット役　スキール・ギャラガー。

この映画は本国でもソフト化されていないようで、まず見ることができません。双葉十三郎氏の「ぼくの採点表　戦前篇」（トパーズプレス）によると、

「近頃出色の探偵映画である」

「犯人が非常に巧妙にかくされていること。それがこの映画の第一の功績である」

「次によいことは、これまで推理に関する会話で氾濫させられる探偵映画の通弊を、主人公サッチャーを『実験型の探偵』にして、推理と事件の進展を場面に任すことによって、巧みに切り抜けている点である」

「伏線という奴が、非常に些細なところに張られており、がっちりした展開を示していくので、絶対に最後まで犯人はわからない」

とのことです。

About the Murder of the Circus Queen（popular library）

【事件】大観衆の目の前での墜落死。続く密室殺人。

【時期】四月十三日金曜日から翌朝にかけて。

【概要】

脅迫状が届き、事故が続くサーカス団の公演をコルト一行が見に行きます。十三日の金曜日の初演に、惨事を予告する脅迫状。その中で、サーカス・クイーンのジョージーが空中ブランコの技に挑み、一万六千人の観衆の目の前で墜落死します。どう考えても事故としか思えない状況下で、果たしてどのように犯行に及んだのか？　またしても奇想天外なトリックですが、マディソン・スクエア・ガーデンの屋内配置をうまく利用すれば実現可能かなとも思います。

【映画】

十三日の殺人　The Circus Queen Murder　（一九三三年　コロンビア映画　一時間五分）

監督　ロイ・ウィリアム・ニール、

コルト役は引き続き、アドルフ・マンジュウ。

アボットは登場しません。

こちらも、正規にはソフト化されていないようです。ただ、両作ともネットでポスターやロビーカードを見ることができます。

マディソン・スクエア・ガーデンで大々的なロケとはいかなかったようで、休暇で田舎へ出かけたコルトが出くわした事件と設定が変わっており、サーカスの場面は、フランク・キャプラの Rain or Shine からの流用です。双葉氏はたぶん観ているはずですが、「ぼくの採点表」には載っていません。レナード・マーティンの Classic Movie Guide によると、「キャスト表を見ただけで、犯人の見当はついてしまうものの、スタイリッシュで楽しいフーダニットの小品」だということです。

About the Murder of a Startled Lady (Avon Books)

【事件】女性の失踪、交霊会による死体の発見。

【時期】五月一日。そのおよそ半年後。

【概要】

高名な科学者のギルマン教授がコルトに、交霊会で殺人事件の被害者からのメッセージを伝えられたと告げます。教授がよく参加している霊媒のリン夫妻が開く交霊会を警察本部の自分の執務室で開くことにします。そこにマデリンという娘の霊が現れ、自分は今年の五月一日に何者かに射殺され、死体をバラバラにされ、箱に詰められて海に投棄されたと語ります。さらに箱が沈められた位置まで正確に告げますが、犯人の名前や殺人の動機は知らないといいます。

声が告げた場所を捜索させると、海の中から骨の詰まった箱が見つかります。箱の中からは、バラバラの人骨のほか、模造真珠のイヤリングや衣服の一部が出てきます。頭蓋骨には穴があいていて、中からは、三十二口径の弾丸が出てきます。

コルトは箱を、頭蓋骨から顔を復元させる技術をもつフィッチのもとに運び込み、頭蓋骨から娘の顔を復元させます。

復元された顔から娘の身元が分かり、娘が何かから逃げていたことが分かります。何を恐れていたのか？　犯人と被害者しか知りえないことを誰がどうやって知り、何のために交霊会で伝えようとしたのか？　交霊術のトリックは他愛のないものですが、交霊術を目論んだ心情には共感できますし、政治家の妨害も交えながら、犯人逮捕に向けて盛り上がっていきます。

About the Murder of a Man Afraid of Women（Farrar & Rinehart）

【事件】男性の失踪。それに続く殺人事件。

【時期】二月の月曜日の夜から木曜日の夜まで。コルトの結婚式までに事件を解決しなければならないというタイムリミットも加わる。

【概要】

芸能エージェントの元で働く女性キャロルが、結婚を考えている同僚タッドが、最近人が変わったようになり、服を部屋に残したまま失踪したと、コルトのところに相談に来ます。タッドはすぐに見つかりますが、失踪のトリックはあまりにあっけないものです。心変わりの原因が分からないまま、殺人事件が起こります。マンションの高層階で窓辺にもたれ、下方から至近距離で撃たれているというものです。

以後の二作は、作風が変わり、ゴーストが書いたという説もあるようですが、本作はその橋渡しになっていることが感じられます。

手がかりは前作までに比べ、フェアに提示されています。ほとんどの登場人物が嘘をついているのですが、それを論破する経過が痛快です。

これまでのように、関係者一同を集めての大団円ではなく、コルト、アボット、ドアティ、市長が待ち構える部屋に犯人をおびき寄せるという形になっています。

The Creeps（Farrar & Rinehart）

【事件】雪の山荘もの。失踪と殺人、交霊会の謎。

【時期】感謝祭休日の三十六時間。

【概要】

市警察本部長の職を退いたコルト夫妻とアボット夫妻が、フローレンスの従妹の結婚式に出席するために、ケープコッドにあるバクスター家の邸宅に向かいます。この邸宅は崖の上にあるため The Steeps と名がついていますが、おどろおどろしい雰囲気のため、The Creeps（ぞっとする）とも呼ばれています。交霊会を行うために邸宅の主人から招かれたド・セルズ博士と列車で出会い、いっしょに邸宅に行こうとしますが、運転手が迎えに来ず、雪の中を邸宅まで歩きます。

運転手が失踪したまま、夕食の時間となり、その後開かれた交霊会では、バクスター夫人の霊が交霊会に現れ、外に男ができて出ていったのではなく、屋敷に埋められていると語ります。さらに雪嵐の夜に、殺人が起こります。

容疑者が親族や知人であるところが、ニューヨークが舞台の作品と異なります。コルトも冷徹になりきれず、気をつかっています。

雪の山荘ものとはいいながら、海沿いの崖の上に建っている邸宅なので、波の音が聞こえます。犯行の時間帯には外界との行き来ができなくなっていますが、雪が止んだ後には、電話線も復旧し、地元警察も到着します。地方検事のドアティが登場しない代わりに、地元警察のウォーレン署長がその役割を果たします。電話線も復旧するので、ニューヨーク市警察に連絡して、情報を得ることもします。

手がかりの積み重ねや足を使った捜査で犯人を追いつめていきますが、ラストは静かな大団円ではなく、激しい撃ち合いになります。

なお、題名には About がない代わりに、各章の見出しがすべて About で始まっています。

シャダーズ（ＲＯＭ叢書）

【事件】手段不明の連続殺人。

【時期】一九三六年冬からの数年間。The Creeps より前の、コルトがまだ市警察本部長だった頃。

【概要】

銀行の頭取を毒殺したかどで死刑判決を受けた男が、刑執行直前にコルトに話したいことがあると連絡してきます。ボールドウィン博士という男が、何も証拠を残さない方法で人を殺すことを考えており、コルトも対象に入っているというのです。やがて刑の執行に関わった者たちが謎の死を遂げていきます。フーダニットではなく、ボールドウィン博士との対決を軸に、殺人の方法を探っていくのが本筋になります。さらっと説明される、頭取を毒殺したトリックも奇抜ですが、本筋でのトリックも驚くべきものです。

本文中で、「世紀の犯罪」、「ナイトクラブ・レディ」、*About the Murder of a Startled Lady*、*About the Murder of a Man Afraid of Women* についての言及があり、同じ時期に並行して長期的に取り組

んできた事件だということなのですが、なぜか検事のドアティは登場しません。

《短編》

花嫁の失踪 About the Disappearance of Agatha King (1939)（新青年一九三三年二月号）

【概要】

結婚式を翌日に控えた新郎が、コルトのもとを訪れます。かつて花嫁を奪い合った新郎の恋がたきが脱獄して復讐に来るというのです。しかし、ホテルの高層階に匿われた花嫁が失踪し……

抄訳である上に、アボットの語りでもありません。劇の脚本に見まごうようなせりふ中心の紙面で、かなりの脚色が入っているようです。松野一夫のさし絵と合わせ一本といった作品です。

ディグベリイ氏の完全犯罪 About the Perfect Crime of Mr. Digberry (1940)

（EQMM 一九五七年九月号）

【概要】

命を保証する代わりに千ドルを払わせる脅迫事件に鬘職人が巻き込まれ、彼がお得意とする女性歌手が殺されます。歌手の部屋に鬘屋の写真があったため、容疑をかけられてしまいます。語り手はアボット。

【映画】

The Panther's Claw（一九四二年　プロデューサーズ・リリーシング・コーポレーション　一時間十一分）

監督　ウィリアム・ボーダイン
コルト役　シドニー・ブラックマー
アボット役　リック・ヴァリン

クレジットに「アンソニー・アボットによるオリジナル・ストーリー」と出たので、文字通りのオリジナルかと思ったら、「ディグベリイ氏の完全犯罪」の映画化でした。製作規模も出来栄えもB級ですが、雰囲気はよく、のんびり楽しめます。

コルトは原作のイメージに近いです。

この映画は、ネットで全編を見ることができます。


もう十年以上も前になりますがそれ以前に、ROM叢書の「シャダーズ」を手にするまで、アンソニー・アボットのことは知りませんでした。リレー小説の「大統領のミステリ」は読んでいたのですが、執筆者の一人なので、全く結びつきませんでした。

この度、解説の話をいただき、ずっと積ん読のままだった「ナイトクラブ・レディ」と「シャダーズ」ばかりでなく、シリーズ全作を発表順に読むことにしました。決して英語ができる訳ではないので、短期間に原書を五冊読むのはなかなかきつかったのですが、「体はアボット地獄、頭はアボット天国」で、楽しい読書体験をすることができました。

せいぜい「下町のB級グルメ」といったほめ方しかできませんが、そうと知って読むのなら、こんなに面白いシリーズはありません。近刊予定の「サーカス・クイーンの死」も大いに期待できますが、他の作品も紹介されたらいいなと望んでいます。

〔著者〕
アンソニー・アボット
本名チャールズ・フルトン・アワスラー。1893年アメリカ、メリーランド州ボルチモア生まれ。法律を学んだのち、リポーターの仕事や、様々な雑誌の編集をしながら執筆活動を始め、ミステリの短編が、〈ディテクティブ・ストーリー・マガジン〉や〈ミステリー・マガジン〉に掲載される。シリーズ探偵のNY市警察本部長サッチャー・コルトを創作した。1952年死去。

〔訳者〕
水野恵（みずの・めぐみ）
翻訳家。訳書にＪ・Ｓ・フレッチャー『亡者の金』（論創社）、ロバート・デ・ボード『ヒキガエル君、カウンセリングを受けたまえ。』（CCCメディアハウス）、ロバート・リテル『CIAカンパニー』（共訳・柏艪舎）、ハリー・カーマイケル『アリバイ』（論創社）などがある。

世紀《せいき》の犯罪《はんざい》
——論創海外ミステリ　235

2019年6月20日　初版第1刷印刷
2019年6月30日　初版第1刷発行

著　者　アンソニー・アボット
訳　者　水野恵
装　丁　奥定泰之
発行人　森下紀夫
発行所　論創社
〒101-0051　東京都千代田区神田神保町2-23　北井ビル
TEL:03-3264-5254　FAX:03-3264-5254　振替口座　00160-1-155266
WEB:http://www.ronso.co.jp

印刷・製本　中央精版印刷
組版　フレックスアート

ISBN978-4-8460-1844-3